戲非戲184

我當道士那些年

仐三　著

高寶書版集團

III 卷十一・神仙傳說・最終卷(2)

目錄

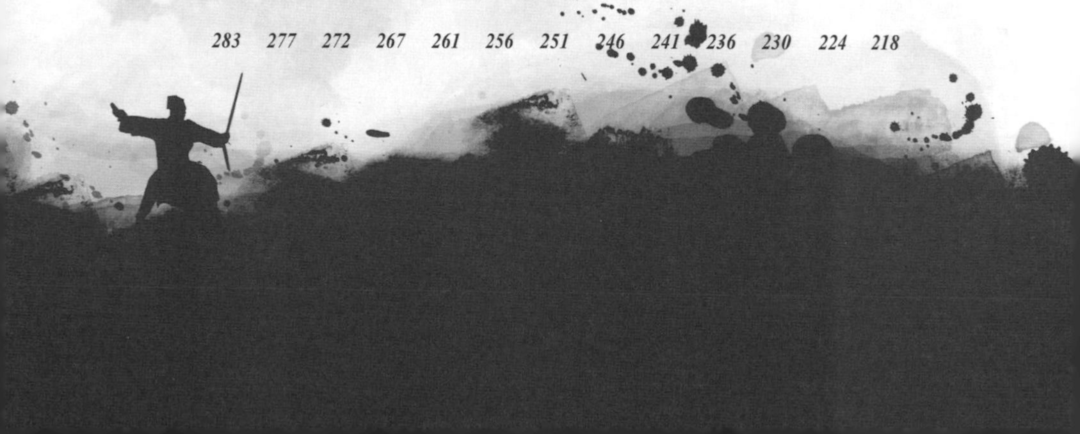

第五十一章　神祕手機

「我去把門關上，總是能阻擋這些傢伙一點點時間的。」師傅是這樣對我說的，這個時候的他微微有些喘息，我相信他和我的心情一樣，是因為緊張才會有這樣的喘息，剛才那點運動量還不至於讓他如此。

他對我解釋剛才耽誤那麼一兩秒的原因，我認真的握著方向盤，頻頻的點頭。

我無暇分神去說話，只是下意識的在褲子上擦了擦手，手上汗的太多，連握方向盤的手都有些打滑。

但是我現在不能分神，因為車子是以一個極快的速度行駛在別墅區內，相比於外面的公路，這裡無論是地形還是路線都要複雜一些。

更何況之前我只是坐在雲小寶的車上，來了這裡一次，當然如果慢慢繞的話，自然怎麼也能繞出這個地方。

但現在時間就是金錢，師傅把門關上也只是求得一個「心理安慰」而已，那道門沒擋住我們多久，自然不會擋住他們多久，最多就是一分鐘的時間就不得了了。

所以，我必須保持一個高速駕駛的狀態，面對這些縱橫交錯的路，我只能憑藉自己的記憶力去發揮了。我相信雲小寶的司機對這裡很熟，剛才他帶我們進來的路，怎麼也不是繞路。

但是雲寶根對這裡應該也是熟悉的吧，他一定也能找出最近的路。

這些情況都逼得我必須要全神貫注的開車，連和師傅說一句話的時間都沒有了。

夏天的天氣自然是炎熱的，我根本來不及開什麼車上的空調，汗水大顆大顆的掉……這輛車子被我在這個別墅區內開上了一百公里以上的速度，路面都是刺耳的摩擦聲。

唯一的幸運是這裡是別墅區，路面上的行人很少，幾乎是沒有，不然還會放慢我的速度。

我真是不解自己什麼時候有這麼好的開車技術了，只能解釋為從小就存思，在這種需要思維高度集中的事情，在我異常認真的情況下，應該能做得很好。

我的身後傳來了汽車的聲音，聽那發動機的聲音，也知道速度不慢。師傅關上大門，果然是沒有攔住他們多久的，不過他們的速度也沒有比我快多少。

聲音在安靜的別墅區裡能聽見，但是從我的後視鏡裡，去看不見任何的車子。第一是因為速度已經快到了一個我所能做到的極限，他們和我們還是有一定距離的。第二則是因為這別墅區的路本來就轉彎極多，看不見也正常。

那幾分鐘，幾乎是我最熱也最難受的幾分鐘，當車子終於來到了別墅區的大門口，我的汗水幾乎把我全身都浸濕了。

好在這樣的社區進門很難，但是出門的話一般不會太過刁難。加上雲小寶給我們準備的車雖然低調，但是也是一輛比較好的車，所以門衛幾乎沒有盤問什麼就直接升起了柵欄，讓我們出去了。

「呼」，我長吁了一口氣，當車子開出了這個別墅區，我才伸手一把抹去了頭上的汗水，剛才幾滴汗水滴在我眼睛裡弄得眼睛刺痛，我都始終不敢分神去擦一下汗。

而在這個時候，我也才發現大腦隱隱傳來脹痛的感覺，是剛才精神太過集中了，已經接近於存思，而存思一般都是在極其安靜，心情必須平和的狀態下進入的。

我在如此緊張的情況下強行這樣，還要配合肢體的動作（開車），如今果然出現了過度的現象，就像人壓榨自己的潛能一樣。

可是我還不能停下來，因為這是現實不是遊戲，不是說我出了別墅區，那些追兵就不會追來了。

我思考出來唯一能擺脫這些人的辦法就是儘快的去到車流量大的地方，才有機會暫時擺脫這些追兵，而在這裡顯然不現實，因為這裡就是一條幾乎沒有什麼車子的公路，一般別墅區的路都是這樣的，我還得繼續保持極高的速度……

逃亡，原來是一件這麼困難的事情。

當我們出現在這個偏僻的小巷子路時，已經是兩個小時以後的事情了。

我幾乎是站立不穩的從車上下來，剛一下車，涼風一吹，我就蹲在車旁邊吐了。

「承一，很累吧。」在我吐完以後，師傅從我身後扶起了我，他大概是知道怎麼回事兒的，出了別墅區幾乎是一場車子的追逐戰，我一直在「超水準」發揮，最後擺脫了，多少還有點兒我在這個城市生活過，對路況熟悉的原因，我只是猜測開車的一定不是雲寶根。

我不會忘記，在白天他們的活動能力不強，我說的他們是指變成了那種類似殭屍的人。

所以說，在一些細節上對我們還是有利的，否則換成是對這個城市熟悉的雲寶根來開車，我們不一定能擺脫他們。

而在擺脫了之後，我立刻找了這個偏僻的地方停車了，我感覺自己已經支撐到了極限。吐了之後，我好了很多，師傅從旁邊買了一包餐巾紙遞給我擦嘴，然後對我說道：「我很驚奇，你能發現雲小寶不對勁兒，不過你現在很累，休息之後再和我說說吧，我有點兒難過呢。」

我擦乾淨嘴站了起來，搖搖頭對師傅說道：「其實也未必不對勁兒吧，這事兒有些複雜，我也需要理一下。」

「那現在呢？」師傅還是在詢問我，我很感激師傅這種完全的信任，我相信如果他要安排的話，應該也是能安排得很好的。

我呼吸了一會兒新鮮的空氣，重新坐回了車子裡，放倒座椅休息了一下，才對師傅說道：「師傅，等一下我們可能要去趟二手車的市場，這輛車恐怕是不能用的，得去想辦法換一輛。」

「嗯，以防萬一。」師傅也顯得有些疲憊，長歎了一口氣。

「師傅，錢拿了嗎？」我簡單問了一句，其實也不是太擔心，因為這輛車挺好，開著也知道保養得不錯，如果拿到二手車市場低價賣給收購商，再買一輛一般的車子，也還能換回一點兒錢。

當然這中間涉及到過戶的問題，不過在二手車市場這種魚龍混雜的地方，自然是會有辦法解決這些，不過還是稍微麻煩了一些，我不想在這座城市待太久，畢竟是危機重重。

細想一下，雲寶根這次突然出現，可能和楊晟那邊的卜算之人沒有關係，否則按照楊晟對我們師徒的重視程度，過來的人就不是雲寶根一行人了，可能是楊晟本人。

「拿了。」師傅從褲兜和衣兜裡的各個角落掏出一疊疊綁好的錢，很隨意的扔在車裡，看來師傅心思還是縝密的，經過了沒錢的日子，他還沒有忘記把這些錢帶在身上。

「有些黑車市場是半夜交易的，我在這裡待了那麼久，接觸的人魚龍混雜，剛好就知道那麼一個，我們半夜過去吧。」難得的清靜，讓我說話也輕鬆了幾分。

師傅不言語，下車去幫我買了一包菸，扔給我說道：「好好休息一下，再說吧。前路茫茫……可還是要走下去。」

我點燃了香菸，菸頭在車裡一明一滅，的確是這樣，我的感覺就好像陷入了十面埋伏，可是不到最後一刻，誰又捨得去學那楚霸王自絕？我揉著太陽穴，隱隱覺得我們的湘西之行也不會順利。

香菸抽到一半，我的疲憊總算稍許恢復了一些，我關上了一大半的車窗，剛準備和師傅講一講關於雲小寶的事情，可是在我們的車內卻突兀響起了手機的鈴聲，異常刺耳。

剛剛平靜下來的我和師傅都嚇了一跳，幾乎是異口同聲的問：「你的電話？」

在我印象中師傅好像沒有用過手機，我這樣一問，只是下意識的問，而師傅也應該是下意識的這樣問我，可是問過之後，都覺得傻，怎麼可能會是我們的手機，沒錢的時候，一個手機至少也能換一些錢啊。

電話鈴聲還在持續的響著，我和師傅開始四處尋找著鈴聲的來源……當我們終於在後座的一個縫隙找到它時，它已經不響了。

我握著手機，看著上面的號碼是一串亂碼，心裡的感覺有些亂，到底是誰？會在車上放這麼一個手機，然後在這種時候打電話來？號碼還是亂碼，又要說什麼？

我盯著手機發呆，師傅也是同樣，心中的疑惑太多了……而就在我們倆沉默的時候，螢幕忽然亮了，手機再次開始響起來！

接還是不接？

我和師傅同時望著對方有些猶豫起來，我一鼓作氣摁下接聽鍵！

第五十二章　電話

其實我這樣的行為多少是有些唐突的，畢竟現代的科技這麼發達，追蹤設備也不是什麼新鮮的事情，如果接通的話……

我不是太懂，但總覺得要做這樣的手腳，也不用那麼鄭重其事的放個手機在車裡，車子上一樣可以做手腳……這也是我不放心執意要換車的原因。

不過也是這個原因讓我一鼓作氣的摁了接聽鍵，這麼緊急的連打兩次，是有多重要的事情要說？

帶著一些好奇，我把電話放到了耳邊，卻是謹慎的沒有先開口，那邊也沒開口，而且環境也像是很安靜的樣子，電話中一片沉默。

總之，鑒於我和師傅處的境況，我是怎麼也不會先開口的，那邊終於是摁捺不住了，「喂」了一聲。

雖然只是輕輕「喂」了一聲，但我一下子就聽出來了，是雲小寶的聲音……我眉頭一皺，心中的火氣一下子就竄了上來，忍不住冷笑了一聲，說道：「怎麼？雲大爺，打個電話來看看我和師傅有沒有死啊？」

師傅一聽說是雲小寶，神情稍微動了一下，我示意了一下師傅別說話，然後把手機放下來，摁了免提。

我對雲小寶說的話語算是相當不客氣了，他好像非常尷尬的樣子，沉吟了好久才開口說道：「姜師傅、承一，我知道我現在沒有臉給你們說話了……可是，我不是你們想像的那個樣子。」

雲小寶的聲音從手機裡傳來，聲音很無力，解釋得也很無意。

我從菸盒裡拿出一枝菸點上，在吐出了一口煙霧之後，才懶洋洋的拿起手機說道：「那你覺得我和師傅應該把你想像成什麼樣子，滴水之恩當湧泉相報的義士，或者還是把你想像得更壞一點兒？在車上做了手腳，現在還打個電話來拖延我們時間，好等你兒子再來追殺我們一次？」

說到這裡我停頓了一下，然後接著說道：「嗯，順便可以搜搜我們身上還有沒有你要的靈玉？」

我毫不留情的話語搞得雲小寶又是一陣沉默，而我半倚在車椅上叼著菸，手裡拿著手機，看似無所謂的看著窗外，其實心裡有些緊張。

我這是明著在套雲小寶的話，這種情況實在沒必要和他虛與委蛇，明著套話多少還能看出一些破綻。

「承一，如果你是我，你會怎麼選擇？一邊是自己唯一的獨子，一邊是尊敬有恩情的人……我其實是左右為難啊。」雲小寶的聲音非常無奈也充滿著痛苦，這種痛苦卻不是假的，總之我就是能肯定他真的很痛苦。

可是，這卻並沒有讓我對他的怒火少一些，反倒是全身肌肉立刻繃緊，人也一下子坐了起來，聲音低沉的對著電話那頭說道：「雲大爺，那你的意思就是你的確在這車上做了手腳，然後拖我們時間了？」

師傅的想法顯然和我一樣，在那一刻他已經用眼神示意我別說下去，下車了……至少一輛車比兩個人的目標明顯多了，我們兩個棄車躲進茫茫人海，不見得那個雲寶根能找得到我們。

「不，我絕對沒有！我怎麼可能對你們做出這樣的事情？就算這一次我也是無奈的，至少做為一個父親，我還清楚，不想兒子在邪路上越走越遠……」這一次雲小寶很快就回答了我和師傅。

他聲音裡的真誠不容置疑，雖然不是當面，可我還是能感覺得到。我和世人不同，他們需要相信自己的理智，我偏偏需要相信的是自己的感覺……它至少從來沒有出錯過。

原本我和師傅已經下車了，在聽完雲小寶這句話以後，我一下子停住了腳步，也比了個手勢，讓師傅又重新上車，並且小聲對師傅說道：「我感覺很肯定的，他沒有撒謊。」

師傅依言坐回了車上，神情多少有一些欣慰，畢竟被自己帶著信任，甚至給了恩情的人出賣那種滋味是異常難受的，當發現事情說不定是有誤會的時候，任誰都會欣慰的。

雲小寶則沒有停頓，繼續在電話裡說道：「也許我現在說我不想兒子在邪路上越走越遠，你們聽來很諷刺……可我卻是真誠的！在吃飯的時候，我告訴你們的話也不全是假的，我雲小寶不是傻子，我能感覺到我兒子的心變了，同時也能看出來，我兒子的人也變了，變得很糟糕……不然為什麼會每次回來都戴個面具，連自己父親都不能見了？一定是有什麼可怕的事情。」

說起這個的時候，雲小寶的聲音顫抖，可見他是真的很害怕……

「可是，那又如何？你依然在助紂為孽，推波助瀾。你出賣了我們，難道就能拯救你兒子，讓他從邪路走回正路？」我的聲音充滿了諷刺，但我不得不承認，對於雲小寶的怒火已經消融了一些，也稍許有一些心軟了。

「我沒有，你們相信嗎？如果我有，我完全可以不給你們準備車子，也完全可以在車子上動手腳的！和修者比起來，我雲小寶是沒有什麼本事，可是這種小事我還是能辦到吧？」雲小寶的聲音有一些激動。

「既然如此，你何苦那麼費勁兒，你不可以直接提醒我和師傅危險嗎？那萬一我和師傅就這樣栽在了你手裡呢？你不一樣是助紂為虐，需要說得你那麼無奈痛苦嗎？」我說這話的時候忍不住發出了一聲冷哼，剛剛消下去一些的怒火又衝了出來。

事實本就是如此，既然已經決定偏向兒子，出賣我們，又何必在我們面前賣好？就算做了一些準備，不一樣是拿我們賭博嗎？

「是的，我是不敢直接提醒你和姜師傅，因為這樣做了寶根兒會直接和我翻臉……可是我已經盡力在提醒你們了。承一，如果不是我故意說得漏洞百出的話，你能覺得這事情有問題嗎？就比如寶根兒明明見過你，我要說他不知道靈玉是你和姜師傅給的，就比如，你之前明明知道靈玉碎掉，我卻故意說成是有幾條裂痕……在當時，我沒有把握你是否還能想起這些小細節，然後追問我……我還很著急，因為看你的樣子，你的確是想不起了。」雲小寶解釋得很急，也充滿了無奈。

而這時我卻完全冷靜了下來，扔掉了手中的菸蒂，然後說道：「你繼續說。」

「呼」，見我態度有所緩和，雲小寶長吁了一口氣，這下才接著解釋道：「原本我是打算用漏洞百出的話讓你們起疑，然後追問之下，我故意裝傻裝糊塗，讓你們起疑心離開。因為從寶根兒那裡我得到消息，你們現在好像在被他們門派追殺，應該是很防備的。而我見到你們的時候，也的確看出來你們處境不好，任何讓你們疑惑的細節，你們都應該……」說到這裡雲小寶頓了一下，歎息了一聲繼續說道。

「誰想到承一卻根本想不起我的話，在當時我就只能做了一件最冒險的事情，在樓上故意喊了幾聲寶根兒……我不確定，這樣會不會讓你們想起什麼來，我只知道寶根兒含糊的給我透露過，其實有可能真的和你們相遇了。我所能做的就是這樣，做為父親，我不能和寶根兒翻臉，如果翻臉了，他以後有什麼事情，我也徹底不能插手了，甚至連知道他發生了什麼的資格都沒有……而且，他所在的勢力很大，他也隱晦的威脅了我。」雲小寶這樣解釋道。

「連你都威脅，連自己的爸爸都威脅？」我的聲音中充滿了疑惑，我是很難以想像。

「呵，不然呢？不然我怎麼會說他變得很厲害，不想看到他這樣下去了。」雲小寶的聲音中充滿了歎息。

而師傅在這個時候搶過了手機，對雲小寶說道：「你覺得你是不是應該把來龍去脈說清楚一些呢？」

「那姜師傅，你還願意履行你的那句話嗎？」雲小寶的聲音有些膽怯，但是為了兒子卻又不得不堅定的提出這個要求。

「會！」車內響著的是師傅擲地有聲的聲音！

第五十三章 落腳湘西小鎮

這樣都還會幫雲小寶，師傅這是怎麼想的？顯然我會這麼想是對雲小寶餘怒未消，否則我應該會理解師傅為什麼會回答一聲會的。

老李一脈的人長情、重情，常常就會做出一些常人所不能能理解的「傻×」事情來……師傅不例外，我同樣也是。

雲小寶語速很快的在講述著來龍去脈，因為按照他的說法，雲寶根跟丟了我們很快就會回來了，而我和師傅靜靜聽著。

幾分鐘以後，電話掛斷了，車內又只剩下我和師傅安靜的待著。

過了好半晌，師傅才開口問我：「承一，你之所以覺得不對勁兒，就是因為雲小寶話裡的漏洞？」

我一邊掰開電話，把裡面的電話卡扔了，一邊回答道：「是啊，雲寶根我曾經就在這個城市裡見過，很桀驁不馴又自我的一個人，雲小寶偏偏說他懂禮貌，這就很矛盾。他還特意強調雲寶根不知道靈玉是我們賣的，這是為什麼？他那個時候明明是光明正大的說出這番靈玉擋災的話的，而雲寶根根本就覺得雲小寶迷信，怎麼可能在心裡種下了一顆修道的種子，那意思還崇拜我們？」

電話卡扔掉以後，我又把電話大卸八塊，一邊發動車子一邊扔掉了。我沒有懷疑雲小寶在手機上做了手腳，但可能是我電影看多了，總是相信有的人可能憑藉一部手機追蹤什麼的……

師傅仍然是沉默，而我做完這一切後繼續說道：「這些原本只是惹人懷疑，卻又想不透的小細節而已，但是整個事情連繫起雲寶根竟然是那個小隊長，不就很值得懷疑，有一種欲蓋彌彰的感覺了嗎？」

「唔，這樣想著，是很可疑。換成是我，在我們這個情況下，有這麼一點兒不對，也值得我帶著你一起逃了。」師傅摸了摸下巴說道，在雲家梳洗了一番，師傅難得刮了鬍子，看得我還真有些不習慣。

又或者是鬍子擋住了他的老態，看起來還和當年沒有多大的區別，如今看來卻是真的有些老了……我難免有些微微心酸。

車子在繼續前行著，我們決定了不要繼續留在這城市，步步都是危機，而我們也不打算繞路，直接朝著湘西進發，如果說楊晟那邊真的有卜字脈的高手，我們繞不繞路結果都是一樣的，還不如搶時間。

畢竟卜算兩個修者哪裡是那麼簡單的事情，就算是高手，也不可能頻繁的卜算。

而雲寶根的整件事情，從雲小寶的講述來看，其實一點兒都不複雜，還帶著一點兒巧合……那就是雲寶根在這邊執行任務，畢竟是回到了故鄉省，加上被那條「蛇祖宗」追蹤，有點兒死裡逃生的意思，自然的就想起了家裡的老父親。

畢竟雲寶根變得再過分，一路長大雲小寶給予了這麼多愛，他還不至於完全滅絕人性，在那種情況下想起了雲小寶也再正常不過。

結果，師傅打給雲小寶電話是在雲寶根打給雲小寶電話之前，接到雲寶根久違的電話，雲小寶在巧合之下，就說出了這件事情，接下來……

雲小寶講得很不詳細，但我大概還是能想像到雲寶根當時的興奮，以及會怎麼樣給雲小寶交代，以及各種軟磨硬泡，外加威逼了……這應該是我和師傅命裡該有的一劫，也是該有的一果。

我只能是這樣想，畢竟少年人桀驁不馴，那一年的我至少讓雲寶根心中種下了修者這個概念，而靈玉的事情也讓他半信半疑才對，只是嘴上倔強，這是不是為他以後加入楊晟的組織打下了基礎？

那麼我和師傅就該還這一果！只不過，已經變成了那種類似殭屍的人，對他，我和師傅有的救嗎？

至於雲寶根怎麼加入楊晟的組織的，又怎麼取得了那樣的地位，還有這一次自己為什麼私自行動而沒有通知楊晟，就是一個謎了，雲小寶也是不知情的，只有寶根兒本人知道。

本來這對父子的關係很奇特，兒子反而「凌駕」在老子之上，雲小寶顯得非常被動，但換個角度來說，我原諒他的最重要原因是，他應該是對我和師傅做到了他「最大」的厚道。

夜風呼呼吹在臉上，我也懶得想那麼多了，在經歷了身上沒一分錢的窘迫之後，我越發覺得現在我和師傅的情況算不錯了。

看來，人如果不真正的跌落於低谷，又怎麼會明白高峰時風景的美麗？我亦如此。

奔波的日子裡，最分明的就是感覺不到時間流逝，儘管我和師傅有五萬塊錢，看起來很多的旅費，但依舊是風塵僕僕，疲憊不堪。

之所以感覺不到時間的流逝，則是因為每一天好像過得都一樣匆匆忙忙，吃飯然後找個地方睡覺。只有路上不停變幻的風景在提醒我，我和師傅在路上。

儘管是決定直接取道湘西，但我和師傅也不至於高調而張揚的選擇車來車往的高速路，而且我和師傅身上沒有必要的證件，這一件事情也挺麻煩，所以多多少少還是繞路了。

這個沒有必要證件的事兒原本只是小事，畢竟師傅和我都曾經和高端的部門有過關係，但現在師傅好像對江一有些拿不準的感覺，所以我們出於防備心必須重視這個問題，也不想再因為任何事情耽誤。

按照我和師傅那種對錢不敏感的「享樂」主義的人來說，這也是拿著錢卻只能苦哈哈的找小旅館住的原因。

十二天以後，我們進入了湘西的地界。

在這裡也有一般的城鎮，要找到苗家的寨子，還是只有去到這裡堪稱險惡的深山老林裡，當然我指的並不是那種被開發成旅遊區的地方，而是在外人看起來的無人區。

孫強應該不是苗人，只是孫魁爺爺在機緣巧合之下學習了趕屍，他學習巫術的具體沒有和我提過，來到了湘西我才感覺到人生真是奇妙，我這一生和苗寨有解不開的緣分，沒想到我的朋友也是。

相比於我對強子所知甚少，師傅好像知道更多，到了湘西的地界以後，就是他給我一路指路該去到哪裡，弄得我好奇心已經很重了，真的很想逮著師傅讓他把埋在心裡的一切都告訴我。

可是我到底沒有這樣做，其實那是因為我內心的不安，我曾經這樣失去過師傅，重新找到師傅以後，生怕一個不小心他又不見了。

我盡量不去觸碰那段過往，也盡量不想去提那些年發生的事情。

車子到了一個偏僻的小鎮，師傅終於叫我停下了。這個小鎮看起來是如此的破落窮困，當我們到來時，很多人都跟看新鮮一樣的看著我們，看起來應該非常蔽塞。

是蔽塞啊，我是開車的人，一路把車開到這裡有多不容易，自己最是清楚，但也能理解，一般隱世的寨子註定不會出現在繁華之處，蛇門也頂多只是靠近公路的地方……

而這個鎮子似乎離其他鎮子和縣城也比較遠，總之在來到這裡之前，師傅刻意的讓我來了一個大採購，吃的用的不一而足，看來之前匆忙出逃，在山裡的日子給他留下了不少的陰影。

我們在這個鎮子遭受到了圍觀，但是和別的地方不同，這些人的眼睛裡不僅僅是好奇，還有一種冷漠的疏離和暴躁，我和師傅也不在意，湘西這一帶民風剽悍是出了名的，更何況這樣一個幾乎與世隔絕的鎮子呢？

而我觀察了一下，這個鎮子也幾乎是苗人，從穿著上就可以看出來，這也不奇怪，不是所有的苗人都聚居在寨子裡的，住在這樣的鎮子裡也正常。

我對苗人有一種異樣的親切感，所以面對這怎麼也算不上友好的目光，我也覺得親切。

終於，是到了湘西啊。

第五十四章　偏激的鎮子，奇怪的來歷

我和師傅把車停在了這個鎮子的政府。

其實所謂的政府在這種民風剽悍，並不融於世間的鎮子裡並沒有多大的威懾力，但多少也是處於井水不犯河水的狀態，把車子停在這種地方再合適不過了。

當然，這樣的忙也不是白幫，免不了花一些錢上下打點了一下，算是幫忙看車的費用，畢竟車對於現在的我和師傅來說太重要了，最後去到雪山一脈無人區，還要靠它。

做完這一切已是夜晚時分，這種時候上山顯然不現實了，我們本想在這個簡陋的政府樓住一夜，無奈這下別人怎麼都不答應了，因為除了一個門房老大爺，其餘工作人員都走光了。

後來我們才得知，這裡的政府只是離這裡最近的一個鎮子的政府人員偶爾過來管理一下，這個偏僻到極點的鎮子基本上自治，他們不敢留我們是因為這裡民風剽悍，萬一出了什麼事兒，也別在這辦公大樓出事兒。

我和師傅無奈了，其實在我印象中的苗人是分兩個極端的，一個就像是月堰苗寨那種寨子裡的人，溫柔而善良；一個卻是黑岩苗寨的人，民風確實剽悍排外，甚至有些冷血。

但無論哪種苗人，其實我都感覺他們對自己的文化有一種比較「偏激」的保護，既想融合，但更重要的是要保護文化的傳承不能被這種融合所改變。

其實，這種偏激的保護我偶爾會覺得很好，因為我華夏的文化也源遠流長，是不是需要一些偏激的保護呢？

最終，我和師傅還是沒有冒失的去到寨子，死乞白賴的留在了門房大爺這裡……是夜，一壺酒、兩包菸、幾袋花生米，我們和門房大爺有一句沒一句的聊著天，準備熬過這個漫漫長夜，畢竟這個小小的門崗也無法睡。

師傅天生就有一種可以隨意與人溝通的能力，不像我一開始和人接觸總是保持著距離，怕投入感情的顧忌。所以，他很快就和門房大爺打成一片，天南地北的聊開了。

門房大爺是一個漢人，他喝酒以後和師傅談的最多的無非就是在這裡工作了好多年，鎮子上的每個人看著都眼熟，可就是不知道名字。至於原因是這個鎮子上的人不愛與漢人說話，他也始終融入不了這個鎮子。

那麼排外？我有些驚奇……就算感覺黑岩苗寨也不是那麼排外的。

「那也是無奈啊，我以前出生在農村，政府政策好，我也運氣好，弄了那麼一個公職。我以前可不是守大門的，是退下來了，閒不住。說我對這裡沒感情吧？那不能……畢竟守門之前，我也時不時到這裡工作的。我很遺憾啊，這裡的人們始終就沒接受咱們，感覺就像是隔絕起來自個兒過一樣。說來好笑啊，我在這這麼多年了，一包同樣的菸，這個鎮子上的人在小賣部買，五塊！我去買十塊……坑人呢。可不買又咋辦？人家還愛賣不賣呢。」大爺喝了兩杯，情緒有些激動，說著說著竟然帶上了一絲東北味兒。

這讓我聽得很親切，想起了那一年在深林子裡的一切，幽默膽小，但關鍵時候卻不會掉鏈子的吳老鬼、憨厚老實，為人靠譜的老張、神奇的棍兒、白雪皚皚的密林，還有我那魂牽夢縈的姑娘，一切的一切都留在了那裡。

想起如雪，內心又莫名的刺痛了一下，現在這種刺痛每一次都伴隨著靈魂，會讓我猛地呆滯一下，但我也學會了掩飾，只是拿著花生米的手抖了一下，臉上已經沒有任何神情的變化。

這是連師傅都看不出來的掩飾，他還在和門房大爺搭話：「十塊錢坑人啊，這不貴了一倍嗎？」

這親切的東北話讓我對門房大爺，不，應該是對任何陌生人防備的心弱了一點，臉上不自覺的就浮出一絲自然的笑容，為門房大爺倒了一杯酒。

門房大爺可能感覺這看起來挺冷漠，不好說話的年輕男人忽然對自己示好，有些感動，也衝我感激的笑了笑。端起酒杯哧溜又喝了半口……

有時，人與人的友好看起來就是那樣簡單，我卻常常做不到，不知道是不是被童子命所累，總是感覺我所深愛的人到最後總會離開我，會留我一個人孤零零的站在空曠的地方，無助的喊著「我不放」，這些讓我很防備。

終究還是應了師傅那句話，對於感情，我拿不起，也放不下，對陌生人亦如是。

和門房大爺聊得高興的師傅也沒注意到我的這些情緒，我想在這樣的深夜胡思亂想也不好，乾脆收回了思緒，一邊剝著花生米，一邊一點點的抿酒，聽門房大爺激動的說話。

「誰能夠說十塊不貴呢？可就這還是友情價呢……其他辦事人員去買東西，包括當官的，我不瞞你們說，翻個三倍才是正常呢。」門房大爺說得激動，但也有些小驕傲，他能有個「友情價」。

師傅不動聲色的喝了一杯酒，然後扔了一顆花生米在嘴裡細細嚼了，才說道：「這些人怎麼那麼排外呢？以前我記得可沒有這樣一個鎮子啊？這……」

啊，以前沒有這樣一個鎮子？我有些莫名其妙，那師傅為什麼會指路我來這裡？可是，我只能裝作不動聲色，聽他們聊。

「咦，你咋知道呢？以前還真沒有這個鎮子，以前這連個村子都不是，就零零散散住著一些人家。這忽然有一年吧……」大爺說到這裡停頓了一下，好像有些顧忌的樣子。

師傅趕緊為大爺倒了一杯酒，說道：「無妨，不瞞你說吧，我以前也和這裡頗有淵源，否則咋會這麼瞭解？」說著，師傅壓低了聲調，小聲地說道：「山上的人我也認識好些呢……」

「啊，你認識山上的人？」大爺的眼光驚疑不定，他上上下下打量了師傅幾眼，又有些疑惑地說道：「莫非你也是個苗人？」

「得，哪兒可能，我就是正宗的漢人，只不過……有些機緣巧合，認識了山上的人。」師傅說得很真誠，實際上也沒說謊，這不過是一種說話的技巧，說了等於什麼都沒說。

可這個門房大爺激動了，一拍放酒的凳子，酒瓶子都差點兒倒了，還是我連忙扶住的，可他顧不上，小聲地說道：「嗨，那我可真羨慕。這山上的人可不簡單吶，怎麼不簡單我是不知道，但我敢肯定，他們會神奇的東西，就比如叫法術？」

平常人分不清楚道術和巫術，還有一些其他術法，統稱為法術也沒錯。

「哦？那我也相信啊，這大千世界無奇不有……這人越老啊，就越相信這些，說得不好聽一些，這人一輩子吧，誰還沒遇見過幾件兒怪事兒啊！到老了，想起來了，也就所謂的迷信了些吧。」師傅四兩撥千斤的，把話撥了回去，畢竟和一個普通人深談這些，在真正的圈子裡都是忌諱的。

「也是，總之不說這個，就說回先前的事兒吧，以前這裡還真沒有鎮子……多久以前呢？我得想想，大概十年前？反正我在這裡工作了不少年頭，這個鎮子上的人排外也是也原因，哎……」說著話，大爺把面前的一杯酒一口氣給吞了，才把空酒杯重重放在板凳兒上，說道：「這些人是一夜之間冒出來的，確切的說他們是從山上下來的人！不知道什麼原因來到了山下，就一直待在這裡不走了，修著房子，形成了一個鎮子。」

這……一夜之間從山上下來？我低頭皺了皺眉，抿了一口杯子中的酒，不禁有些擔心強子。但細想時間又不對，十年前出現的這個鎮子，那比我最後一次見強子要早上一些時候了，強子至少從來沒給我提過這些事兒，難道是祕密？

想著我鬆開了眉頭，放下了酒杯。

師傅也同樣沒有說話，只是低頭喝酒，而大爺還在絮絮叨叨地說道：「你說忽然一夜之間下來這麼一些人吧，還自己動手，幾個月就把這裡弄成了一個鎮子的模樣，不管嗎？肯定得管啊！但在這窮山惡水的，也抽不出那麼多人手，就只能……」

他說的是這個所謂鎮政府的來歷，如果這些苗人真的是從山上下來的，那麼他們可能還真的不把這個所謂的臨時監管政府放在眼裡。

說起來，這的確是一個有趣的消息，好像背後隱藏著極大的祕密，但是我也不知道師傅打聽來幹嘛？

這大爺說著說著舌頭也有些大了，又是天南地北的扯了一通，我們也沒再勸他酒，他卻自己迷迷糊糊的無意中又說出了一件事兒：「你們說，這個鎮子有什麼好值得關注的啊？這兩月，來了好多撥兒人，看起來面色不善的樣子，弄得鎮子裡的人越發的排外。我們也不敢管，更沒想明白為什麼，這都是咋回事兒呢？」

大爺說著說著就忍不住半躺在椅子上睡了，我和師傅對望了一眼，來的是什麼人？該不會……不可能，兩個月前我和師傅還在竹林小築，沒道理的！

想到這個，我和師傅同時皺起了眉頭！

第五十五章　夜半來人

門房大爺因為酒醉而沉沉入睡，但他也只是一個普通人，我和師傅到底沒有叫醒他，此刻只是有些悶悶的又繼續喝了兩杯悶酒。

夏天熱，這裡靠近山脈的鎮子還好一些，畢竟山風帶來了陣陣兒的涼爽，不過在小小的門房裡憋著，還是有些憋悶的。

一瓶酒喝完，我和師傅也喝得差不多了，乾脆的走出了門房，爬到了這個小房子的房頂，準備就在這上面將就一夜。

師傅一直就是一個心事放肚子裡，而且很實在的只會解決事情，不會多憂慮的人，聽了小鎮那麼多的事兒，竟然爬上來之後，在山風舒爽的吹拂下，很快就在我身邊打起了呼嚕。這個時間差不多兩分鐘……而我卻一直是一個心事重的人，反而想東想西的睡不著，乾脆的坐起來，點上了一枝香菸，看著這山腳下燦爛的夜色發呆。

是很燦爛啊，這恐怕是一生在城裡的人再也看不到的夜色吧，閃爍的繁星彷彿離人很近很近，一條光芒閃爍的銀帶就和黑夜完美的融合在一起，那是銀河……每當這種時候，我的思緒都會飄得很遠，會想在銀河裡的星星上，是不是也有一種存在叫修者？如果真有，他們又走到了何種地步？

這個世界和這個宇宙到底是有多神奇？

不過，想一會兒又會自嘲的笑笑，為什麼奔四的人了，有時候還會透露出這種稚嫩？和天空的燦爛對比的是這個鎮子的黑沉，放眼望去，整個鎮子竟然沒有一點點燈光，顯得有些孤獨的落寞，又在這種落寞背後隱藏著一種黑暗中才會有的深深未知，我不知道怎麼會想起這句話，反而不用死寂這個詞來形容這個鎮子，不是更貼切嗎？

扔掉菸蒂我就笑了，其實我又何必想太多，每件事情都要想個為什麼。師傅的鼾聲在提醒我，人生有一種境界是，如果這一秒是安靜的，那我就享受這一秒的安靜，前提只是我也從來沒放棄過要做的任何事。

有師傅的鼾聲在身邊，也分外安心……我收起發散的思維，也閉上眼睛準備睡了。

但是，在鼾聲之下哪有那麼容易睡著，總之這樣過了半個小時左右，我還是有些輾轉反側，好不容易有一些睡意了，卻忽然聽見從鎮子的深處傳來一陣兒若隱若現的腳步聲。

我開始並沒有在意，以為是自己幻聽了，但隨著距離的接近，這個腳步聲越來越清晰，讓我猛地一下睡意全無，有些緊張，下意識的就想把師傅叫醒，但轉念一想又算了，只是裝作自己也睡著的樣子，平躺在屋頂上。

我緊張是因為我和師傅身處的情況，不得不讓人防備著一些，而且這個鎮子多少也有些神祕……而我沒叫醒師傅，則是因為我心中並沒有什麼危險的感覺，所以不必那麼大驚小怪，而師傅的鼾聲還是一種最好的掩飾，至少不會打草驚蛇。

我能聽出那個腳步聲刻意放得很小聲，如果不仔細根本聽不出來，但我聽力一直很好，加上這鎮子安靜得過分了，我才能若隱若現的聽見。

但也不知道是不是因為我師傅的鼾聲太大了，傳出了很遠的距離，所以這個腳步聲慢慢也沒有這麼小心翼翼了。

在黑夜中聽見一個腳步聲慢慢接近自己，其實並不是一種好的體驗，總伴隨著一種未知的緊張，特別是當那個腳步聲忽然就停在了離你並不遠的地方，那感覺更加奇怪。

來人在門崗之下，我在門崗之上，因為整個門崗是一個不高的小平房，所以我眯著眼睛，大概也能看見在門崗下有一個顯得有些佝僂的身影在看著我們。

我的靈覺一向就強悍，所以這種被人盯著的感覺也讓我分外不好受，因為那種目光落在了我身上，就如同化為了實質在上下的審視我，弄得我起了一身的雞皮疙瘩。

可是，師傅卻沒事兒一樣睡得更香了，甚至在打呼嚕的同時，還啪嘰了兩下嘴，嘟嘟囔囔的說了一句誰也聽不清楚的胡話，讓我哭笑不得。

或許是師傅睡得那麼沉，再次「鼓勵」了來人，忽然就一道光亮打在了我和師傅睡的地方，我反應也算快，趕緊的閉上了雙眼平穩呼吸，也假裝睡得很熟。

但在心裡卻是暗罵著，誰這麼沒禮貌啊？用手電筒照人睡覺。

那手電筒的光芒在我和師傅臉上停留了一會兒，然後終於被來人收了回去，接著我聽見了一聲微微的歎息聲，這歎息聲不是惆悵，而是充滿了某一種擔心。

擔心？在擔心什麼，難道是擔心我和師傅？顯然不可能……不過，我沒有感覺到來人的惡意，只是感覺到他在仔細觀察我們，像是在確定什麼？所以，我也慢慢不是那麼防備了。

停留了大概一分多鐘，來人轉身離去了，輕微的腳步聲提醒我，他是真的走了，我壓抑不住好奇的微微起身，仔細看了一眼，雖然沒有任何的燈光，但到底是個星光燦爛的夜晚，我模糊的看見來人是一個老者，從穿著上來看是這個鎮子的苗人。

他為什麼要半夜來觀察我和師傅？我心中充滿了好奇，可是也沒有答案，迷迷糊糊的想了一會兒……終於是進入了睡眠。

第二天很早，天還濛濛亮的時候我就醒來了，因為這畢竟是靠山的鎮子，早晨的露水重，我是被露水的濕涼氣兒給弄醒的。

轉頭，就看見師傅已經坐在我旁邊抽著旱菸了，這葉子不是師傅常常抽的那種，只是一般的旱菸葉子，在逃亡的路上也不能講究那麼多，有的抽也就不錯了。

「師傅，那麼早？」我有些迷迷糊糊的和師傅招呼了一聲。

「下去再說。」師傅的臉色平靜，也看不出來什麼，只是下去再說是什麼意思？明顯有話要對我說啊。

但師傅也不和我多說什麼，直接就從屋頂上跳了下去，我也只能跟著跳了下去。

門房內，那個東北門房大爺還睡得很香，站在門外都聽到呼聲震天，師傅就是在這個時候對我說的：「承一，去收拾一下東西，我們現在上山吧。」

「那麼快就上山，這早晨山上露水重啊？」說實話，昨天夜裡我睡得不是特別好，現在都腰痠背疼的，我還想再在車裡休息一會兒。

師傅沒接我的話茬兒，而是反問我：「昨天夜裡不是有個客人來看我們了嗎？」

「師傅，你知道？」我吃了一驚，那個時候我記得沒錯的話，師傅睡得正香，怎麼可能會知道這個？

「你以為我真的睡著了？那腳步聲一靠近我其實就醒了，但是如果我不裝作那樣，天知道會不會發生什麼？這個鎮子不太平……咱們還是儘早離開吧，現在這處境多一事不如少一事。」師傅這樣對我吩咐道，但眼中卻閃過一抹莫名的內疚。

對的，這是師傅的內疚，我不會看錯，但是我卻有些莫名其妙，師傅到底在內疚些什麼？

但師傅已經不怎麼說話了，而是張羅著讓我去洗漱，吃點兒東西，收拾一下就準備上山了，至於要去山上的哪裡，恐怕只有師傅才知道了。

一個小時以後，我們就弄好了一切，我和師傅一人背著一個半人高的登山包就出發了，這裡面放著比較專業的設備，包括一頂睡覺的帳篷，我想這次在山上應該會比上一次好過吧？因為醒得早，看看時間也不過才七點左右，門房大爺還在睡覺，我們也沒有叫醒他就直接出發了。

走出了這個政府辦公樓，我和師傅才發現這個鎮子夜裡安靜得很快，但在早晨卻也「醒」得很早，當我們走在鎮子的正街上時，街道上已經有了不少的行人。

就同我們剛來時一樣，這些人還是打量著我們，目光疏離，還帶著一些暴戾的感覺……和別的地方不同，這個鎮子的人只是打量，根本沒有人上前來和你搭任何一句話。

我心裡被看得毛毛的，就算對苗人有一種骨子裡的好感，也架不住被這麼肆無忌憚打量的怒火，有好幾次都想發作，卻本著不惹事的心情強行壓了下去，只管低頭走路。

鎮子原本就不大，而且我們是直衝著山上去的，很快我們就走到了入山口。

第五十六章 一袋旱菸的局

茫茫大山，我沒想到入山口這裡有一條青石板的小路。

按照我的想法，這種隱祕的門派和寨子，應該都是隱藏在茫茫大山的深處，就算沒有蛇門那種正兒八經的祕道，至少也不會那麼明顯還弄一條青石板小路吧？

我想事情應該沒有那麼簡單，而且這條小路還不是關鍵，關鍵是在小路的路口有一尊奇怪的石像，猛一看像一頭牛，可是再一看，又有些像隻老虎，身上的毛髮根根直立，看起來尖銳而有一種另類的氣勢，身上還有一對翅膀。

這是什麼東西？我看了半天沒看出來，聯想起《山海經》裡的某種怪獸，可是又覺得對不上號，但是師傅卻是瞇著眼睛盯著那尊雕刻看了好幾眼，接著就收回了目光。

因為在那尊雕刻的旁邊坐著一個老者，穿著典型的苗人服飾，此刻也叼著一杆旱菸，半瞇著眼睛在抽旱菸，這才是我和師傅關注的關鍵點，大清早的怎麼有個人坐在這兒？

而且比較難弄的是，他那個神態看似無害，實際上卻有一種拒人於千里之外的感覺，根本就是拒絕和我還有師傅說話的樣子，難不成我們要直接從他旁邊穿過去？

我又想起了昨天晚上的事兒，不是有人來悄悄看我們嗎？我模模糊糊的只看見一個背影，是個老者，是不是就是這個老頭兒？我不是太肯定。

氣氛在這個時候稍微凝滯了一下，師傅拿出旱菸杆子，然後直接走了過去，我趕緊跟上，幾步就走到了那個路口，眼看著就要穿過那個奇怪的雕刻和老者，很突兀的，那原本盤坐的老者就像是不經意的伸出一隻腳攔住了我們。

我一個沒注意差點踩到那個老者的腿上，我沒好氣的呼了一聲，又抬腳準備跨過去，就算有些不禮貌我也沒辦法，看起來師傅也是打的一樣的主意。

卻不想我和師傅剛抬腳，那個老者又把腳抬高了一些，恰好攔住了我和師傅的去路。

我心裡微微有些火，就算不讓我們過去，那人不是可以交流的嗎？為什麼這麼不說話，就是攔我和師傅的路？

不過，再生氣我也還懂得一個道理，那就是要尊重老人，所以我深呼吸了一下，乾脆退到了一旁，我倒是想看看這個奇怪的老頭兒想搞什麼？相比於我的表現，師傅則更加淡定。

他笑咪咪的也不過去了，而是坐在了那老頭兒旁邊，掏出旱菸葉子，開始仔細裝填起旱菸來，這番動作讓那個坐在石像旁邊的老頭兒稍微有些驚奇，他睜開眼來好奇看了我師傅一眼，然後又閉上了。

我師傅也不說話，跟沒看見他似的自顧自點燃了旱菸……我看師傅抽起了旱菸，我也乾脆一屁股坐在了這青石板路上，這麼大包的行李背著也不輕鬆，我樂得歇歇腳。

很快，旱菸的香味兒就飄散在了空氣中……這香味兒自然比不上我師傅以前抽的那種菸葉子，但還算不錯。

師傅這人對很多東西沒個講究，就連衣服很多時候也是亂七八糟，但對有三樣兒東西卻是非常講究的，依次排列下來，就應該是旱菸葉子、茶、酒。

但是好茶和好酒算是難得，這旱菸葉子就成了師傅最大的享受，所以說只是在逃亡中隨便去選的旱菸葉子，我認為一般的，實際上也不是普通的貨色，加上他那個旱菸杆子長期抽的是以前那種極品菸葉，自然留了一絲香味兒在其中，混雜起來還是很好聞的，總之比一般的旱菸出色多了。

師傅就這樣靜靜抽著旱菸，時不時拽過他的軍用水壺來喝幾口水，顯得很是逍遙。

就這樣，大概抽了小半袋菸以後，他旁邊坐著的那個老頭兒終於按捺不住了，很隱晦的吸了幾下鼻子，吞了幾口口水，看得我有些好笑……我早就注意到那個細節了，就是這老頭兒也拿著一杆旱菸，菸杆子和我師傅的一樣，被摩擦得異樣光滑，看起來也是一個旱菸愛好者，有這樣的反應很正常，我暗自佩服薑還是老的辣，師傅的心思其實比我更細膩，竟然想出了那麼一個歪招。

對於這老頭兒的細微動作，我想師傅肯定也注意到了，但他就是沒有什麼表示，又過了一分多鐘，那老頭兒終於忍不住了，睜開了眼睛，自己也開始裝填旱菸葉子，點上旱菸開始抽起來。

氣氛有些詭異，三個人不說話，甚至都不認識的就這樣並排坐在青石板路上，看起來好像很親密的樣子，接下來會發生什麼？誰心裡都沒有譜。

我對旱菸是外行，但再怎麼外行也能分辨出來那老頭兒的旱菸葉子比我師傅差多了，混在師傅的旱菸香味裡，簡直就是有些刺鼻。

他可能也察覺到了這個問題，抽了兩口，頗有些索然無味的樣子，又看著師傅的旱菸杆子悄悄吞了兩口口水，估計火候也差不多了，師傅忽然把自己的旱菸杆子遞到了那老頭兒面前，說道：「你來點兒？」

那老頭兒看著師傅，眼神是明顯的動心了，可是還是開口頗為生硬的拒絕了，他舉了舉自己的旱菸杆子，說道：「我有！」

那聲音聽起來頗為沙啞，像是長期大吼大叫喊壞了嗓子一般。

師傅面對這個拒絕也不生氣，反而是笑咪咪的當著那個老頭兒又抽了一大口旱菸，悠悠的吐出煙霧以後才說道：「我這菸葉子味道很特別的，來點兒吧？俗話說，以酒會友，要的就是懂酒的人。咱們來個以菸會友也不錯，我看你也懂旱菸啊。」

說話間，師傅再次把旱菸杆子遞到了那老頭兒的面前，眼神頗為真誠，菸葉子就在老頭兒的面前徐徐燃燒著，那老頭兒喉頭動了兩動，終於是伸手，幾乎像是搶的一般，搶過了師傅手中的旱菸杆子，開始大口大口的抽了起來。

吞雲吐霧之間，他還享受的閉上了雙眼，一副陶醉的模樣。

師傅也不惱這個老頭兒有些粗魯沒禮貌的動作，就是笑咪咪的在旁邊看著。給那老頭兒的時候，師傅還剩下了大半袋旱菸，結果沒過多久，就被這個老頭兒抽得乾乾淨淨。

這個時候，他把旱菸杆子遞還給我師傅的時候，看我們的眼神要柔和一些了，但更多的是一種意猶未盡的感覺，他還不捨的用舌頭舔了一下嘴唇。

「這菸帶勁兒？」師傅問了一句。

那老頭兒可能是吃人嘴軟，生硬的聲音也變柔和了許多，說道：「帶勁兒，很不錯，我沒抽過那麼好的菸葉子。」

即便他的聲音還是沙啞難聽，不過語氣卻是柔和了很多。

師傅「嘿嘿」笑了笑，拍了拍那老頭兒的肩膀，那老頭兒也沒反對，接著師傅竟然什麼也不說的，站起來，轉身就朝著山上走去，我一看，也立刻反應過來了，趕緊跟著師傅朝山上走去。

師傅要的就是這個效果，你抽了我一袋子旱菸，還好意思攔我？

果然，這次這老頭兒沒有伸腿來攔我們了，可是當我們走了不到三步的時候，忽然聽見身後那老頭兒的聲音響起來：「你們……你們不能上山去……」

我和師傅幾乎同時回頭，看了一眼那老頭兒，他儘管神情有些不好意思，可是眼神中卻流露的是堅定，看樣子是打定主意不讓我們上山了。

師傅微微瞇了瞇眼睛，習慣性的摸了摸下巴的鬍子，儘管已經刮乾淨了，然後明知故問地說道：「為什麼不能上山？」

「總之，總之就是不能上山。」那老頭兒似乎是不善言辭的人，又因為抽了我師傅一袋旱菸，底氣顯得有些不足。

「這山是被你家承包了？那我們換條路走。」師傅就真的作勢要換條路走那般，其實事實的情況是沒有哪家人可以承包那麼大一匹山吧？

結果我和師傅朝著山下走了兩步，那老頭兒急了，直接伸手攔住我們，說道：「不能換條路走。」

其實除了這條青石板路，哪裡又還有路？這老頭兒這又是什麼意思？

這下師傅換了一副表情說道：「老哥，這就是你不對了吧？總不能整座大山都是你的吧，還不能讓人換個路上山了？再說，我待你也厚道吧？那麼貴的旱菸葉子也願意和你分享，你不能這麼待我吧？」

在這個時候，我終於完全明白了師傅的用意，他根本不是想憑藉一袋旱菸就上山了，他根本就是設了個局，讓老頭兒自己鑽進來……他想要知道更多！

第五十七章　祖靈

面對我師傅的指責那老頭兒有些臉紅，虧得他皮膚有些枯黃偏黑，才不是那麼顯眼，不過他也明顯有些急，脖子上的青筋都鼓出來了，急急地說道：「我不坑你，你換條路上山更有危險。」

師傅似笑非笑地說道：「莫不成這山上還有吃人的老虎不成，哪裡有什麼危險？」

那老頭兒被我師傅噎得一愣，總之湘西一帶倒真的沒有聽說有老虎出沒，但是他也更急了，猶豫了半天才說道：「如果……如果比吃人的老虎更加可怕呢？」

「那是啥，大蟒蛇？」

「黑瞎子？」

「莫不成是狼群？」

師傅完全在扯淡，就說黑瞎子（狗熊），哪能出沒在這種氣候的地方？那老頭兒也只是搖頭不答，總之還上前疾走了幾步，執意的攔在我們身前。

師傅看老頭兒這個表現，歎息了一聲，然後無奈地說道：「我懂了……」然後邊說邊放下身上的登山包，從那個鼓鼓囊囊的登山包裡摸出一個用熟料紙紮得結結實實的包，然後慢慢打開，裡面全是黃澄澄的菸葉子。

裝作不捨的樣子，師傅從裡面分了一小半出來，也不管老頭兒目瞪口呆的表情，拿過老頭兒的旱菸杆子，一股腦兒的給老頭兒塞進了旱菸杆兒的袋子裡，然後無奈地說道：「老哥，別說我不懂行，過人地盤兒給人好處，這世道啊也算求個平安。」

說完師傅轉身，連包都來不及收拾，提起來，拉著我擠開那個老頭兒就走。

那老頭兒在我們身後急急喊道：「外地人不可以上山，不可以……」

他急得聲音都變了，難為他那麼沙啞的聲音能變得如此尖銳，原本就有些生澀的漢語，顯得更加生澀，帶著一點兒當地苗族語言的味兒。

可惜我和師傅在這個時候哪裡會聽他的，只顧埋著頭悶聲大步的朝著山上前行。

我和師傅的身體原本就不錯，在這個時候刻意加快速度的情況下更快，可能普通人跑步都追不上我們，何況是上山的階梯，總之我們前行了一分鐘，也沒聽見那老頭兒追上來的腳步聲。

我正覺得奇怪，忽然全身湧起一股毛骨悚然的感覺，一下子全身的寒毛都立起來了，我還沒反應過來是咋回事兒，就聽見一聲狗叫響徹在我們耳邊……就是一般的狗叫，但這聲音根本就不真實，而是異常飄渺的，所以就顯得怪異。

要我具體去形容，就像是鬼和人「說話」，那種聲音直達人的心靈，沒有真實的「落地感」，就像從虛空的深處傳來的一樣。

這狗叫雖然怪異，但到底還是狗叫啊……可是這麼一叫，我竟然控制不住的兩腿發軟，但我如何能夠跪下？蹭蹭的倒退了兩步，一下子倚在了青石板小路旁邊的山壁上。

師傅的情況也比我好不了多少，是扶住了我才勉強站直了身體。

還不只如此，我剛剛靠著山壁，我靈魂的深處就傳來了一聲虎吼，那是沉睡已久的傻虎忽然醒來了。而每次傻虎的醒來，我都能透析到靈魂深處的寂靜空間，在那裡，我看見趴著的傻虎一下子睜開了眼睛，雙眼如炬。

和以前傻呼呼的眼神比起來，這眼神就顯得太靈動了……這還不只，它一醒來就全身毛髮直立，一下子站起來的時候，背有些微微弓起來，尾巴也豎直著，這姿態分明就是害怕！

因為貓被驚嚇到的時候也是這個樣子，至於傻虎再厲害，其實也不過是一隻大貓而已。

傻虎在怕什麼？我一下子從靈魂深處的寂靜世界被強行的拖回了現實中，這不過過去了一秒鐘都不到的時間，在這個時候，我聽到了連綿不絕的狗叫，就像山野裡那種野狗的叫聲，根本不知道是從哪個方向來的。

明明只是狗叫啊……為什麼？為什麼？我莫名的冷汗涔涔，忍不住慌亂的轉頭四處尋找，卻一個晃神，看見前方的天好像黑了一塊……我還沒鬧明白那是不是我的幻覺，就看見那塊黑色消失了。

我下意識的想要揉一下眼睛，卻看見在前方不遠的路上出現了一隻……野獸？不，根本不是野獸，確切的說應該是怪獸吧，像一隻牛，腦袋卻又像一隻老虎，全身火紅，這是……

我還沒有反應過來，也還沒來得及看清楚細節，就覺得這個怪物看起來是那麼虛幻，不像真實存在，卻又這麼在你眼裡，就看見那個怪獸似笑非笑的盯了我一眼，那表情人性化得不像話……我感覺心臟都要跳出喉嚨了。接著，我看見了一道紅色的閃電，一下子朝著我和師傅撲了過來。

我和師傅根本來不及做出任何反應，就看見一張血盆大口衝著師傅的腦袋張開，尖銳的獠牙……看樣子是想一口把我師傅的腦袋吞入腹中！

「師……」我只能下意識的喊出這個字，手伸出來，都來不及拉師傅一把。

我好像已經預感到這虛幻的怪物大嘴只要咬中我師傅的腦袋，我師傅的靈魂就會被吞噬掉一部分……我能做什麼？在這千鈞一髮的時候，我幾乎忘記了害怕。

而在我靈魂深處的傻虎原本是畏懼得不得了，在這個時候也好像感應到了我來自靈魂深處的著急，和那種願意替代師傅去面對這種危險的心情，一下子吼叫了出聲，下一刻就要從我的靈魂中竄出。

那一聲傻虎的吼叫是我從來沒有聽過的，雖然畏懼卻是強撐著勇氣去吼叫了一聲，或許中間還有那麼一點點不服氣的，想要挑戰的……在那一刻我分明感覺我就是傻虎，傻虎就是我！

那怪物原本是要咬到我師傅了，忽然就像聽見了傻虎的吼叫一般，一下子轉了一下頭，就這麼一下，我和它的雙眼對視上了，那雙眼睛是我見過最最冷漠的眼神，還充滿了某種莫名的邪氣讓人心悸，而且有一種異樣的魔力，就像要抽乾人所有的能量與勇氣一般。

我想在這雙眼睛下折服，跪下……可是一股莫名的意志支撐著我強站著，而且倔強的就是要與它對視！

「有點兒意思。」在我的靈魂深處響起這樣一句淡淡的評價，原本應該抑揚頓挫的話，用這種平靜的語氣說出來，分外怪異……是道童子那傢伙吧。

我以為有救了，可是那傢伙竟然就這麼評價了一句，就歸於沉寂了。

在這電光火石不到兩秒的時間，我以為自己沒救了，因為傻虎都來不及出來，卻不想那火紅色怪物的身影忽然就停頓住了，然後快速的越變越淡直到徹底消失。

「和你們說了不要亂闖，再這樣我不客氣了。能看到祖靈，你們怕是修者吧。」這時，那個老頭兒的聲音再次傳來，依舊是沙啞配合上生澀的漢語，不同的是，讓人能明顯感覺到他生氣的意思。

我來不及擦一把額頭上的汗，轉頭一看，那個老頭兒不知道什麼時候已經再次走到了那座奇怪的雕刻面前，正眼神冷漠的看著我和師傅，他的手放在那塊雕刻上，我分明看見血液從手掌中溢出，只是剛流出來，就消失不見……就像那雕刻詭異的在吸血。

這個時候，我才恍然想起那個怪獸的形象，和這雕刻不是有八分的相似嗎？不同的只是那怪獸沒有根根直立如刺蝟一樣的毛，還有那怪異的翅膀。

我也不知道是不是錯覺的看見這尊雕刻好像閃過一道紅光，然後「咻」的消失不見，在那一刻，原本只是怪異，實際上平淡無奇的雕刻看起來充滿了一種帶著異樣威嚴的邪魅冷血氣息，讓人感覺到精神上的無限壓迫。

只是一眼，我再次撐不住的腿軟，比剛才還厲害，只能完全依靠著山壁。再回想起剛才那怪獸，我覺得和雕刻比起來，彷彿顯得稚嫩許多許多……說不上來的感覺。

「呼」，我長呼了一口氣，因為那個雕刻只是一瞬間發出了這樣的氣息，而且明顯的讓我感覺到殘缺不全，如果是全盛的時候……再看時，已經恢復了平靜的樣子，又變成了怪異卻不特別的雕刻。

「對啊，我們是修者。卻想不到啊，你們寨子竟然……」師傅朝著那個老頭兒走了兩步，說了一句莫名其妙的話。

第五十八章　陰魂不散

他們寨子竟然怎麼？師傅好像很瞭解的樣子，原來師傅這傢伙一直在裝傻啊。我長吁了一口氣，我覺得師傅只要對事情有所瞭解，那麼一切就簡單許多，只是我不明白師傅既然知道這麼多，幹嘛對這個老頭兒設一個旱菸局？

和師傅有時候的「老奸巨猾」比起來，我覺得我就是一個老實孩子。

但這一次師傅竟然沒有吊我胃口，在幾步走向那個老頭兒以後，他目光嚴肅的看著老頭兒，接著說了下去：「你們寨子竟然做如此危險的事情，大巫召喚各種靈物或者神靈，甚至培養靈物，是再正常不過的事情。可是你們寨子卻敢冒天下之大不韙，召喚凶獸殘魂。這是窮……」

師傅的話還沒說完，就已經被那個老頭兒所打斷，他收回放在石像雕刻上的手，隨意的在身上抹了一把，留下一道道血印，手上全是一個又一個小洞，我看著就疼，但是他好像不在意，只是說道：「什麼凶獸？這是十二神獸，吞噬惡鬼，無所不能……再說，你瞭解多少情況？我們寨子的事情需要你去評論？我們寨子……我們寨子！不對，你怎麼知道我們寨子？」

而在他們對話間，我卻是注意到，在石像雕刻上也留下了一個鮮紅的血手印，卻是詭異的浸潤進了石像雕刻不見了。看得我心底充滿說不上來的寒意，也在這時，傻虎忽然重新陷入了沉睡，我卻收到了一道比較清晰的念頭——事兒精！

這個念頭……我的面色變得古怪，我敢肯定不是來自道童子，而是來自傻虎，它什麼時候變得如此「鬼靈精」了？甚至一句事兒精道出了無窮的無奈與辛酸，感覺無盡的感慨，拿我沒辦法一樣。

我額頭上的青筋直跳，因為一直以來，我都把傻虎當做自己的「弟弟」看的，竟然「教訓」起我來……我開始懷念那個以前沉悶得連簡單情緒都表達不清楚的傻虎。

話雖然這麼說，我心中卻是真正的感動，因為我感覺傻虎好像「清醒」了，變得和嫩狐狸一樣的靈動……而在這種清醒之下，面對這麼危險的情況，它雖然畏懼，卻毫不猶豫的選擇了與我並肩，說明了什麼？

不過傻虎陷入了沉睡，這些我的想法它也感應不到了，但師傅和老頭兒的對話卻讓我覺得非常好奇，剛才師傅沒有說完的話，其實我倒是知道的，他想說的應該是這是窮奇！

窮奇，《山海經》內記載的一種妖物，四大凶獸，卻也是被封為神。另外，還有一些古籍有過模糊的記載，關於窮奇的，反正說法也不盡相同。

關於古籍的記載，在我少年最好奇的時候曾經問過師傅，討論過是不是這些真的存在，師傅卻目光深沉的告訴我：「其實我們華夏經歷過很多磨難啊，文化也出現了斷層。很多非常珍貴的文獻，就連我道家也沒有保留住。我只能告訴你，現在古籍記載的不盡然，這個不盡然所包含的，有想像補充的意思，有個人想法的意思，有以訛傳訛模糊化的意思，你可參考，不可盡信。況且，不只我華夏，連人類也出現了一個文化斷層，就是說人類進化中有一個突飛猛進的過程，就出現了現代的人類……這中間的十幾萬年呢？也只是推測，那你覺得……」

師傅說到這裡頓了一下，用一種自己也不肯定的模糊語氣說道：「在《山海經》裡記載的大戰，你要不要理解為那個時候的人類真的和妖、怪進行了一場大戰呢？」

這段話不像師傅平常的語氣，用一種篤定來告訴我一些事情，或者是引導性的讓我自己判斷，而是充滿了各種猜測和不確定，甚至想像的元素，卻是在我小時候留下印象最深刻的一段話。

如今，越來越多的事情發生在我面前，一個窮奇已經讓我不至於震驚的驚呼了。

還有什麼好震驚的？昆侖、蓬萊、螣蛇，再出現個窮奇……最多讓我神經麻木而已，況且窮奇不像螣蛇，是一個實體這樣出現，而顯然是一個靈體的樣子。那如果是靈體的話，什麼樣子也不奇怪，就算強子以前也召喚過一個兩面神，我不去想它們的來歷，就單純的看成一個能量體，內心就平靜得緊。

而師傅那邊面對老頭兒緊張的質問，卻是變得不緊不慢，他沒有直接回答老頭兒的問題，而是說道：「那你這麼說起來，我倒覺得你們寨子走了歪路。就誠如你所說，你們寨子的事情我不懂，我肯定也不管。我就擔心我的侄兒，我要去找他，而且這次我要帶走他。」

「你侄兒，是誰？」這老頭兒聽聞我師傅這樣說，竟然沒有動怒，只是臉上的疑惑更重，擺明了在等我師傅的一個答案，也可能真的是怕大水沖了龍王廟這樣的烏龍事發生。

「孫強。」我師傅回答得也算簡單。

可是老頭兒卻是眉頭一皺，臉色一下子就沉了下來，說道：「這山上沒有這個人……你該不會隨便編個名字來騙我？你走吧，看在一袋菸葉子的交情上，我也不為難你了。否則，就憑你這番胡言亂語，好像還知道寨子的事情，我就應該把你……」

老頭兒這番話已經十分不客氣，瞬間就撕破臉了，但話裡的意思是他好像因為一袋旱菸葉子，沒有為難我們一般。

我和師傅怎麼可能這樣就走，況且他說寨子裡沒有孫強這個人，我們怎麼不擔心？我曾經說過強子就是我弟弟，而從某種角度上來說，孫強是我師傅侄兒也沒錯，他如此說，我們更要上山去看看了。

原本這番話說出來就要到了徹底撕破臉，甚至動手的邊緣……可是沒想到這老頭兒說到最後，話竟然被鎮子裡傳來鬧哄哄的動靜而打斷了。

所謂鬧哄哄的動靜，不過是車子開進鎮子的聲音，加上喧騰的人聲，原本這並沒有什麼好奇怪的，可是這並不是一輛車子的聲音，而好像是一個車隊的聲音。

至於人聲原本就是有的，可這個時候的人聲就像一滴水濺進了滾燙的油裡，忽然發出了爆裂的聲音一般，又是刺耳又是亂哄哄的。

這個動靜不僅讓老頭兒的臉色變得難看，我和師傅也被吸引了目光，畢竟這裡雖然是山腳，但是地形綿延而上，我們站這個位置是明顯能夠看見鎮子裡的情況的。

所以轉頭是看見了大概有十幾輛車子開進鎮子的樣子，這些車除了領頭那輛車子，其餘的都是那種專門拉人的帳篷貨車，就像送新兵的車子。

這麼小一個鎮子，甚至不是因為居住相對集中，說是大村子也行的地方，開進來的這種算是大型車的車子，一下子顯得擁擠。

但這車子上坐的可不是軍人，而全部是穿著黑衫黑褲，然後統一戴著面具的人，就那麼大刺刺的衝進了鎮子。

鎮子上的人聲我聽不清楚議論一些什麼，但是人頭攢動的樣子，還有許多人紛紛從屋子裡出來，大家如臨大敵的氣場，讓我本能直覺這些人對於這些車子上的人一定不陌生。

我忽然就想起了那個門房大爺的話，說是這個鎮子怎麼就「吃香」了，常常有外鄉人來查探什麼的，難道……我再仔細看了看，臉色就變了，那些戴著面具的人我自然不熟悉，那改裝過的帳篷越野車上的人我也不認識。可是那車子我是那麼熟悉，因為曾經我見過一款同樣的車子，就是同樣被這樣改裝的車子，而那個時候就是不久前，我和師傅躲在山坡上那次，而那個時候車子上坐的人是楊晟，還有堂堂聖王……

這逃亡之路要怎麼樣波折？就算是弄個巧合，也能讓我體會到什麼是陰魂不散的感覺。我不認為車子被改裝為同一個造型，只是單純的「流行」這樣的改裝，說沒有關聯，我自己都不能說服自己。

師傅顯然也發現了這個問題，臉色也變得沉重，不過卻是言語奇怪的嘀咕了那麼一句：「黎明前總是有最黑暗的時候，而轟轟烈烈的大時代來臨之際，總是有諸多的風波引來這樣一個時代。」

他說話的聲音很小，只有我能聽見，我還來不及說什麼，已經聽見那個老頭兒咬著牙齒咒罵了一句：「這些可惡的強盜，他們是要鬧出多大的事情？」

從老頭兒的話中，我能明顯感覺和我的判斷一樣，這鎮子裡的人顯然和這些車子上的人不是第一次接觸了，他肯定也是知道一些什麼的。為什麼要叫這些人強盜？我如果判斷沒錯的話，這些人是屬於楊晟組織的，就算是走上了邪路，怎麼也和強盜不沾邊兒啊。

我和師傅陷入了一個更加糟糕的局面……

第五十九章 混亂中的怪異

不過我和師傅卻沒有因為這個糟糕的局面就陷入了驚慌，畢竟風浪經過了那麼多，心理素質也鍛煉出來了。

如果現在要做出最正確的判斷，唯一的辦法就是朝著山上跑，那樣還會求得一線生機，所以我們對望了一眼，師傅連行李都不要的，就和我非常有默契的朝著山上跑去。

而為了防備那個所謂的窮奇殘魂，我心中暗暗運術，準備在關鍵的時刻強行放出傻虎，能抵擋一陣兒就是一陣兒。我唯一的依靠是，這老頭兒肯定要管鎮子上的情況，不會就專心的來阻止我們上山。

結果沒跑兩步，那老頭兒的聲音卻是傳來：「你以為祖靈就是那麼簡簡單單的嗎？你們不要逼我！」

我不想停下腳步，但是卻不得不停下腳步，因為我感覺到了一股龐大的氣場從我們的身後傳來，如果我們再跑，我完全相信老頭兒的話，這個石像雕刻的窮奇裡掩藏著更多的力量。

這樣的氣場，師傅顯然也感應到了，想忽略都做不到，幾乎是同時的，師傅也跟著我停下了腳步。

我們兩個幾乎盯著那個老頭兒，眼光中已滿是無奈和著急。其實，就算他這樣堅持，我不知道為什麼對這老頭兒也厭惡不起來，總覺得從他之前的話能感覺到，這老頭兒是有些生人勿近，生硬剽悍的感覺，可是性格到底還是耿直而直接的。說到底湘西的漢子，不管苗人漢人還是其他族的人大多也是這樣的性子。

師傅顯然也和我是一個想法，所以我也沒感覺到他對這個老頭兒的厭惡，可是面對我們這樣近乎祈求的目光，這老頭兒還是很生硬，他對我和師傅說道：「下去。雖然族人對我很重要，更重要的是我們要守護山上。你們下去，這些人只找我和族人的麻煩，你們自己趁亂找個機會走吧。」

他的語氣不容置疑，可是他不知道的是，這車上的這些人一旦認出我們，恐怕第一個就是找我們的麻煩吧？而我相信，楊晟幾乎不可能沒給下屬，至少是重要下屬看過我和師傅的樣子，他要取得我和師傅的第一手資料似乎不是那麼難。

「下去！」見我和師傅磨磨蹭蹭的不動，那個老頭兒怒吼了一聲，那樣子似乎是懶得和我還有師傅囉嗦了。

我和師傅面面相覷，知道是拖不下去了，而留在這裡和那個幾乎肯定是窮奇的靈體大戰，也不是什麼明智之舉，倒不是說我和師傅真的怕了那個窮奇，不敢和它拚命，而是這樣的話，和舉著橫幅告訴那些底下的人，我和師傅在這裡有什麼區別？

「算啦，下去吧。走一步看一步。」師傅是這樣對我說的。

我很乾脆的就取下了身上的登山包，很隨意的扔在了旁邊山壁的草叢裡，然後開始脫衣服……師傅楞了一秒，但很快反應過來，也開始脫衣服。

「搞什麼啊。」那老頭兒不解的轉過臉，對我們這個動作倒是沒有阻止。

這其實不是我和師傅在耍流氓，我們只是想要脫掉這顯眼的登山服什麼的，畢竟這個鎮子的人雖然不是全部穿著苗族服裝，可是到底還是穿得比較樸實，也可以說是過時，我和師傅這樣下去，不就是兩個靶子嗎？

脫下來的登山服，我們也扔到了草叢裡，並且還很沒羞的在老頭兒面前換了一條平常的褲子，然後我扯起一叢草，將上面的泥在身上臉上亂抹亂塗一番，看起來比較……唔，像勞作了一番特別不講究的人以後，我和師傅果斷的下山了。

能有什麼辦法，既然在山上待不下去，還不如果斷的下去，看能不能爭取什麼機會？

從鎮子入山的路，倒不是從鎮子上的正街過去的，而是一條從正街上分離出去的巷子，不算偏僻，但兩側的房子也是很好的遮擋，這到底也算不幸中的萬幸吧，至少給了我和師傅一定的緩衝。

很快我們就從山上重新進入了鎮子，不過在下山的時候，我們也大概觀察了一下情況，那就是這些車子進入鎮子以後，幾乎就散開了，很快就包圍了這個不大的鎮子。而車子上的人下來了一些，還留了一些在車子上，好像是為了看守，總之是完全封鎖了這個小鎮子，一時半會兒也鬧不清楚他們要做什麼。

而這些下車的人也很有目的性，一下車之後，根本就不管那些怒目而視的鎮子上的人，而是有條理的分為了一些小隊，開始沿街搜索，肆無忌憚的闖入民宅，感覺像是要把這個鎮子的人全部逼出來。

這就是我和師傅看到的全部情況，之後怎麼樣就來不及看了，在這過程中，我和師傅幾乎沒有交流過，就同時加快了腳步，朝著鎮子上趕去，這種事情根本就不用交流，是傻子都能看出來，如果再拖延一些時間的話，我們下山不是被這些搜索小隊堵個正著，只有無聲無息的混入人群，對於我們來說才是最好的選擇。

走入了那條上山的小巷，我和師傅都沒有貿然的衝進小巷，而是利用旁邊的房子遮擋了一下，觀察了幾秒鐘的情況。

小巷安靜，而在這個早晨的時分露水還未乾去，小巷有些不平的條石路也還濕漉漉的，空氣中充滿了一種山野的氣息，一切都顯得很正常。

我和師傅快速的跑入小巷，但從這小巷直接出去顯然不現實，因為我們突兀的出現在大街上是很顯眼的，畢竟這個小巷子那麼安靜，又處在鎮子的邊緣，人影兒都不見一個，摸不清楚這些人到底是出去了，還是躲在屋裡，我和師傅為了小心，顯然不想當顯眼的那兩個。

所以我們在跑到小巷一半的時候，我拉住了師傅，小聲對他說道：「從這棟房子繞過去，繞到後面幾條巷子再出去。我剛才觀察過，這棟房子背後的街道臨近正街，從那裡出去不會顯眼。」

師傅也不多說，直接點頭……

這裡的房子多少還保留了一點兒苗家吊腳樓的特色，我和師傅蹭蹭蹭的就跑上了樓梯，但這家大門緊閉，我和師傅強闖也不合適，萬一驚動拉扯上了，反而是件麻煩事兒。

所以，我和師傅一不做二不休，我直接蹲了下來，師傅踩著我的肩膀，然後我借助起身的一個用力，把師傅幾乎是用拋擲的方式送到了二樓的窗口，師傅緊緊拉住窗簷，然後借助這力量拉起了身子，然後曲起手肘一個用力，撞開了這木製的窗戶，順利的爬了進去。

在這狹窄的長廊上，我也沒有可以助跑的地方，只能退了一步，然後衝上前高高躍起，伸出手來，師傅一下子拉住了我，憑藉這點兒力量，我也順利到了窗口，爬進了這間屋子。

而在這時，我和師傅剛剛站定喘息，就聽見巷口傳來了一陣陣腳步聲，師傅趕緊輕手輕腳的關了窗戶，躲在窗戶後面的縫隙看了一眼，我也跟著看了一眼，好巧不巧的就看見一隊巡邏小隊走近了這條巷子。

這叫什麼？很多次我和師傅都與這樣的危險擦肩而過，雖然感慨著自己的運氣，但我卻不覺得這是什麼值得大驚小怪的事兒，包括我看見很多書裡，主角往往就在關鍵的時候，因為各種巧合逃開，都不會覺得所謂的「狗血」。

只因為我相信一句話，天地有正氣，如果一個人在做著正確，甚至是正義的事情，做得多了，一些氣運加身再正常不過。

就連幼稚園的小朋友幫助了別人，老師也會給予表揚和鼓勵。不管這樣事情對於很多人意義大不大，至少是一種對「正」的肯定，而老天爺就像一個羞澀的姑娘家用最含蓄的方式來表達，但是不管怎麼委婉，它總是表達了的。

這一瞬間，我就這個想法，一次次的經歷也證明我這個想法沒有錯，但時間已經不容我再過多去想，幾乎是下意識的我就跟隨師傅的腳步走出了這間屋子，開始尋找有後窗戶的地方，按照苗寨建築的習慣，這是應該有後窗戶的。

可不想剛剛走出了這間屋子，卻看見一個瞎了一隻眼睛的老者，就站在昏暗的屋中走廊上看著我們，而我們必須去到相對的房間，才能通過那面房間的窗戶去到另外一條街道。

我一下子緊張起來，師傅的身體也變得僵硬了一些，那個老人抬頭看了我們一眼，僅剩下的一隻眼睛也是昏暗模糊的，看不透是什麼眼神。

在那一刻，氣氛似乎完全的緊張而凝滯起來，變成了實質的漿糊一般，五秒，或者是十秒？那個老人的鼻子忽然抽動了幾下，眼睛一閉，也不知道在想什麼，忽然抬手給我們指了一下一間屋子。

我和師傅愣了一下，這是什麼意思？我剛才還準備這個老人如果有什麼過激反應，我立刻撲過去，不管怎麼樣一定要快速的阻止，現在做出這麼一個動作來是什麼意思？

「那間屋子有窗戶。」那個老者懶洋洋的說了那麼一句，然後就轉身，竟然下樓了。留下我和師傅一下子完全反應不過來了。

第六十章　赤裸裸的威脅

「有祖靈的味兒，還活著，有意思……」那獨眼老者自然不會給我們解釋什麼，一邊說著這句莫名其妙的話，一邊下樓了，聲音也漸漸低不可聞。

難道這就是他幫我們的原因，我們身上有祖靈的味兒？天知道那隻所謂的祖靈差點兒吞了我們。

不過，重點應該是那句還活著吧，我和師傅也不想琢磨太多，總之這個情況實在無法想太長遠的計畫，只能走一步看一步，所以我和師傅朝著那個老者指的房間直接竄了進去，在那個房間，果然有一扇面街的窗戶，而這個房子正好在另外一條街道的邊緣，我和師傅瞅著一個沒人注意的機會，毫不猶豫的從二樓跳了下去。

吊腳樓的二樓還算是有些高度了，這樣跳下來摔得我和師傅生疼，幸好從小強身健體，身體的協調性也不錯，及時做了保護動作，除了疼也沒什麼大事。

可我和師傅哪裡還顧得上身體的疼痛，咬牙爬起來，連氣都不敢喘一口，低頭快速的從這條街道走出。

幸好我們的衣服很髒，大概樣子也看不出來了，臉也很髒，沒有什麼人注意我們，而我也發現這個無意之舉竟然很巧合是對的，因為我用眼角的餘光看見，還真的有些人臉上身上有些勞作過後的樣子，難道這個鎮子上的人習慣大早上的勞動？

我也懶得想這些了，和師傅只管走路，這條不長的小巷很快就走到了盡頭，來到了正街之上。

正街之上和之前一樣是熙熙攘攘的人群，之前就有些人自動聚集在正街之上，這個時候反倒是那個巡邏小隊刻意的把人往正街上趕，而在這種時候，我才注意到這些巡邏小隊的人手上還拿著武器。

這武器雖然不像軍隊的武器配備的那麼好，至少也做到了人手一柄熱武器。

說真的，這熱武器對修者有多少用我不知道，但是最及時的壓制是絕對能做到的，加上這個小鎮的人難道還會真的全部是修者嗎？答案當然是否定的。

我和師傅混跡在人群中，我扯著師傅的袖子，就是怕我們被這密集的人群擠得失散了。而這次來的大概兩百人左右，小鎮卻有上千人，被壓抑的原因，還是因為普通人怕了熱武器，而修者又顧忌普通人吧？

「師傅，真是太囂張了，那邊不是有鎮上管事兒的人嗎？」我小聲的在師傅耳邊說道。

師傅朝我努了努嘴，示意我朝那邊大院兒看去，這個早晨是沒人的，安靜得要命，我仔細一想，今天好像是週末，而且門房大爺也說了，這個鎮子是突然出現的，因為人手不夠的原因，也只是隔壁大鎮子的人來臨時管理一下，可是最近的隔壁也隔著很遠的距離啊。

這麼仔細一想，一切都像是算計好的陰謀啊！就算楊晟再囂張，也不敢明著「出世」，和國家機器對著幹的。

而我在收回眼光之前，忽然看見那巡邏小隊從門房裡扯出了一個人，那個人顯然還有些迷糊又驚嚇，不就是之前那個熱情的門房大爺嗎？

「師傅，我們要幫他吧。」有說法說，前世千百次的回頭才修得了今生的擦肩，我們到底和門房大爺坐下來喝了這麼大半夜的酒，這也是一種緣分。我也不是在如此危急的情況下還要當濫好人。

只是仔細想一想，做為楊晟要做一個不落人口實的祕密大行動，肯定是小心防備的，這個門房大爺的結果想想也不會太好。

至於我和師傅是修者，想必那個在山路口守著的老頭兒才會對我們說可以離開的話吧？好像他知道這次行動有針對性一般。不過，門房大爺只是一個沒背景的普通人，而從古到今，失蹤一些人，好像也不是什麼太奇怪的事兒。

就是這樣我才動了惻隱之心。

但具體要怎麼做？我心中還沒有謀劃好，而師傅對於我的提議，只是點了點頭，眉頭就皺了起來，想必也是在心中細細謀劃了。

隨著時間一分一秒的過去，被趕到正街上的人越來越多，原本這個小鎮子所謂的正街也就不太寬敞，如今幾乎聚集了小鎮的上千人，更加擁擠了。

這番鬧騰後已經是上午的九點多，夏日的太陽從來都很勤奮，九點多已經高高懸掛在天空，熱辣辣照下來曬出人們的汗液，又把它蒸騰開來散發在空氣中，這條街道一時間充滿了一種讓人煩悶而窒息的氣息，而且充斥著異常複雜的味道。

在這樣的氣氛下最容易不冷靜，這環境都影響得我必須要在心中默念靜心口訣了，我雖然衝動也知道關鍵時刻保持冷靜，才能抓住一絲絲的機會，為自己的命運來個逆轉。

與先前一開始這些人出現的喧鬧不同，這正街上聚集的人越來越多，這小鎮反而越來越安靜了，只是偶爾會傳來類似蜜蜂「嗡嗡嗡」的聲音，都很低沉，再也沒有人議論什麼，弄得我和師傅說話都不方便。

我一直在注意著周圍，發現被擠在人群中雖然能隱藏自己，但是從另外一個方面來說，簡直就和把自己關在鐵桶中沒有什麼區別，而我也很清醒的知道，在這種情況下怕是只有一場混亂才能給我和師傅最大的機會。

除了這個，我還敏感的注意到一件事情，那就是那個門房大爺好像得到了「特別」的待遇，竟然被帶到了包圍小鎮的一輛敞篷貨車上，我遠遠的看見他好像很怕，怕得身體都在顫抖。

我看得有些悶，低下了頭……偏偏帶到車上，這不是火上加油的事兒嗎？可是我還來不及思考太多，就聽見那巡邏小隊的呼喝聲，我抬頭一看，在小鎮的邊緣處，進山的那個巷口，起碼有三個小隊的人在喝呼著一排人快些走，就跟趕牲口似的。

我一看就知道，這些人應該是從我們進山下山那條巷子被趕出來的，仔細一看，竟然是十個左右的老者，我沒來得及數，只是看了個大概，而那個之前給我和師傅指路過的獨眼老者赫然就在其中。

這些老者很厲害嗎，竟然要用三個小隊來驅趕？而這些小隊的人，我早感覺出來了，一些可能是正常的修者，而另外一些顯然是「楊晟牌」類殭屍，戰鬥力按說是不低了，算是「鄭重」的待遇了！

不過，這些老者好像並沒有太害怕的感覺，反倒是盯著鎮子上的人，眼中流露出了一絲絲擔憂，這應該是所謂的投鼠忌器？和我之前的判斷沒有多大出入，小鎮的普通人從某種程度壓制了修者。

這倒讓我想起一件事兒，我始終沒有看見入山口那個坐在石像雕刻面前抽旱菸的老頭兒，難道他還真的沒下山，鎮子這樣他無動無衷？

可就如他所說，寨子的事兒不關我們的事兒，我們不知道什麼！鎮子的事情又豈是我們能猜測的，我和師傅唯一能做的也就是默默的等待機會。

從那群老頭兒被趕入人群以後，這個鎮子上的人好像就被「清空」了，那些巡邏小隊開始快速分散，就像戒嚴一般的，前後站成兩排，壓制著人群，然後往街道的邊緣趕。

原本街道就狹窄，這樣一趕，人與人之間擠得更加厲害，幾乎是肉貼肉沒有縫隙了，而空氣中那種窒息越發沉悶了……我的腦子都忍不住有些微微的昏沉。

也就在這時，一陣發動機的聲音響起，那輛改裝過的越野車開始緩緩的駛入街道，在越野車的前方站著一個人，這麼熱的天，難為他穿著一身沒有什麼標誌的黑色短袖制服，連領口的扣子都不放過的扣得整整齊齊，壓低的帽檐投下的陰影，讓人看不清楚他的眼睛，不過露出的半張臉像刀削斧刻一般，整個人還真的流露出一種軍人才有的氣質。

越野車緩緩開過街道，這個人威嚴的不時轉頭張望，我在心裡暗罵道：「穿身制服真以為自己是個部隊的官兒，還搞個閱兵？」不過也只是想想而已，因為從那排老人出現以後，整個正街就徹底的安靜下來，人們沉默得可怕，連那種低沉的蜜蜂「嗡嗡」聲也消失了。

越野車終於在鎮子街道的正中停了下來，那個站在車子裡的人忽然就踩著座椅，一下子站得更高了一些，威嚴的前後左右看了一次，接著根本就不拖泥帶水的開始講話了。

沒有用任何的傳音設備，就是這樣很正常的講話，而整個正街卻都迴盪著他有些低沉的男低音。

「咱們不是第一次見面了，這些日子以來，想必鎮子裡的有心人對我們已經很熟悉了，這個鎮子不簡單吶！讓我們很感興趣，也充滿了好奇！不過，再怎麼樣，我是一個有原則的人，這原則就是不去動普通人。」

這話講得可夠冠冕堂皇，這人葫蘆裡賣的什麼藥？我還在猜測，那個低沉的男低音又迴盪在鎮子裡。

「不過，我這個人講原則，卻把一件事情更加凌駕於原則之上，那就是規矩。原則上不動普通人，前提就是按照我的規矩來辦事兒……」

呵，赤裸裸的威脅！

第六十一章　睚眥

在湘西，你不必去懷疑一個人的血性，我指的這種血性並不分男女，這是屬於骨子裡的一種剽悍。

反而你需要去擔心的是以這種血性為基礎燃燒的火焰，雄厚濃烈得會吞噬掉一個人的理智，然後釋放出一種叫做不顧後果的衝動情緒。

這個站在車上的男人言辭咄咄逼人，且不留餘地，根本是在挑釁一個鎮子的人，我以為這會激發出這個鎮子裡人的血性，至少會產生一點兒騷動，卻不料在這番言語之下，這個鎮子裡的人依舊沉默得驚人。

我擠在人群中間，聽著此起彼伏的呼吸，甚至都聽不見有一個人因為憤怒而呼吸變得急促。

這種現象多麼的不正常？難道這個鎮子裡的人一夜之間變得軟弱了？這顯然是不可能的，昨天他們看著我和師傅的眼神還留在我的腦海裡，那是一種壓抑的鋒利眼神，如刀。

那麼他們隱忍的背後，一定有著更重要的原因。

面對這樣的沉默，這個男人似乎很滿意，用一種我覺得很「做作」的樣子，緩緩看了一圈四周之後，他再次開口了，說道：「很好，你們都是聰明人。俗話說，留得青山在，不怕沒柴燒，一個族群最重要的東西就是未來……」說話間，他抬手一指，正好指到一個小朋友身上。

這個小朋友看起來不過五、六歲的樣子，被那個男人一指，並沒有退縮，反而是一個仰頭，皺著眉頭，稚嫩的小臉用一種憤怒的神情看了一眼那個男人。

孩子是不懂得隱忍，才會表現出一個族群，一個地域的人最本質性格，卻被可能是他母親的一個女人立刻拉了一把，把孩子的身子扳過去，抱在了自己的懷裡。

「就比如，這些孩子就是你們的未來，這才是你們需要保護的。」那個男人也沒有低品到和一個孩子計較，就如同沒有看見那個孩子一般，聲音平靜、冷漠、低沉地說道。

我很好奇，這群人到底是要做什麼？確切的說是這群楊晟的人到底要做什麼，以至於讓這個男人要說出這麼一番話，似乎是在和這個鎮子的人談條件，又似乎是在安撫一般。

我能明白這種條件與安撫，是為了讓這個鎮子的人不反抗，不至於鬧出更大的動靜。但我很難想像這背後的目的？可是，不論我想破了腦袋，這個鎮子上的人依舊非常沉默。

好像這種沉默就是這個男人要的，他很快就給出了我猜測的答案：「很好，那麼我就當我們之間有默契了。接下來，就說一下我的規矩，我們這次來呢，是要在你們鎮子上挑一部分人走，挑去做什麼、去哪裡，你們就不用關心了。而規矩就是等一下你們一個個的去那邊排隊，然後做一個小小的檢查，通過這種檢查我們就會挑選一部分人，在這其中，我希望你們遵守次序，一切行動聽指揮，這就是我的規矩，是不是很簡單？」

說完，這個男人忽然取下帽子扔到了一旁，然後用一種凌厲的眼神再次四周都看了一眼，於此同時，身上爆發出讓人窒息的強大氣場。

彷彿是要回應他這個動作，在他身邊的幾個人，原本有些懶洋洋的，也忽然同時爆發出了壓抑無比。

強大的氣場，連同那些一起來的普通下屬也一起刻意「展現」出自己的氣場，整個鎮子一時間

「聖王級別？」我通過車子上那幾個人釋放出的氣場，開始對他們的實力做出判斷，如果車上的都是聖王級別，我和師傅估計是沒有強行突破的可能性，而答案很殘酷，在車上，除了那個男人，還有另外一個樣子很普通的人都是聖王級別，其餘幾個人也絕對不弱，至少是實力和我相當的存在。

做出這麼一個基本判斷以後，在如此炎熱的天氣之下，我的指尖都有一些發涼，這簡直可以說是一個修者門派的戰鬥力了，而且至少是中等以上的修者門派，這個鎮子上的人到底有什麼吸引力，讓楊晟如此重視，派出如此雄厚的力量到這個鎮子上來？

因為從那個男人的話中，我已經得知，他們要的是這個鎮子上的人。聽聞起來多麼可笑，難道楊晟的組織缺人？這顯然是不可能的……

我在猜測的時候，那個男人依舊在耀武揚威的炫耀著自己人的「爪牙」，這顯然不是給普通人看的，因為普通人頂多也就是感覺這些人不好惹，不能靠近，這種氣場是給鎮子上的修者看的。

我早就判斷出這個鎮子上隱藏著為數不算少的修者，就從那個坐在石頭雕刻旁邊的老頭兒開始，到最後人群的聚集，這是一種很容易感應的事情。

我也注意到這個男人的確可怕，從他摘掉帽子的瞬間，我就看清楚了他的長相，眉脊骨高高凸起，眉毛卻是疏淡，三道不知道是什麼東西留下的類似爪印痕跡，從他的額頭開始一直蔓延到眼角下方。

幾乎貼著頭皮的短板寸頭髮，又給他增添了幾分剽悍的氣息，這樣的形象，就算不用散發出氣場也一樣能嚇哭小孩子。

也不知道是因為他們氣場的壓制，還是這個鎮子上的人商量好的，一定要隱忍到底，一直到現在，這個男人說出了這個目的後鎮子上的人都沉默得緊。

我覺得這是比打家劫舍更加可惡可怕的目的：直接搶人。而做為如此注重血統的苗人族人，他們到底是怎麼了？

「呵呵……」站在車上的那個男人終於發出了講話以來的第一聲笑聲，沒有任何讓旁人感覺到喜悅的意思，反而是配合著他那張臉，有一種讓人心裡不寒而慄的猙獰感覺，他還不如不笑。

「嗯，看來你們都是聰明的，那就好。就請你們配合我們的人，開始吧。」說話間，他又把帽子重新戴上了，然後忽然聲音放大地說道：「但希望你們這樣的配合不是欺騙，如果有一個人破壞規矩，哪怕只有一點點，我就會毫不猶豫的殺掉你們鎮子上的一個人，就先從孩子開始。不要以為僥倖反抗能得到什麼好結果，我不是威脅你們，我這個人在江湖上有一點兒小小的名聲，就叫睚眥。知道睚眥嗎？龍的兒子，性格最凶殘的那個，還有一點就是讓我有一點點記仇的事情，我都會不管不顧的報答，哪怕追殺到天涯海角。」

這人最後幾句話說得陰惻惻的，聽起來就像一個普通男人喝了酒在吹牛一般，可事實上由他說出來，卻有讓人不得不相信的感覺。

睚眥，修者圈子裡有這麼一個人？我下意識的搖搖頭，我是真的沒有聽過，卻聽見師傅低著頭，異常小聲幾乎是用氣聲說了一句話：「這個惡棍兒，原來沒死？」

我立刻看了一眼周圍，看來除了我還沒有人聽見師傅這句話，我稍微放心了一些，在佩服自己聽力的同時，心中也一下子有感覺，師傅好像知道這個人，不過現在這種人擠人的狀況，我不可能和師傅交談，也只能把這些疑問藏在心底。

同時，我也暗暗有些焦急，這個鎮子的人就準備這麼一直沉默下去嗎？我要的轉機在哪兒？我相信其實楊晟不敢把事情鬧大，殺太多人，無論放在哪裡都是一件無法交代的事情，何況是普通人，只要這個鎮子的人稍許敢反抗一些……

可是他們就是不反抗，甚至這個時候，那些一直站在車上監視著整個鎮子的普通下屬開始下來了一些，組織人群排隊了，這些人依舊無動於衷，而且一開始被圈定的一批人還有些配合他們的樣子。

那個男人看到這種情況滿意地哼了一聲，然後就坐在了車子裡，而車子朝著鎮子的一頭，也就是入口處開去，開出了一定的距離，停在了一個不知道什麼時候搭建好的臨時白色帳篷面前。

那個男人也不下車，就坐在車上靜靜等待著。

第一批被帶過去排隊的大概有五十人的樣子，在那些下屬的指揮下，很快就沉默的排起了一支隊伍，朝著白色帳篷走去，最後停留在那裡等待著。

這個時候從那輛越野車上跳下來兩個人，一男一女，一邊朝著那個白色帳篷走去，一邊在身上披了一件白大褂，搞得就像一個醫院裡忙忙碌碌的醫生那樣。

醫生？這肯定不是，因為剛才這兩個人爆發的氣息，是普通醫生可以的嗎？修者……一定是修者，不過刻意弄成這個模樣，莫不成是醫字脈的修者，反正現在醫院的中醫也是穿白大褂的，誰知道？我只是一時間胡思亂想而已。

那兩個人匆忙的進了那個白色帳篷，過了幾分鐘不到，就看見幾個下屬模樣的人端著椅子啊桌子啊進了帳篷，當然還有密封在箱子裡不知道是什麼的神祕東西，他們搬進去了好幾個這樣的箱子。

事情越發神祕了，整個鎮子的氣氛愈加凝重，只有那個自稱為睚眥的男人此刻最逍遙，竟然把腿搭在了車子的操作臺上，哼起了一首跑調的小調。

第六十二章 憤怒的睚眥

那個男人好像很高興，我估計這種高興應該是他也沒想到事情會辦得那麼順利，所以開心吧？

但，在這種時候，我已經在心底漸漸為這個男人標注了一個注解，那就是這個人基本是那種「呂布」型的人吧，說不好聽一點兒，就是沒什麼腦子，喜歡用暴力解決問題的人。

如果一個心思縝密一點兒的人，肯定不會為如此的順利而欣喜，反而會更加防備。事出反常必有妖，如果一個仔細瞭解過苗寨和湘西這邊風土人情的必定會這麼想的，那個男人恐怕真的以為自己的勢力壓制住了這個寨子。

他愉快得那麼不加掩飾，整個安靜的小鎮主街都是他愉快的哼歌聲，我不得不為他貼上那麼一張標籤。

這是所有不順的事情裡，稍微順利一點兒的一個小因素，畢竟可以選擇的話，我情願和十個這種「猛將」打交道，也不願意和一個所謂的「智將」打交道。

另外，我還注意到一個細節，那就是這個人的聲音很特別，明明看起來是毫不費力的樣子，卻可以傳到每個人的耳朵裡，就連不經意的哼一個小調，也能讓隔了一定距離的我聽見，這應該是他比較強力的一點兒？

在等待的時間裡，我的腦子不停過濾著各種資訊，我不認為這是沒用的，處於絕對劣勢的我和師傅，所能依靠的就是每一點的細節和不停的分析，給自己一點點的有利。

那個安靜了十幾分鐘的帳篷忽然有了動靜，那個穿著白大褂的女人忽然出來了一下，給旁邊站著的守衛下屬說了一句什麼，然後這個守衛的下屬又傳言了下去，那些下屬開始紛紛忙碌起來，原本在排隊等待的人群終於開始挪動，第一個人已經進入了帳篷……

隨著第一個人的進入，我的心莫名緊張起來，這種感覺很奇怪，不危險，就是莫名的緊張。

我很想知道帳篷裡發生了什麼，可是視力再好也不可能透視到帳篷裡面去的，開天眼倒是可以破除一切虛妄的「阻礙」，直接看到本質，可是在這種情況下，我根本不敢開天眼，那是有能量波動的，我一開天眼，在這群人面前和活靶子沒有區別。

所以，我儘管不知道為什麼，非常想知道帳篷裡發生的一切，可是卻是毫無辦法。

按說，只要等待就一定會輪到我和師傅進去的，可是我們能這樣嗎？估計在一撥兒一撥兒挑選人的時候，我和師傅就說不定會被認出來。

怎麼辦？我已經開始有些隱隱的著急，小鎮上不過千來人，五十人一批，也就是頂多二十幾批，我和師傅混雜在人群的中間，就算是運氣好，成為最後一批所謂需要檢驗的人，這時間也拖延不了太久。

機會？我們需要的機會在哪兒？我一籌莫展，我看了一眼師傅，他的眉頭也緊緊皺著，在這樣近乎沒有路的情勢下，想要想出一個辦法，真的是很難啊。

「啊—」，就在我還焦急迷惘的時候，帳篷裡傳來了一聲慘叫的聲音，驚得我一下子抬起了頭，接著我就看見兩個守在門口的下屬進去，從帳篷裡拖出了一個臉色蒼白的人，那是第一個進去的男人。

此刻的他看起來情況非常不好，幾乎處於半昏迷的狀態，緊抿著嘴角，一句話也說不出來，身體還有些顫抖的樣子，就這樣被兩個下屬拖著，毫不留情的扔在了正街的街道上。

「休息好了，就回去站著等，不然後果自負。」扔下那一個人之後，其中一個下屬冷冰冰的說了一句這樣的話，兩個下屬就轉身走了。

而於此同時，第二個人被推入了那個帳篷裡……一個又一個的人進入了帳篷，而情況都是差不多的，有六成的人會發出一聲慘叫，有八成的人會路都走不到，只有兩成的人能自己走出來，不過卻也都是臉色蒼白，像是被嚇得沒有了血色。

很快這五十人都進入過了那個帳篷，無一例外的全部被扔到了街上。接著，那些下屬又歸攏了五十人，帶到了帳篷面前。

不是要挑選一些人嗎，難道這些人全部不合格？我微微皺了一下眉頭……但同時也為自己和師傅的處境更加擔心。

在這種時候總覺得時間流逝得好快，快到我根本沒有時間去想到一個合適的辦法。我就像熱鍋上的螞蟻，急得快要團團轉了，無奈的是，就算我急得飛上了天去，沒有辦法還是沒有辦法。

當進行到一百五十人的時候，師傅緊鎖的眉頭反而放開了，表情變得淡然，看得我微微一喜，莫不成是師傅有辦法了？急了這麼久，就算稍許有些冒險，我也忍不住了，趕緊低頭，裝作不經意的樣子，壓著聲音小聲問師傅：「師傅，你有辦法？」

「沒有。」師傅也同樣小聲的回答了我一句。

「那你……」我有點兒急了，聲音忍不住大了一點兒，自己聽見以後，趕緊調整了一下聲音，不過後面的疑問卻是無論如何也不敢說了。

「我只是想，一切聽天安排，天無絕人之路。」師傅回答我的玄之又玄，那簡直和沒回答一個樣子。

我撇撇嘴，早知道是這麼一個結果，我還問什麼啊？

在帳篷裡的檢查進行得並不快，這不剛到一百五十個人檢查完，就已經是快接近中午的時分了。

原本太陽就熱辣辣的，在這接近中午的時分，就變得更加毒辣，由於檢查的開始，人群稍微鬆散了一些，不過溫度上升了之後，感覺反而更加難受。

在這個鎮子裡，人們是繁衍生息的，自然會有年紀小的孩子，對於這種溫度，大人還扛得起，因為他們是大山裡人的後代，不比嬌滴滴的城裡人，可孩子到底經受不住，越來越多的孩子開始哭鬧起來，又被自己的母親強行壓住哄著。

至於要隱忍到這種地步嗎？我看得有些於心不忍……同時我發現，儘管檢查進行得不快，也檢查完了一百五十人，莫名的離我和師傅站的位置很近了，我計算了一下，忽然就臉色不好看的得出一個結果，最多再有三批人就輪到我和師傅了。

原本我還以為我們所在的位置，能夠拖到晚上的話，是不是更有利一些？看這個檢查的速度，完全是可以拖到晚上的，甚至第二天的清晨。

不管怎麼說，至少在夜裡行動是完全有利的啊，其實，我還關注那個守在石像雕刻面前的老頭兒下山沒有，我心中還有一個計畫就是在晚上冒險快速的「突圍」，闖上山去，只要那個老頭兒不在，就沒人阻撓我們。

現在看來，這個唯一可行的計畫都要被打破了。

我越加著急，師傅反而越發淡定，時間一分一秒的流逝……又不知過了多久，當街道上小孩的哭聲那些家長已經壓抑不住，甚至有的孩子已經待不下去的時候，又檢查完畢了一批人！

原本環境就已經焦躁而炎熱了，在這種時候，加上小孩子的哭鬧聲更加讓人煩躁。

我不停念著靜心口訣，保持著內心的冷靜，同時心中也浮現出一個疑問，已經兩百人了，怎麼還沒有出現一個被選中的人，我還好奇到底是什麼樣的人會被選中呢？

那些下屬們又繼續組織下一批人，卻不想在這時，原本一直安靜停在那裡的改裝越野車忽然發出了強勁的發動機聲，接著，我就看見那輛越野車以驚人的速度，輪胎帶著強力的摩擦聲，彷彿橫衝直撞一般的衝入了小鎮的正街當中！

然後一聲刺耳的急剎車，車子停住了！

車子的敞篷慢慢打開，之前因為太陽毒辣，這車裡的人自然不可能在車裡曬著，升起了帳篷……當然鎮子上這些可憐的居民曬到中暑也不關他們的事兒。

那個男人又要發什麼瘋？在日頭上站了一上午，我也非常口渴，看著這一幕，我忍不住用舌頭舔了一下乾涸的嘴唇，心知這說不定是機會來了，但竟然泛起了於心不忍的感覺。

因為不想那個男人發瘋，折磨這個鎮子的居民。

「我說過，在這裡，就要講究我的規矩。我說的話是屁話嗎？」果然，那個男人再次站了起來，這一次他的聲音不再平靜了，而是發狂一般的嘶吼。

到底發生了什麼，讓他如此的憤怒？

第六十三章　忍耐的極限

在我眼裡，這個鎮子裡的人對睚眥這個人簡直配合得不能再配合，他竟然說這些人不講規矩，是故意找茬嗎？

其實用不著這樣，按照他們現在的勢力和這個莽夫的性格，要找茬不至於那麼的憤怒，除非是他裝的，可如果他要能裝成這模樣，只能說我之前的判斷錯了。

事實上，我的判斷是沒有錯的，因為睚眥下一刻就說出了他憤怒發瘋的原因，整個小鎮幾乎都迴盪著他的咆哮聲。

「整整兩百個人，竟然找不出一個有祖巫血脈的人，你們是當我傻，還是當你們自己太聰明？就算你們是被上面寨子趕下山的人，也不至於會這樣的！以為我之前沒調查過嗎？你們這個鎮子的人，每十個人裡，至少有一個會有概率有祖巫血脈，就算是淡薄之極，可是整整兩百人中一個都沒有！就算是巧合，也不可能這樣。」

祖巫血脈？我的心中一動，楊晟原來找的是這個東西，有什麼作用？

我發現楊晟研究的東西越來越玄奇了，從昆侖遺禍到昆侖殘魂，現在竟然要什麼祖巫血脈，他究竟要做什麼？

我沉默的盤算著，而鎮子上的人也越發沉默，我抬頭一看，終於在這一次從這些好像麻木了的鎮上人眼中看到了一絲擔憂，還有就是一直壓抑的怒火，在此刻終於有了「反彈」，原本一直站著就沒怎麼動過的人群，竟然有隱隱朝前擠的徵兆。

而睚眥面對人群的騷動，只是冷笑了一聲，忽然發狂一般的從車上跳了下來，從守衛的下屬那裡搶過了一柄手槍，一個閃身跑回越野車面前，一個箭步就竄到了車前蓋上。

人一站穩，就跟想過癮一般朝著天空連續的鳴槍……

「砰」「砰」「砰」清脆的槍聲連續在這悶熱的小鎮迴響著，人群暫時停止了騷動之後，睚眥才放下了槍，惡狠狠地說道：「當我玩笑嗎？你們儘管反抗，就是憑著這些槍，你們這裡也會血流成河！只是不到最後，我也不想事情變成這樣。」

說話的時候，睚眥拿著槍用槍管頂了頂帽檐，然後繼續說道：「所以，你們別逼我，我奉勸你們，最後把我們要的人交出來。否則，不僅是這裡血流成河，你們山上的寨子也跑不掉。不要懷疑我們的實力以及背後的勢力，我既然敢說，就一定能做到！我們唯一怕的不過事後的麻煩，但你們也不要以為搞不定。」

鎮子上的人再次沉默了……我大概能猜到，鎮子上的人應該是把有所謂祖巫血脈的人藏了起來，這就是惹怒了睚眥的原因，如今睚眥開始威脅這個鎮子上的人，每一句話都說「絕」了，根本不給後路，難不成他們就準備這樣沉默到底，把人交出去？

如果這樣做，說實話對我和師傅是有好處的，我相信這些人如果得到了那些有祖巫血脈的人，一定就會走掉，畢竟他們圍鎮的目的也就是如此，那個時候我和師傅上山不上山暫且放一旁，至少可以順利從這樣的困境脫身啊。

可是，從心底我卻不希望這個鎮子的人這樣做。

第一，是我覺得越是這樣讓楊晟得逞，以後越發沒辦法阻止他。

第二，則是我覺得這些祖巫血脈的人，到了楊晟那裡，肯定不會有什麼好的結果，這些都是活生生的人命，我從小接受的思想，就讓我不能接受用犧牲別人來換取自己的好處。

不要說這樣做，就算是這樣想，也會讓我充滿了罪惡的感覺。

因為這些想法竟然讓我暫時忘記了自己的安危，反倒為小鎮的人們擔心起來，擔心他們這樣隱忍沉默下去，恐怕真的要犧牲自己的族人了，而且就算犧牲了自己的族人，也不見得楊晟的勢力就這樣算了。

從那個守在山口的老頭兒來看，這裡的人是非常注重山上的寨子的，我只是猜測說不定，這些人得了好處，還會衝上山上的寨子裡……我只是判斷，這些祖巫血脈淡薄的人楊晟都想要，那麼山上的寨子呢？

當然，我的判斷不一定對，也只是瞎猜，但是在那邊睚眥卻是對這樣沉默隱忍的鎮子不滿，他要的可不是這些人沉默以對，他要的是他們交出他想要的人。

所以，面對這種沉默，睚眥冷笑了一聲，忽然舉起槍瞄準了之前那個衝他瞪眼的小男孩，我的心一下子提到了嗓子眼，不敢相信真的有修者可以那麼無恥，衝著普通人下手也就罷了，還能衝著普通人的小孩下手，說起來目的只是為了震懾這些普通人？這樣連邪修都不如，就算邪修可能會為了練邪術而殺人，怎麼說也不會為了這樣的理由殺人啊！

「不……」看著那個小孩還沒反應過來是怎麼回事兒，那個小孩兒的母親臉色一下子變得剎白，我的內心湧起強烈的不忍，原本應該好好隱藏自己的我，終於忍不住想要喊出一個不要，至少可以轉移一下這個睚眥的注意力。

我的身子往前擠了擠，師傅也跟隨著做出了同樣的動作，我此時不知道師傅有沒有怪我，但我想他是不會的，如果會因為這個而怪我的話，他是不會做出同樣動作的。

但是，我這麼喊的時候，到底遲了一步，我沒想到那個睚眥那麼冷酷無情，舉槍瞄準的時候，連一點兒停歇都沒有，就毫不猶豫的扣動了扳機。

「砰」，伴隨著我那一聲「不」字，槍聲再次響徹在整個小鎮，可憐那對無辜的母子，那個做母親的只來得及把孩子摟在懷裡，然後一個側身……但是這樣的側身並非沒用，事實上是非常及時的幫孩子擋住了子彈。

子彈毫不留情的打在了這個母親的身上，在她的腰背處盛開了一朵血花，她一下子就痛得彎腰，然後跌坐在地上，但這個堅強的女人連一聲都來不及吭，就努力的用雙手把孩子往人群裡塞。

我聽見她小聲的說：「救我兒子，救他……」

而那個孩子在這個時候也表現出了典型湘西苗人的性格，眼睛雖然紅彤彤的，看起來隨時都要掉眼淚，可是比起這個，他更多的是任由母親努力把自己推進人群，但是含著怒火的雙眼一直狠狠盯著睚眥，我相信如果給這個小孩子一把彎刀，他是真的敢握著衝到睚眥面前去的。

「哇哦……」這邊的母子到底是怎麼慘，根本沒有觸動睚眥一絲一毫，他竟然雙手一縮，一條腿一抬，在車前蓋上擺了一個誇張的姿勢，然後說道：「修者就是高等於普通人啊，沒想到老子第一次用槍，竟然能打得那麼準，要不是那該死的女人，那個討厭的小孩會被爆頭的，不是嗎？」

他得意的轉身，朝著越野車上坐著的其他人說道，其餘幾個人對睚眥露出了討好的笑容，但沒有什麼具體的回應，其中一個懶洋洋的伸著腿，用帽子蓋著臉的人說道：「別玩的太高興，忘了正事兒。」

除了這樣，這些人也沒有過多的反應，難道欺負普通人的小孩竟然被他們認可？而那個說別玩的太高興那個人，就是我之前對他們實力判斷中，另外一個我懷疑是聖王的人。

此時，那個母親已經受了傷，我再說什麼也晚了，只能帶著隱忍的憤怒，再次站立在人群中靜觀其變，同時對這個小鎮的人也充滿了憤怒。

我能感覺到這一幕是讓他們真的動怒了，可是他們依舊還是沉默，不是族人嗎？怎麼可以……或許，有更大的原因，但無論是什麼原因，也不至於犧牲一對無辜的母子啊？

或許這就是陳承一腦子永遠轉不過彎的地方，永遠分不出什麼大小取捨，唯一看重的只是自己的良心與底線。

「隊友」們的反應好像讓睚眥很滿意，但輪到那個聖王說話的時候，睚眥的臉上不經意的流露出了一絲陰沉，他好像與那個聖王不和，所以面對他的話儘管沒有出言反駁什麼，卻猛地一下跳下了車。

他提著手槍朝著那對母子走去，他的聲音也毫不壓低的迴盪在整個鎮子：「我剛才說的什麼？我說了，我這個人最講規矩，只要不壞我的規矩，我就會遵守承諾，但是壞了我的規矩，我就會殺你們的人。」

說到這裡，他停了一下，眼睛忽然朝著我和師傅所站的位置看了過了過來，我和師傅幾乎同時趕緊低頭，只是還是能瞥見，他陰惻惻的一笑，說道：「剛才我聽見有人喊不，聲音是從這邊發出來的……」說話間，他忽然舉槍指著這邊，然後說道：「把這一小塊兒人給我重點看住了，等一下，我要看看是哪個傢伙那麼有膽子？」

他果然是聽見了，我也果然是惹事兒了，聽見師傅在我旁邊小聲的說了一句：「事兒精。」我的心裡更不安。

但緊接著師傅又小聲說了一句：「但是我卻沒有辦法說你是錯的。」

這是鼓勵嗎？我的臉上浮現出一絲笑容，人也開始不動聲色的慢慢朝前擠，我只是希望剛才的悲劇不要發生了，而我也已經看出來了，這個睚眥是一個瘋子，他此刻過去一定還要繼續做點兒什麼。

待我幾乎擠到人群的最前方時，那個睚眥也已經走到了小男孩和他媽媽剛才所站的位置，他忽然轉身，誇張的朝著所有圍觀的人，裝作無辜地說道：「我們要講規矩對不對？我之前說過殺你們的人，從孩子開始，是不是先禮後兵？」

說話間，他忽然朝著那個趴在地上的母親踢了一腳，顯得非常憤怒的大吼了一句：「可是這個女人卻非得聽不懂一樣。」說話間，他又準備踢上一腳，我內心一個激動，只是差點就推開前面守著的下屬，站了出去。

但這樣的事情也終於激怒了站在這對母子旁邊的一個男人，他忽然站出來，一下子跪下去，擋住了睚眥踢向這個女人的腳，幫她承受了一腳。

我想也是這樣，不能再踢這個可憐的女人了，她挨槍的地方我不知道是不是致命傷，但是血從傷口中溢出，此刻在她趴著的身下，已經流了一灘，她怎麼可以再承受睚眥的踢打？

「喲，被激發出血性了啊？那好，我不踢她，把剛才那個小孩子交出來，我說要殺他就要殺他，誰也不可以阻止我！」睚眥冷酷得要命，根本就不拿正眼看這些人。

那個小孩子已經被推入了人群，至少現在這個時候是看不到他身影的。

「不，不要……」那個女人這個時候，還有一些力氣說話，竟然伸手抱住了睚眥的腿，睚眥完全不理會她，只是對著人群說道：「我睚眥說到做到，你們不交人，我每等五分鐘，就會殺一個人，按照規矩，還是從小孩子殺起。你們也完全可以被我激怒，然後反抗，看看咱們到底誰會害怕？」

說話間他停頓了一下，誇張了看了一眼自己的錶，然後對著那群人吼道：「把那個小孩子交出來，否則……」

他話還沒有說完，那個可憐的母親就勉強爬起來，抱住了他的腿，異常虛弱的喊著：「不……求你，放過他。」

睚眥這一次終於低頭看了一眼這個母親，忽然就用槍抵住了她的頭，說道：「既然那麼喜歡妳兒子，那妳先下地獄去等著他咯。」

已經不能再忍下去了，我伸出了手，朝著擋在我前面那個下屬推去，可是我的手還沒有完全觸碰到他，卻聽見從街道的遠方傳來了誇張的狗叫聲。

第六十四章　窮奇現

是有狗叫聲吧？那一聲狗叫聲那麼誇張，就像深夜山村裡被刺激的強壯野狗，一聲憤怒的吼叫讓整個山村都能聽見那種。

我相信整個鎮子的人都聽見了這聲狗叫的聲音，因為他們的表情瞬間就變了，變得充滿了某種敬畏和欣慰，就連那個受了重傷的母親，蒼白的臉上也露出微微的笑容，此刻彷彿一點兒都不擔心她兒子的處境了，好像她的兒子立刻有救了一般。

我覺得我不會聽錯，但是這狗叫只傳來了一聲就停止了，一切又變得安靜。

因為上山的遭遇，我對狗叫的聲音十分敏感，加上鎮子上的人這般表情，我第一個反應就是那隻「窮奇」的殘魂出現了……可這又算怎麼回事兒？沒有在上山的入口處那種雄渾冷漠，讓人絕望的氣場，沒有那古怪的身影……什麼什麼都沒有。

在炙熱的陽光下，有的只是那空無一人的白晃晃街道。

鎮子上人更沉默了，剛才因為那對母子產生的小小騷動，因為那聲莫名的狗叫變得安靜了……我卻是默默的收回了手，因為看見睚眥忽然停住了咆哮，不再嘶喊著讓人們交出那個小男孩，反而是有些疑惑的看著那頭無人的街道。

「剛才是有狗叫嗎？」睚眥對著身旁一個下屬這樣問道。

那個下屬雖然戴著面具，整個人卻顯得戰戰兢兢，很是恭謹的對睚眥點了點頭。

「那牠現在怎麼不叫了？」睚眥歪著腦袋，眼中的眼神卻是一種壓抑的暴戾。可是這個問題到底奇怪了些，一個人要怎麼去回答狗叫與不叫的問題？所以那個下屬愣在了那裡，一時之間不知道要怎麼回答。

睚眥卻不管這些，他好像有些喜怒無常，竟然一把扯出了那個下屬，然後毫不留情的一腳踢在了那個下屬的腿上，對他吼道：「去把那條狗給我找出來，今天老子就在這裡露天做個紅燒狗肉，如果你找不出來，那就不用回來了。」

睚眥那一腳踢得那個下屬不輕，我甚至在這安靜得只剩下呼吸聲和睚眥咆哮聲的街道上，聽見從那個下屬腿上傳來的微微一聲「哢擦」的聲音，可見睚眥是多麼暴力。

也算是那個下屬的無妄之災，可是他還不敢跌倒在地，勉強穩住了身體，一瘸一拐的朝著那邊空無一人的街道走去……看樣子是腳受了不輕的傷。

我對這個下屬沒有絲毫的同情之心，只能說這種事情「你情我願」，但是那個下屬拖著一條腿沒有走兩步，卻是看見那邊空無一人的街道上忽然拐出了一個人影。

在這條直直的街道上，明晃晃的太陽下，這個人影一下子就看清楚了，是一個貌不驚人的老頭兒，很老的樣子，背都有些佝僂了，叼著旱菸杆子時不時的吸一大口，然後從鼻腔裡冒出濃濃的煙霧。

他看起來就像無視了這個鎮子危險而沉悶的情勢，反倒是像一個悠閒散步的老頭兒，整個人看起來不但沒有絲毫的威脅，還有些弱不禁風的樣子。

這個老頭兒我當然知道是誰，不就是早晨的時候，守在山口的那個老頭兒嗎？他終於捨得從山口下山了？

而他的出現卻讓睚眥先是一愣，然後微微眯起了眼睛，最後竟然摸著自己的板寸頭，發瘋一般的狂笑起來，於此同時，那個始終在車上懶洋洋的男人，另外一個疑似聖王的人忽然從車上跳了下來，然後一步一步走到了睚眥的身旁。

睚眥就要笑岔氣了，就要笑出眼淚了，可是那老頭兒就跟沒聽見似的，繼續朝著這邊走來，另外一個疑似聖王的存在也走到了睚眥的身旁，皺著眉頭說道：「睚眥，你最好別太囂張了。如果搞砸了聖主的事情，你覺得怒火是你和我可以承受的？」

睚眥原本根本不理會那個疑似聖王的傢伙，只是聽到聖主兩個字時，才稍許收斂了一些，但依舊是笑得上氣不接下氣，然後轉頭對著那個傢伙一邊誇張的抹笑出的眼淚，一邊說道：「我哪叫囂張，我是開心……我正愁這些傢伙不交出有祖巫血脈的人，這不來了一個嗎？」

「他是？」那個疑似聖王的人臉色也變得鄭重。

睚眥有些戲劇化的抽了抽鼻子，說道：「他身上有祖巫的味兒，我不會聞錯的。」

「裝神弄鬼。」那個聖王不太買睚眥的帳，但話雖然這樣說，他的神情越發鄭重。

我相信他的鄭重倒不是因為睚眥的幾句胡言亂語，而是這個老頭兒雖然看似弱不禁風的樣子，但就憑面對這「千軍萬馬」的淡定氣勢，就不是普通人能有的！

終於，那個老頭兒亦步亦趨的離睚眥和那個聖王只有五十米不到的距離了，他停下了腳步，叼著旱菸杆子，抬眼看了一眼睚眥和聖王，他很平靜，反倒是睚眥激動喊了一聲：「你最好站住。」

那個老頭兒根本不理他，只是停了兩三秒，忽然就跑了起來……這動作來得太突兀，連一直緊盯著他的我都沒有反應過來，而五十米不到的距離普通人都可以短短幾秒鐘跑到，這個老頭兒的速度更像快得不可思議，或許只是五秒鐘？我看見他已經蹲在了那個中槍的女人旁邊。

此刻那個女人已經說不出話了，只是蒼白著一張臉，然後費力的伸出手緊緊握住了那個老頭兒的手，那個老頭安撫地說道：「別擔心，妳不會有事的。」

說話間，那個老頭兒單手結出了一個手訣，類似於道家的止血指，但是卻在細節處頗有差別，然後口中開始念念有詞……這是要為那個女人暫時止血。

而因為他的出現，在他身旁的那些人也敢幫忙了，趕緊扶住那個女人，有個男人還脫掉了衣服，扯下了一塊布條兒，看樣子是要為那個女人包紮傷口，並且他在低聲的對那個老頭兒解釋著什麼。

我猜測可能是這個鎮子的人隱忍的原因，和為什麼對這個女人的情況也愛莫能助的原因，那個老頭兒也不說話，只是頻頻的點頭，口中的咒語依舊不停，但那女人流血的傷勢已經漸緩。

但這裡是哪裡？這裡是被楊晟勢力包圍的鎮子，可不是什麼可以從容救人的地方，不到短短一分鐘，反應過來的睚眥忽然就兩步走上前去，任何話都不說的，也是一腳就要朝著那個老頭兒踢去。

可是，在這時，那個老頭兒就像身後長有眼睛一般忽然轉頭，只是看了睚眥一眼，整個鎮子上在這個時候四面八方都響起了狗叫的聲音。

這一下，是所有人都瞬間被吸引了注意力，鎮子上的人一下子跪了下去，而楊晟勢力的人則是面面相覷。我注意到兩個穿白大褂的人有些驚慌的從那個帳篷裡跑了出來，朝著睚眥這邊跑來，而那個帳篷看似平靜，卻有一股無聲的氣場在蔓延。

和那個帳篷氣場對抗的……不，應該是力壓那個帳篷氣場的，是此刻從鎮子東面傳來的一股冷酷嗜殺的氣場。

這個氣場我曾經那麼近距離的感受過，是窮奇殘魂的氣場，而上山的路就在鎮子的東面。

「啊……」一聲慘叫從鎮子的東面傳來，這個時候的天空又出現了一道黑色的裂縫若有似無，就像出現在幻覺中的，根本不存在的裂縫……當想去仔細看時，那道裂縫卻已經不存在了。

更強的壓迫氣場出現在鎮子的東頭，我的天眼自動洞開，在一片模模糊糊扭曲的虛幻當中，我看見了那個傢伙，全身紅火，似牛似虎的怪獸，從鎮子的東頭踱步走來。

這一次，它比我和師傅在上山路上看見的大多了，那個時候，它勉強有一隻老虎的大小，而在這個時候它看起來比一頭成年的公象還要大。它的眼神冷漠，威風凜凜，卻發出讓人窒息的壓力。它沒有半聲的吼叫，嘴上卻叼著一個人的殘軀，頭已經不見……確切的說是一條殘魂。

我也注意到在東頭，有一個楊晟勢力的下屬，身子直挺挺的倒了下去。

「祖靈出現，大家行法吧。」那個老頭兒抱著那個虛弱的女人，在睚眥和那個聖王目瞪口呆之中，把她交給了身旁的一個男人，然後大吼了一句，順便讓那個男人把這個女人帶到屋子裡去什麼的。

我是聽得不太清楚，但整個鎮子群情激奮，在這個時候，一聲聲呼喊聲從鎮子的地下傳來……而在人群的盡頭走出來了十個左右的老頭兒。

終於，這個鎮子的人在祖靈窮奇出現之後，開始反擊了！

第六十五章　血色

原來這些有祖巫血脈的人藏在地下？他們從各個房子跑出來，人數算不上多，也就百來人的樣子，這才是這個鎮子隱藏的實力吧？

或許在這個老頭兒回來以前，這個鎮子上的人隱忍就是為了他們。

在街道的那一頭，那十個站出來的老頭兒排列成了奇怪的陣型，腳步開始律動，看起來很誇張的動作，卻充滿了一種奇特的韻律美。而那些從地下室跑出來的小鎮人也開始快速集中，也不知道要做什麼？

面對這種場景，睚眥罕有的沒有衝動，反倒是盯著那一步步走來的窮奇殘魂表情怪異，他轉頭對另外一個疑似聖王的人嘀咕了一句：「看來，我們的功勞會更大的。」

這句話在喧鬧的鎮子上，我聽得並不是太清楚，是根據睚眥的口型猜測出來的。

功勞更大？他是指窮奇之魂？在這種時候已經不是我和師傅能插手的事情了，我們只能躲在人群裡靜靜的看著，而剛才還老老實實沉默的人群，在這個時候也終於開始反抗起來，這種反抗一開始並不激烈，只是不知道是誰帶頭的，開始拚命往外擠。

一個人的力量或許可以讓這些下屬忽略，但是一群人的力量爆發出來，這些下屬也開始被擠得東倒西歪。

我和師傅沒有刻意的這樣，只是被人群帶動得也跟著前後移動著，和這些下屬進行著一場奇怪的角力，剛才因為那個小男孩的事件，我擠到了前面，這個時候卻已經是無法後退，如果一旦突破所謂的「防線」，我和師傅將是被第一個擠出去的人。

在這個時候，睚眥正是盯著窮奇和身後的聖王嘀咕的時候，所以也沒有對這些下屬下什麼命令，在人群的湧動越來越激烈的時候，終於是有一個下屬忍不住了，轉身對著一個擠在前面的人，狠狠用槍托砸了下去。

頓時，那個擠在前面的人就血流面滿的蹲了下去，然後立刻被身後的人扶起。

湘西人的血性終於因為這一幕而被點燃，這個鎮子的人不需要隱忍什麼了，不知道是哪個男人從身上拔出了一把彎刀，高喊了一句苗語，接著我看見彎刀過處，一個毫無防備的下屬被這柄彎刀刺入了腹部……

這真的算是一個奇蹟，一個修者被普通人捅了一刀，或者說是因為之前這個鎮子的人太過隱忍，這些下屬是萬萬沒想到，他們反抗起來是那麼的激烈，動手就是出刀子，而且下手毫不猶豫，在沒有防備的情況下，才一下被捅了一刀。

「這些人瘋了，打死他們。」或許是受到了鮮血的刺激，這個下屬憤怒了，忍不住狂吼了一聲，說完率先轉身，開始第一個攻擊這些鎮子的人。

而我注意到這個下屬被捅的地方並沒有多少鮮血流出，而是一點點的滲出一種幾乎是半凝固的暗紅色的血液，看起來異常奇怪。

我心中明瞭，這是楊晟改造的人。而他一出手非常狠，直接逮著那個捅刀子的鎮子人，一個嘶喊，我就看見血花飄起，他撕下了別人的手臂。

那個鎮子的人狂吼了一聲，面對這種怪力所造成的怪異事情竟然沒有絲毫畏懼，他也跟著大吼了一聲：「我們把鮮血祭奠給祖靈，我們的靈魂會得到它的庇護，我們的仇恨會在它的爪牙下煙消雲散，我們怕什麼犧牲。」

他的話成功煽動了鎮子裡的人，壓抑的熱血在瞬間被徹底點燃，整個鎮子無論男女都發出了嘶吼，對這個人回應，然後我感覺一股股我和師傅都不能抗拒的力量從身後湧來，是身後的人想擠出包圍圈，而這時，那個被撕下了一條手臂的男人也徹底瘋狂了，狂吼一聲竟然朝著那個下屬擠去，一把握住了還插在那個下屬肚子上的刀柄，然後憑藉著一股可以說是意志的力量，拚命把刀往那個下屬肚子的更深處刺去。

我背上起了一串雞皮疙瘩……這是怎麼樣的瘋狂？我如果沒看錯，那個男人還在反覆努力轉動著刀柄，他是豁出了自己的性命也想要殺人。

這可能就是屬於湘西人的「狠戾」，爆發開來就無法阻止。

亂了，已經徹底的亂了，越來越多的防線被突破，那些下屬和鎮子上的人打成一團……而在這個時候，睚眥終於說話了，他的聲音還是那麼奇怪，明明不是很大，卻傳遍了整個鎮子。

「老頭兒，你真要來個魚死網破嗎？如果你考慮交出十個祖巫血脈最濃的人，外加讓我們帶走這窮奇殘魂，你的鎮子還是可以保全的。」

在這個時候，睚眥還想著講條件，彷彿鎮子上瞬間廝殺成一片的亂局，對他沒有絲毫的影響，在他眼裡這個功勞恐怕是非常重要。

「沒得談，我要保全的從來不是鎮子，魚死網破就魚死網破。我們的子子孫孫從來不怕戰死，戰死也比被你們帶走好。你們這些強盜，以為我不知道嗎？你們已經悄悄的從鎮子上至少帶走了不下五個我們的人。」面對睚眥的提議，老頭冷淡的拒絕了。

我沒想到這個老頭是那麼乾脆，而且頗有一種更加濃烈不顧後果的衝動血性……或許我可以理解為，之前在山上，是他猶豫的時間，既然已經下山了，他就做好了魚死網破的準備。

「既然是這樣，那麼……」睚眥在此時舉起了一隻手，我知道，這是睚眥也準備血拚的決定了，而他身後那個聖王也沒有半點的反對。

明明是明晃晃的日頭下，白花花的街道……在這個時候，那十個老頭兒配合著「跳大神」的行咒聲、在快速跑動，已經快要集合起來，身上有祖巫血脈的鎮子人的呼吸聲、那些鎮子普通人和睚眥下屬肉搏的打殺聲。已經有人躺下，身上流淌的是刺目的鮮血，再也爬不起來的樣子，是鎮子上的普通人，就算這些楊晟的屬下沒有使用出手段，但哪裡又是普通人能夠力敵的？這個鎮子上的人靠的是人數上的優勢和一股血性，才能暫時形成僵持的局面。

在這些背景下，從容不迫走在街道上的，依舊是那隻窮奇殘魂，它的嘴偶爾開闔一下，那隻叼著的殘魂被它吞了下去。

它的眼神是那麼的冷漠……彷彿這一切的亂局都和它沒有關係。

睚眥帶著冷笑，瞇著眼睛看著的不是那個老頭兒，而是那隻窮奇的殘魂，然後他的手毫不猶豫的放下了，接著鎮子上迴盪著他的喊聲：「給我開槍，把槍裡的子彈打光，剩一顆的老子要他的命！打光之後，什麼都不用顧忌，給老子殺，殺，殺……」

瘋子……絕對的瘋子，他竟然能下這種命令！一個鎮子，一千多條人命啊！就算楊晟再有本事，兜得住那麼大的事情嗎？畢竟這裡有很多普通人，已經不屬於修者圈子的內部矛盾了，而是觸犯到了國家勢力的事情了，如果一旦曝光，沒有壓下來，後果……

而曝光的可能性非常大啊，這裡畢竟還是有個臨時的政府辦事機關，難道要他們上班的時候看見整個鎮子被血洗嗎？

所以，我說睚眥是個絕對的瘋子，可是在這背後，仔細思考的話，絕對是有楊晟的影子在其中，想著楊晟的做事風格，我覺得最瘋狂的應該是楊晟！

睚眥下令了，那些原本已經打紅眼的下屬徹底瘋狂了，他們不再是用槍托砸什麼的了，而是舉起了槍……

在這個時候，一直從容「散步」，根本沒有出手的窮奇殘魂，忽然停住了腳步，冰冷的雙眸第一次對上了睚眥的雙眼，接著，悄無聲息的，一股爆發性的氣場瞬間從窮奇的身上爆炸開來……窮奇的身形動了。

我原本就捕捉不到它的速度，即便開了天眼的情況下也是一樣，可是我可以看見，剛才火紅的能量帶著一股強烈的殺意，從窮奇的身上爆出，這些能量太過猛烈，以至於爆炸開來的時候，立刻形成能量的風暴，打著旋從四面八方朝著那些下屬包圍過去，接著窮奇的身影就不見了。

這就是傳說中的凶獸的靈魂力量？簡直是絕對壓制，想起早上我還在和它對峙，我的心不禁緊了一下。

而普通人感受窮奇，可能就是那股不同尋常的氣場，讓人覺得有東西出現了，而這個鎮子上的人，我相信是有特殊的辦法去感應……但此刻，平地旋風，已經是一種說不出的壓抑恐怖的場景了。

在這時，我和師傅原本是早就被推出了「防線」，趁亂躲在了一個角落裡觀察著一切，現在還不是全身而退的好時機，但也終於被盯上了。

第六十六章　佛門獅子吼

盯上我和師傅的是一個普通下屬，在這一分之內就變得紛亂的戰場，怎麼會允許有閒人的存在呢？我和師傅這種躲在一旁的行為顯然不符合邏輯，被人發現了也覺得刺眼。

在得到了睚眥開槍的命令以後，那個下屬發現我們第一個反應就是舉起了槍瞄準我們。

在這種時候，立刻趴下也好，還是忽然用道家的吼功也罷，甚至跑都好……總之，在紛亂中，就算沒有事先準備什麼，要脫身的辦法還是很多。

可是，不論是那個下屬也好，還是我和師傅也好，再快也快不過窮奇殘魂引來的那一陣狂亂的旋風，那些旋風如同有意識一般，只是朝著那些楊晟勢力的下屬席捲而去。

當那些楊晟下屬被旋風包裹的剎那，立刻就出現了短時間的呆滯狀態，而那些鎮子上的人好像早就料到有這樣的反應，有些人趁著這個機會搶過了那些下屬手裡的槍……想也不想的開槍了。

瘋了，一定是都瘋了……這些鎮子上的人也這樣發瘋的開始殺人嗎？在那個當口，伴隨著槍聲，我和師傅轉身就朝著一條稍微偏僻的小巷子跑去，我心裡的第一個念頭就是這個。

第二個念頭則是，這就是傳說中凶獸的真正力量嗎？剛才那個是異常純粹的氣場壓迫，才會讓楊晟的下屬出現短暫的呆滯現象，不要以為這個很玄奇，就像一個普通人在山林裡忽然遇見一隻餓狼，對的，哪怕只是一隻餓狼，人都會下意識的呆滯一下，才會做出反應。

究其原因是因為餓狼因為饑餓，只有攻擊的想法，而獸類思想簡單，害怕的反應不會有人類那麼敏感，所以形成了一種相對犀利的氣場。

而人類本能的畏懼，氣場就弱了。

這種形式一旦形成，就會出現典型的壓迫。

凶獸窮奇，說真的我不瞭解，它的殘魂出現了，我也只是麻木的接受，可是它身上那種冷酷的殺戮氣場，和一種說不出的玄奇恒古的氣息，還有強者的自信，能形成一種絕對的氣場太簡單了。

加上那雄渾的靈魂力配合氣場，壓迫如此多楊晟的下屬真的算不上什麼稀奇的事情。

我的耳邊是風聲，卻在槍聲呼嘯的背景下，聽來好像是刀子揮舞時破空的聲音……我的眼前好像出現了一層血色，心中莫名的悲涼，我經歷了那麼多事情，卻從來沒有經歷過這麼一場赤裸裸的群體殺戮。

那麼師傅口中所謂的大時代，也是不是充斥著這樣的殺戮呢？沒有上過戰場經歷過赤裸裸廝殺的男人，到底還是少了一層堅硬，我覺得我就是。

「如果不能接受，就想辦法阻止楊晟吧！如果阻止不了，整個華夏，不，應該是整個世界都會面臨更大的瘋狂。」我和師傅跑到一棟屋子的旁邊，停下來開始大口的喘息。

這只是一個暫時能喘口氣的地方，不代表我們脫困了，因為四周都有楊晟勢力的車子包圍著，而這個鎮子本身的出口也就只有兩條，一是進出鎮子的路，二是上山的那個出口。

「阻止楊晟？」我低著頭，鼻尖上的汗滴落在地上，這不是因為剛才的奔跑造成的，而是因為內心的壓力，人絕對要相信一件事情，那就是哪怕只有十個人的群架，也比兩個高手之間的搏鬥來得更加刺激內心十倍，何況是一個瘋狂的鎮子？

至於阻止楊晟，我用疑問句的方式，是因為根本不相信自己能夠阻止，楊晟漸漸亮出了「爪牙」，越體會得深我就越覺得這好比是讓我搬動一座大山那麼艱難？師傅為什麼口口聲聲對我說阻止楊晟，難道是要把這個最終的事情壓在我身上嗎？

可是，喘息的時間是那麼的短暫，我還來不及和師傅辯解兩句什麼，就聽見了睚眥一聲驚天動地的吼聲，伴隨著的是窮奇的一聲咆哮，然後是地動山搖的一陣兒碰撞，整個小鎮都在顫抖。

睚眥出手了！

「佛門真正修武和尚（不是單純的武僧，而是類似於慧根兒和慧大爺這種以修者身份為基礎的戰鬥武僧）所祕傳的，真正的佛門獅子吼。」師傅一下子站直了身體，神情嚴肅。在世俗的世界裡，佛門的吼功才是最出色的，道家吼功名聲不顯，就是因為佛門的吼功風頭太盛。

但是普通人都認為獅子吼是一門武功，事實上它根本就不是武功的範疇，畢竟大意義上的武功，一是健體，二是以肉體進行力量打擊和技巧攻擊敵人的一門術！

可獅子吼呢？就算在電影裡的表現都是一種在嘶吼之後讓人頭昏腦脹，精神壓制的術，可以算是精神攻擊，怎麼能算作武功的範疇？

而這只是表面的獅子吼，只需要配合幾乎已經失傳的內功，和集中的精神力。

真正的佛門獅子吼，傳授極其嚴格，我是偶爾在小時候聽慧大爺說起過，他說過他也只是得到了皮毛的傳授，因為真正的佛門獅子吼，對靈魂力的要求極為嚴苛，說白了，那是一種把靈魂力集中以吼叫的方式傳播出來的攻擊術法，靈魂力不強大到一定的地步，吼功未出，就會先震傷自己的靈魂。

具體的原理我不太清楚，但我至少聽懂了，真正的佛門獅子吼，是一門直接傷人靈魂的術！可能因為有傷天和，也是佛門傳授極其嚴苛的原因之一。

師傅說睚眥用出了正宗的佛門獅子吼？我簡直不敢相信，那個瘋子一般的睚眥竟然是佛門之人？可是，我也無法思考，靈魂深處有一種被震暈了的暈乎乎感覺……睚眥針對的對象並不是我，就是餘波也可以給我這個靈魂強大的人造成這種傷害，可見一斑！

怪不得他是聖王，光憑藉這一招獅子吼，他就有資格了。

我沒有看見那個能量對碰的場景，卻是看見不遠處的小鎮正街中升騰起了滾滾的煙塵，就已經異常震驚了。最近，我常常在思考玄學與科學的關係，也常常在想虛無的力量能影響現實世界嗎？

我想是能的，就像靈魂它不是實質，具體的說可能是一種磁場的表現形式，也可能是類似於電磁波那樣波段的存在，平時我們看不著摸不到，但是強大到一定的地步，為什麼不能影響現實世界？

就像太陽這樣一個星球產生的電磁暴，就會為現實世界帶來巨大的影響，甚至強到一定的程度時，那後果不可想像……

所以，就連科學也認定電磁是能量的一種存在形式。

想這麼多的原因則是因為往事歷歷在目，厲鬼出現伴隨的陰冷、大風，靈魂碰撞時引發的震盪……都在我腦海中過了一次，我只是從來沒見過這樣的對撞場景，就像真實的一個小當量炸彈爆炸一般，因為菸塵過處，在旁邊的一棟房子竟然坍塌了。

這就是聖王的實力嗎？我是第一次看見聖王這樣全力出手，這還是其中一個聖王而已，楊晟手下有……我不敢想像下去，我根本無法形容嘴角傳來的苦澀滋味，就像抽了很多菸，一舔嘴角傳來的滋味。

睚眥很強，強到我第一次聽見窮奇發出的不是那種野狗的叫聲，而是一種符合上古四大凶獸身分的低沉咆哮，我不知道他們對撞的結果，只是站在這個屋子的背後，看見那些被壓制的楊晟下屬開始重新活動起來。

而鎮子上的人，搶到槍的還在瘋狂掃射，沒有的也拔出了刀子……

廝殺，什麼時候才是一個盡頭，我和師傅就真的能置身事外嗎？現實很快就給了我和師傅一個殘酷的耳光，我聽見一個異常大聲，帶著興奮，幾乎是咆哮的聲音大吼道：「聖王，我有重大的發現，我……我看見……姜立淳和陳承一了！」

這個聲音離我和師傅不遠，因為剛才我和師傅就是從那邊跑進這個小巷子的，而在看似喧鬧，實際上只有廝殺聲和呼喊聲的戰場，這個聲音也分外清晰。

我和師傅同時的僵硬了一下，我忽然想起了，那個發現我們的下屬，舉槍的瞬間面具下的雙眼好像帶著一種疑惑……而在那一刻，窮奇的能量風暴席捲了鎮子，他也陷入了呆滯。

接著睚眥和窮奇對戰，然後那些下屬恢復……只是一秒不到的時間，所有的事情就在我腦中串成了一條線。

怎麼辦？我腦中迴盪的只是這三個字！

第六十七章 衝

逼上梁山，我以前不太能理解這四個字具體的含義，我以為人是會為自己的行為做出一個基本的約束與預判的，怎麼會存在逼上梁山一說？難道除了梁山就沒有別的路好走？

其實，陳承一基本上是一個死腦筋，在自己的命運中不也是莫名的被命運推著面對一場又一場戰鬥，捲入一個又一個自己沒辦法想像的風波嗎？

可也不一定是我死腦筋，而是不願意承認自己是被命運推著走上了另外一條路，手中握著不肯放的，始終是那個——有一個山清水秀的地方，我和我愛的人們，過簡單知足的生活。

我感覺一旦承認我被逼上梁山了，那麼就是清醒的放下那個夢想，已經身在「梁山」的時候了。

但在這一刻，當那個聲音落下，忽然就傳來一個驚喜的陌生聲音，大喊道：「他們在哪裡？」的時候，我第一次那麼清晰的認識到，自己真的是被逼上了梁山，連片刻的喘息也得不到，只能去面對這樣的屠殺和亂局。

這一刻，我腦中再也沒有怎麼辦三個字了，甚至沒有看師傅一眼或徵詢一下意見，就邁步朝著巷子外面走去，告別這個暫時安全的地方。

都被逼到了這個地步，還有什麼好逃避的？師傅就緊跟在我身後，歎息了一聲說道：

「亂局不一定是死局，亂中還能殺出一條血路……這個決定倒也不錯。」

沒有明說什麼，師傅只是在這種時候表現出了對我決定的支持。

在認清自己的處境和地位以後，我腦子前所未有的清醒，我們雖然是在逃亡，可是逃亡也不一定是代表著躲避吧？其實，在那一刻，我像閃電般的回顧了一下自己的人生，發現我面對命運從來沒有主動過，都是被動的推動著前行，那麼這一次，廝殺給了我心靈巨大的刺激，讓我面臨了最想逃避的一次，當發現逃避不了的絕望時，只有面對身後的千軍萬馬有路！

那麼就不要逃避了吧？面對命運我是不是該主動一些呢？既然命運給了我這樣的安排，我就拚盡全力的去做，當事情做到極致的時候，未免不會發現，自己終於超越了命運。

這才是人定勝天的含義吧。

我一步一步走得分外從容，我看見那個在周圍的亂戰中上竄下跳的興奮屬下，看見那個原本懶洋洋的，匆匆忙忙跑過來的聖王……

在那一刻，他也看見了我。

比起睚眥，這個聖王算是低調許多，我先前並沒有注意到他，甚至覺得這個人全身上下，除了一股懶洋洋的氣質外其他的都很普通，我沒有發現任何的特別，但是對視的這一眼，我發現這個聖王的眼睛是那麼的與眾不同，就像一汪深潭要把人吸進去的感覺。

「果然是你們啊，姜立淳、陳承一。」那個聖王看著我們開口了……而他揚起手，在他的周圍立刻有好幾個下屬快速的聚攏過來。

「抓住他們。」好像不屑對我們出手，也不需要等待我們的回答，那個聖王又恢復了懶洋洋的樣子，直接對他的下屬吩咐道。

那些下屬對於這個聖王的命令自然是不敢違背，也或許是因為抓住我們功勞可能很大，在他吩咐了以後開始集結著朝我們衝來。而面對這種情況，我也並不是毫無準備，在那一刻，我也飛快的跑動了起來，於此同時，在鬼打灣習得的祕法開啟，一股靈魂力衝開了後腦的穴位。

熟悉的大地力量開始湧動著進入我的身體，而在跑動起來的時候，發現我真的對於術法是有一定天分的，常常在匆忙的時候使用這樣危險的祕法，竟然一次都沒有出岔子，這已經不能解釋為簡單的運氣了吧？不知道為什麼，我總想起曾經看到的幻境，那個在草坪上努力推演著術法的自己。

這種天分也和我的前世道童子有關吧？

但是，匆忙的時間不能讓人思考太多，在這樣的速度下，短短的幾秒我就已經衝到了接近巷口的位置，再次看見了正街上的場景，此刻可以說已經是一片血色的凌亂。

倒下了多少人，我一眼已經數不過來了，鎮子上的倒下不少，楊晟勢力的下屬也在鎮子上的人的拚命下，零零散散的倒下了好些……在街道的東頭，那一群行法的老頭兒吟唱得越發賣力，跳動的在人看來就像一群瘋子。

他們一個個聲嘶力竭，連稀薄的頭髮都亂七八糟的貼在了頭皮上，這樣的行法讓他們看起來就像在透支生命力，可是在正街的氣場影響下，我的天眼自動洞開，只是那麼瞬間，我就已經看見一股股逸散在天地的力量快速在他們之中集中，通過他們的行法起了一種奇異的轉變，然後再次逸散開去，加諸小鎮人的身上。

我一下子就明白了，小鎮上的人為什麼那麼勇猛的可以和楊晟勢力的那些怪物下屬力敵了，只因為是這些巫術提供他們的力量，加上他們的信仰和血性的支持，能打成這個樣子並不奇怪。

我也想起了曾經的那個夜晚在倉庫的大戰中，強子好像也使用了這樣的巫術，給大家提供了力量和精神力的支持。

至於不遠處，大概有百十來個人也集中在了一起，擺出了一個簡單而奇怪的圖案，應該是陣法？同樣也是在行法，或者說集體使用巫術，而他們則不是在收集轉換天地的力量，而是自身的一股股血色力量在不停的集中，朝著一個目標匯攏。

這群人應該就是楊晟的目標，那些有著祖巫血統的人們……那些血色的能量我不知道是什麼，但是他們匯攏的目標就只有一個，那就是那個窮奇的殘魂！

窮奇的殘魂和睚眥在爭鬥著，確切的說，睚眥的身後還盤坐著幾個人，是那些一起坐在越野車上的人，他們此刻擺出了一個最簡單的合擊陣法，在為睚眥提供著靈魂力的支援。

就算如此，睚眥也顯得分外狼狽，身上的制服全部破碎了，露出了制服下一塊塊糾結的肌肉，而上面還有一些血液在流淌，具體怎麼弄的我是不知道，我只是看見，他和窮奇在一次次快速的碰撞……他看似在嘶吼，實則無聲，至少我聽不見任何的聲音洩露出來……我對佛門獅子吼的瞭解不深，但我相信這一定是更高境界的運用？

短短的一瞬間，根本不夠我看得再清楚一些了，而我也不想仔細再看了，畢竟這個戰場和鬼打灣的戰場不同，在這裡是活生生的生活在世俗世界的人，看著他們一個個帶血倒下，那種族群間兔死狐悲的悲涼感根本不可能阻止。

而這一瞬間，已經讓我和那個衝在最前面的下屬碰撞在了一起……我感覺就像撞向了一塊鐵板，堅硬而生冷，碰撞讓我全身隱隱做疼，這超越了正常人類的力量是比較麻煩，至少在我開啟了一處祕穴以後，力量根本不是普通人能比的！

那就不夠，我也嘶吼了一聲，快速洞開了第二處祕穴，更加多的力量湧動在肌肉間，感覺自己很好笑，明明是個道士為什麼被逼得一次又一次肉搏？

在洞開了第二處祕穴以後，這些下屬就不是我的對手了……他們畢竟是楊晟改造過後的人，這種逆天的改造能邁出一步已經是非常了不起的事情了，又能到多逆天的程度？

我很快就在這幾個下屬的包圍下衝出了一條路，然後回頭想一把拉過師傅朝著鎮子的東邊衝去。

卻不想在這時感覺到一種毛骨悚然的感覺，忽然間，就感覺大腦好像被狠狠刺了一下，那種疼痛無法形容，我忍不住呻吟了一聲，一下子抱住了自己的腦袋。

第六十八章　鋒利的刀

精神力攻擊！

在疼痛的瞬間，我一下子就明白了這樣的疼痛來自於何處，這種針刺的感覺，就是對方使用精神力的一種運用方式。

這種精神力的攻擊不管是古今中外都是存在的，就像西方的術法系統中一直存在著一個著名的，廣為人知的精神力術法——精神鞭笞。

而華夏的道術更加低調，在運用上的精妙程度也一點兒不比這個精神鞭笞來的粗鄙。

我很佩服自己在疼痛中還能想到這些，但也幸好只是疼痛，我能感覺靈魂沒有出任何的問題，因為精神力攻擊會破壞人的思維，說白了，就是直接破壞依存於靈魂的精神，然後攪亂思感世界，繼而破壞靈魂。

很多人被精神力攻擊導致「瘋狂」甚至是徹底瘋掉就是這個道理。

我的靈魂強度決定了我的精神力強度也不會太差，雖然不至於到出色的程度，但也不會因為這麼一下攻擊，精神力就會破壞，就算破壞了我的精神力，讓我出現了恍惚的現象，但是我靈魂的強悍程度也會抗住這種攻擊，再多的次數也一樣。

只要靈魂完好，精神力完全可以再次凝聚。

就像西方的傳說中，法師精神力耗盡，經過一夜的冥想，就算不能完全恢復，也能大致恢復一些，這就是靈魂力的作用，而靈魂被破壞的法師，卻是連冥想都做不到了。

我很快就分析出了這些，可是這樣又有什麼用？在這種危急的情況下，戰鬥本來就艱苦，還有一個人在旁邊對你進行精神干擾，那還如何鬥下去？

只是我抱住腦袋的一瞬間，我估計就有七、八個拳頭毫不留情的落在我身上，還有幾雙手試圖抓住我……我只能忍住腦中還隱隱存在的餘痛，強行咬牙，一下子掙脫了試圖抓住我的手，然後揮拳抵抗。

不要再有下一次了，多幾次這樣我根本就無法戰鬥下去，我和師傅也只能被抓住。

在這個時候，我心中也明悟了，出手的是另外一個聖王，那個看起來懶洋洋的聖王，怪不得他的眼睛看起來如此的奇妙，就像一汪深潭那樣的深邃，這是精神力出色的最直接表現啊！

要知道那個時候美瞳片又不氾濫，這個聖王也不會那麼無聊，戴個美瞳片在眼睛裡。眼神就是一個展現，我該分外注意這個情況的。

我很懊惱，真的早就該注意的。

這個發現讓我心裡的壓力陡然增大了，不得不說楊晟手下的聖王真的「各具特色」，從那個劉聖王可以雙手直接拉扯靈魂，到那個睚眥的祕技佛門獅子吼，再到這個聖王的精神力攻擊……越發掘越覺得心裡的那座山峰越高，以後會成為「珠穆朗瑪」嗎？

另外，我不會幼稚到以為這個聖王的精神力攻擊只是如此的程度而已，我情願相信這樣的出手是他刻意的試探。

很快，楊晟的這些屬下再次被我打趴下了，為了抓緊時間，我不得不洞開了第三處祕穴，但在這個時候那個聖王再次出手了，這一次我的感覺比上一次還要明瞭清晰，分明感覺到了這一次的精神力化為了一柄鋒利的大刀，狠狠朝著我的腦袋削來。

我不知道這一下被打中是什麼效果，應該不會像上次那麼輕鬆，僅僅是刺痛一下了，我能想到精神力會被真的被「削」去一大塊，人出現短暫的恍惚，甚至不能自控行為的。

我一下子高度緊張，這種攻擊最大的威脅就是防不勝防，只能調動全部的靈魂力來抵擋，畢竟也是一種能量的對耗……只是不知道能不能來得及？

可是，我等待的那個攻擊卻遲遲沒能落到身上，在我調動了全部的靈魂力護住自己的大腦（精神力的源頭在大腦）之後，都沒有預想中的攻擊，這的確是讓我奇怪的，畢竟調動靈魂力是需要時間的。

待我回神，卻是看見那柄精神力的鋒刀狠狠斬向了一條「虛無」的鞭子……那是——師傅出手了！

師傅自然是不會什麼精神力的攻擊，他是直接用靈魂力凝聚成了一條「鞭子」，狠狠抽向了那個聖王……而那個聖王使用精神力對付我，必須專注，如果他任由師傅這樣的話，必定會靈魂受傷，匆忙之下只能調動回對我的攻擊。

我發現這分別的幾年來，師傅對靈魂力的運用愈發精妙，我們在萬鬼之湖大戰時，他就曾經為我築起了一道靈魂力的「防護牆」，這也說明他的靈魂力愈發雄厚了。

修道這麼多年，到這個年紀靈魂力有這樣突飛猛進的增長，不得不說這是一個奇蹟。

可是這樣的攻擊說到底也是師傅吃虧，因為精神力受損，只要靈魂本質沒有事情，還可以恢復，但是靈魂受損……師傅也是沒有辦法的辦法！

「轟」，一聲悶響，兩道力量還是碰撞在了一起，比起睚眥和窮奇殘魂的碰撞，師傅和這個聖王的碰撞簡直可以說是「溫柔」，畢竟那個聖王因為顧忌窮奇那邊的爭鬥，沒有使出全部的力量。

而我師傅的力量自然不可能和窮奇殘魂相比。

不過就是這樣，全心注意著師傅的我也發現，這個碰撞的瞬間，讓師傅馬上倒退了一步，一張臉瞬間就憋成了醬紫色，一定是靈魂承受了極大的壓力才變成了這個樣子。

不過師傅還好，馬上就回過了神，勉強朝我這邊走來，對我說道：「快走！」

我看了一眼那個聖王，在這樣倉促的對決下，他竟然悶聲不響的吃了一個小虧，悶哼了一聲，捂著額頭連續退了好幾步，一張臉變得蒼白無比，有神深邃的雙眼也變得有些失焦。

這其實完全是一個巧合，原本我師傅的實力也不弱，珍妮大姐頭曾經給過評價，我師傅的實力應該第二層的領軍人物，應該與這些聖王相比也不是什麼完全被碾壓的差距。

這些年，我師傅的實力又有所增長……加上靈魂力是比精神力更加高一層的能量，師傅這樣做雖然冒險，也是無聲無息的占了一個小便宜。

最後，他在準備充足之下出手，而那個聖王在倉促之間回應……就造成了這樣的結果，反而受了比較嚴重的打擊。

而精神力的凝聚哪裡是那麼容易的，我們師徒倆在陰差陽錯之間，竟然給自己爭取到了一個逃跑的時間差。

不過，得到了這樣的結果，師傅也是付出了代價……看他勉強的樣子，我一下子就跑了過去，想也不想的就背起了他，從地上一個趴著的鎮子人手上，隨手拿過了一把刀，我只能這樣背著師傅衝出重圍。

「抓住……抓住……陳承一！」那個聖王在勉強之下，只能這樣命令了一聲，他這一喊，幾乎那一小片戰場的人都在朝著我們集中而來，就連和窮奇殘魂大戰的睚眥也忍不住目露凶光的看了我和師傅一眼。

我已經沒有退路，一把扯過地上趴著的另外一個人的衣服，站在一個角落，一邊踢開朝我彙集過來的人，一邊把師傅牢牢綁在背上，然後緊緊握著手中的刀柄，狂吼了一聲，開始朝著鎮子的東頭衝去。

楊晟的下屬如同潮水一般朝著我湧來……或許因為一些原因，我們師徒倆在這些人眼裡比那些所謂有祖巫血脈的人還有價值，他們前撲後繼，被打倒了又重新站起，幾乎是不惜代價，不要命的想要抓住我們。

如果不是有鎮子上的這些人牽制，我無法想像我們被淹沒在這些類似於殭屍的怪物之海中，是什麼樣的結果？

我也從來沒有想過我會這樣果斷的「殺人」，或者說應該不是殺人，是殺「怪物」，當一個人被逼到極限，只想衝出去的時候，會下意識的攻擊要害的！不然怎麼去面對這些前撲後繼的怪物？

我開始揮舞著刀朝這些下屬的脖子、胸口、肚子……總之是致命的地方胡亂的砍，胡亂的劈，也不知道這些怪物會不會因此而死掉，畢竟不能用人類來衡量他們了。

感謝這些湘西苗人的刀子很鋒利也足夠堅韌，即便每跑幾米，我就要停下來搏鬥好一陣子，可是刀仍然能用，仍然在我手中。

我不知不覺洞開了五處祕穴……不能忘記這個祕術是有時間的限制。

東頭的入山口卻像是遙遠得要命，這些人又是什麼時候能放過我們？我沒有答案，只剩下一個想法：衝，向前衝。

第六十九章　階梯

只因為除了向前衝我已經沒有任何的選擇，如果只有那麼一絲生機我必須抓住，在我的背上背負著師傅的性命，在我尚且稚嫩的時候他保護著我，每一次都那麼可靠，就像站在我前面的擎天柱。

而如今，肩膀上的責任漸漸傾斜在了我身上，我怎麼能讓他失望？

明晃晃的日頭下，我的汗水和不知道哪裡噴濺的血液黏了我一身一臉，小鎮的正街在我眼中變成了長街，也不知道從什麼時候開始，我每一個腳印都會留下濕漉漉的印記，到後來，就是直接的血色腳印。

我心中的悲涼感越來越淡，換上的是麻木的衝殺……我前行了五十米，卻記不得手上的這把刀揮舞了多少次，拳頭又砸出去了多少次？

祕穴再次洞開了一個……就要快到我的極限了，就算有大地之力不停湧動進來，我還是忍不住大口的喘息，這種疲憊更多是精神和心靈上的疲憊，這是屬於真正「戰場」的壓力。

在這個時候，我路過了那個老頭兒身邊，他不知道什麼時候被圍繞在了那一群做法的老頭兒中間，我沒辦法去注意他，在我身側隨時也少不了五、六個或是追擊，或是攻擊的人。

我在逃跑與打鬥當中，與他擦肩而過……眼角的餘光卻瞟見他稍微猶豫了一下，似乎是想要說什麼？

這讓我的心裡忽然一動，幾乎是絕境下我還想為自己多爭取一點兒，儘管我此時的呼吸就像肺部在拉風箱，說話都是「奢侈」的事情，我還是忍不住喊了一聲：「老頭兒，不許阻止我上山，不能！」

在這個時候，一隻不知道是哪裡的拳頭忽然就朝我的太陽穴砸來，我一個側身，避開了要害，卻被這個拳頭打得半邊臉都有些麻木……憤怒讓我一把抓住了那個拳頭，然後想也不想的利用自己的力量，使勁的拉扯著它狠狠的往地上一砸……

清脆的骨裂聲伴隨著慘叫，我卻無暇顧忌這個拳頭的主人是誰，而是側頭看著那個老頭兒，幾乎是咬牙切齒地說道：「因為你不能阻止別人活下來的希望，我死了無所謂，我師傅要死了，我會變成厲鬼的，第一個找的就是你。」

那個老頭兒的臉色變了一下，我想自己此時的樣子一定很「猙獰」，說出來的話雖然無稽，卻讓人不得不嚴肅對待。

但那老頭兒臉上更多的還是猶豫……我懶得理他又猶豫什麼？只是趁著剛才那發瘋般一擊的震懾作用，那些下屬都一時不敢上前的空檔，又向前衝了好幾米。

卻在這時，我耳中傳來了那個老頭兒嘶啞的聲音，生澀的漢語：「剛才他們叫你陳承一？」

我很忙，忙著打殺，在這種累積人負面情緒的打殺中，我對這個老頭兒也充滿了某種憤怒，加上他那麼莫名其妙的問題，我直接對他是用吼地說道：「我不是陳承一，難道你是？你問這個，難道是內疚了？想明年今日的時候，為我燒點兒錢紙彌補嗎？你放心，老子不會死的，老子會活得好好的！」

那個老頭兒好像是知道我負氣，根本不和我計較，而是追問了一句：「老李一脈陳承一，你背上的可是姜立淳？」

「你在說廢……」我被糾纏得越發火大，下意識的就想罵人，可是我腦子還算清醒，一回味就知道這個問題不簡單，反問了一句：「什麼意思？」

那個老頭兒也不解釋，直接對著身邊的人說了一句：「幫他。」

接著，我還沒反應過來，就感覺到一股股異樣的力量加諸身上，在天眼之下，我分明看見是那些老頭兒加諸鎮子上人身上的力量啊……竟然分出了二十分之一那麼多的分量加在我身上。

這力量很奇特，除了讓人感覺到力量感以外，還能感覺到精神力在慢慢的興奮充沛……而且我有直覺，這力量來自於天地，只要不過量，對自身是不會有什麼太大的傷害的。

這就是巫術的神奇嗎？但我知道任何事情都一定有代價，從那些還在聲嘶力竭行法的老頭兒身上，我看到了一種叫做生命力的東西在以平常十倍的速度流逝！

「你上山吧。」那個老頭兒看著我說道。

有了這股力量的支持，讓我彷彿獲得了新的動力……就精神上和心靈上的疲憊也被安撫，我突圍得更加輕鬆了，於是也有了一點點閒空，我想問問那老頭兒為什麼幫我。

他卻對我說道：「上山你自然什麼都知道了……如果有可能，叫山上的人來。快去，我還將助你一臂之力，不要耽誤時間。上山！」

說話間，他拿出了一個造型奇特的尖細匕首，忽然劃破了自己的胸口，在那一瞬間，我好像看見有什麼東西鑽入了他的胸口，而在這時，那個在戰鬥的窮奇忽然再次咆哮了一聲，在這一次咆哮以後，我不用去看，也能感覺到這個窮奇凶威更盛。

如果是這樣的，那個擅長精神力的聖王，也一定會被拖入戰鬥中去，剩下的這些屬下有鎮子上的人拖住，我一定能夠順利突圍的。

就如我所想，那個老頭兒又吹起了奇怪的口哨，這個鎮子的人開始朝著我周圍快速的聚集，紛紛朝著追擊我的屬下攻擊……我終於得到了脫身，欣喜了一下，哪裡還顧得許多，背著師傅就快速的朝著入山口跑去。

原來，他要幫我一切都可以變得簡單……而我也不用太擔心鎮子裡的人，畢竟他們現在占著上風，主要的戰鬥力都被窮奇之魂拖著，如果沒有有力的援軍，甚至楊晟的勢力會敗退下去。

但我也不想莫名其妙欠這個老頭兒的，他竟然叫我叫山上的人來，那我會不顧一切抓緊時間去做這一切的。

其實，如果不是偶然下他的幫助，我已經快到絕路了，因為祕術的時間就快要到了，再拖延下去，我終究會成為強弩之末，然後倒在這裡。

沒有了阻礙，在絕大的力量下，我背著師傅奔跑，狀若無物，奔跑的速度也相當快……原本在我看來遙遠的入山口，只是在片刻之間就跑到了。

還是那條熟悉的青石板路，還是那個怪異的窮奇雕像，此刻在我看來是那麼的親切，我想也不想的背著師傅就往山上衝去。

我三兩步併作一步的朝著山上跑去，在路上看見了我和師傅之前扔在這裡的行李，也隨手一撥拉，就拿在了手中，幾乎是半步沒有停留的衝上去。

我知道，我們其實也只算是剛剛脫險，能夠入山，跑得越遠才越安全，至少根據之前的經驗，山上的遮擋物多，搜索起來也困難，我和師傅的生存機率不用說也大了很多。

而在這時，靈魂受創的師傅終於稍微好了一些，我聽見他在我耳邊急急地說道：「承一，停下，停下，停下！」

停？師傅怎麼能這個時候讓我停下，我還沒攀登幾個階梯呢，可是出於某種默契和信任，我還是趕緊停下了問：「師傅，你是想說什麼？」

師傅卻沒有直接回答我，而是對我問了一個莫名其妙的問題：「你數一下，你爬了幾階了？千萬不要數錯。」

我的祕術時間就要到了，師傅卻讓我數爬了多少階，這簡直是……可是，我強忍著心中的焦躁，還是耐心的開始一階階數了起來，師傅說千萬不要數錯，我就不敢數錯，以至於數得很慢，小心翼翼。

幸好我沒有攀登多久，在焦躁感幾乎要將我吞噬的時候終於數了個清楚，對師傅說道：「師傅，一共爬了八十九階。」

「還好，還好……」師傅的語氣竟然有一種劫後餘生般的感覺，竟然連連說著還好。

這又到底是怎麼一回事兒？

第七十章 斷魂梯

「放我下來，我已經恢復得差不多了，坐在這些歇息一會兒，差不多就能走了。」師傅見我疑惑，也沒有急著回答我的問題，而是要求我放他下來。

聽他說話，我也知道他已經慢慢開始在恢復，只要度過了靈魂震盪最初的難受，恢復起來也是很快的。

我依言把師傅放了下來，師傅坐在青石板上開始休息起來，看樣子也沒有想回答我問題的意思，我聽見從下方鎮子裡傳來的打殺聲，心中焦躁，心想師傅怎麼淡定了下來，終於還是問師傅：「師傅，為什麼你會不著急得讓我數階梯？」

師傅看我發問，看了我一眼，然後拉著我的手臂站了起來，一邊示意我跟著他一起朝前走，一邊說道：「承一，我希望你越是急躁的時候，越冷靜。至少你要學會不要讓別人看出你在急躁。」

「嗯。」我深吸了一口氣點點頭，我心裡終歸是知道師傅不會害我的。

「因為你以後要扛起的責任不輕，有些心眼兒還是學著點兒，你從小跟在我身邊長大，我有些後悔讓你摔打的少了，終究在小時候塑造出來的性格相比於這複雜的世道太過單純。單純不是不好，單純對道家子弟來說，才容易有所撐。可是人算不如天算，誰知道自己這一輩子會背負一些什麼啊？」師傅顯得有些絮叨，他在以前很少有這樣絮叨的時候，這一次重新相聚以後，發現他好像絮叨的次數開始多了起來。

說話間他停下了腳步，也拉著我停了下來。

我看著師傅，以為他又有什麼感慨要說，可他這一次卻是對我說道：「承一，這條青石板路是通往強子修行所在寨子的唯一一條路。」

「啊，那不是隱世寨子嗎？」我的言下之意是還特意修一條路，豈不是太明顯。

「呵呵，真實情況哪有那麼簡單，這個階梯你知道有個別名叫什麼嗎？」師傅反問了我一句，但也知道，我肯定不會回答得上來，師傅就直接說了：「它還有個別名，叫斷魂梯。百梯以後，還想用正常的方式走這個梯子，是絕對走不上去的，一不小心丟了性命都是小事，最糟糕的結果會魂飛魄散。」

「啊？」我看著這一條普通的青石板階梯，除了歲月的磨礪讓它顯得有些滄桑之外，根本看不出來任何的出奇之處。

「先不說，你現在聽我的指揮，下一步，直接跨兩層階梯，貼著右邊。」師傅認真地說道。

而之前他告訴我這個階梯的別名時，說真的還真唬到我了，我哪裡敢怠慢，老老實實的移到階梯的最右邊，然後一步橫跨了兩梯，踏了上去。

一切很安靜什麼事情也沒有發生，我卻莫名心中發緊，老是忍不住猜測，如果我沒有按照師傅所說的這樣走這個階梯，後果會是什麼？但同時，祕術的效果開始漸漸褪去，我的身體忍不住一陣一陣的虛弱。

師傅按照同樣的方式上了階梯，暫時還沒有發現我祕術的時間差不多到了，他又自顧自的指揮道：「下一步，直接上一階階梯，踏階梯中間。」

而祕術的「後遺症」是來得很快的，一旦開始，就如決堤的洪水那樣，沖垮大壩，就再也來不及阻止，我一開始還能忍受，當師傅的話音剛落，我是再也忍不住，一下子就倒偏在師傅的身上，身上開始出現了那種痛苦，猶如無數的螞蟻在自己的肌肉裡面鑽來鑽去的痛苦，立刻就動彈不得，連視覺聽覺也跟著模糊起來。

「承一？」師傅發現了我的不對勁，但立刻就明白過來是怎麼回事兒，這一次換成師傅毫不猶豫的把我背在了背上，對我低聲地說道：「承一，忍著一點兒。」

其實除了忍著，我還能做什麼？我臉色蒼白，因為身體的異樣難受，全身的肌肉都在痙攣，我只能勉強咬著牙齒努力強忍著，讓自己不至於完全對身體失去控制，從師傅的背上滑落，或者把全部的重量加諸師傅。

這種事情普通人都有感覺，如果背著一個清醒的人，或者是因為受力點不同，你甚至不會覺得有多重，如果是背著一個毫無知覺的人，你會發現同樣一個人會重了很多倍。

我只是盡量想給師傅減輕一點兒負擔，但是這一次發作因為祕穴洞開得很多，外加上這一次可沒有陳師叔在，所以很快我就整個人意識一片模糊，只剩下了清晰的痛苦感，什麼都不知道了。

在痛苦中時間總是過得特別慢，而這種來自於身體和靈魂的痛苦也只能自己承受，不是任何人能分擔的，在這種煎熬中我也不知道時間過了多久。

當這種痛苦褪去，我的意識完全恢復過來的時候，感覺自己仍在師傅的背上，天空明晃晃的太陽照進我的眼睛，晃得我一下子睜不開眼。

但我能清楚的知道是下午了，我感覺全身都是濕淋淋的汗水，把身上的衣服幾乎都全部打濕了貼在身上，冒著熱氣……而師傅仍然在攀爬著這斷魂梯，從接觸的身體來看，他也一身都是黏糊糊的汗水，腳步有些沉重。

這樣的情況讓我很想從師傅的背上下來自己走，可和每一次用完祕術，後遺症發作以後的疲憊一樣，在意識那麼清醒的感受和抵抗過疼痛以後，我從靈魂裡疲憊到了極限，沒有清醒到兩分鐘，整個人就昏沉了過去……

再次醒過來的時候，是夜裡。

山裡的夜風吹散了白天的燥熱，讓我整個人感覺舒服多了，除了渾身還有些乏力，我的情況基本上已經完全恢復了。

躍動的火光告訴我，現在應該是在夜裡宿營的時候，我們已經爬完那個聽起來很恐怖的斷魂梯了嗎？

我醒了，師傅是第一個察覺的，他沒有太多關心的話，只是沉默的遞上了一杯水溫剛剛好的溫水，我原本就口乾舌燥，接過來一口氣把杯子裡的水喝了一個底朝天，師傅又接過去，從登山水壺裡給我再倒了一杯。

喝完水，師傅又給我遞過了一碗煮好的吃的，無非就是糊糊裡面放些肉乾之類的，我一向覺得很難吃，在疲憊勞碌了一天之後，吃起來竟然覺得分外好吃。

這一切在進行中都是沉默的，帶著一種異樣的默契和自然，平常得就像呼吸一般……相依為命，同生共死，互相信任的日子過得久了，任何兩個人都會變成這樣子。

無論他們的關係是兄弟、朋友、家人還是夫妻，只是這種感情的培養是不易的。

我在吃東西的時候就在想一個問題，我這輩子欠師傅的情誼是註定還不清了嗎，還是說他在哪一世欠下了我？今天我剛剛背著他殺出血路上山，在上山他又立刻背我爬這斷魂梯，這命運是擺明了要這樣嗎？

那欠著就欠著吧，人其實最怕的不是欠著誰的情，如果還想著我欠著誰的情，那一定就是對誰心裡上不夠親近和認可……對自己最親密的人，最怕的反而是兩不相欠，清了，就還有什麼糾纏呢？那是一副結帳走人的樣子啊！

而我欠著師傅，是不是就也說明，下輩子我還會和他相遇呢？這種感覺才更讓我安心。

我吃完了這簡單的一餐，饑餓的肚子就舒服了許多……而在這時，白天所有的問題才一一的被我想起。

「師傅，我們是爬完那個斷魂梯了嗎？」我開口問道。

「你自己看啊。」師傅隨手一指，我這時才注意到，我和師傅宿營的地方是在一小塊平整的草地，就好像有人刻意修出來的山裡平臺一樣，只不過這裡顯得天然了許多。

而師傅手所指的方向，不就是那斷魂梯嗎？只不過到這裡就已經到了盡頭，特別的是在盡頭處有一個木架子，架子之間固定著一面造型怪異的鼓，鼓槌就掛在木架子上。

「斷魂梯，不懂怎麼走的人強行去走，自然是會斷魂。而知道怎麼走的人，那它就和平常的階梯沒有區別。」師傅如是說道。

第七十一章　來客鼓

師傅簡單的一句話，引起了我對斷魂梯極大的興趣。

而在這安靜的夜裡，也適合天南地北的聊，這種事情師傅也沒有隱瞞我的必要，見我感興趣的樣子，師傅目光柔和的笑了笑，拿過了自己的旱菸杆子，我趕緊殷勤的為師傅裝好旱菸葉子。

點燃旱菸吸了一口，師傅的話匣子也打開了。

「說起斷魂梯，就要說起山上這個生苗寨子，什麼是生苗，不用我給你解釋了吧？」師傅總是這樣說話不緊不慢的調兒，就像在講一個悠長古老的故事。

被這種語調所影響，我也變得安靜起來，摸出一枝香菸點上之後，點了點頭，表示自己自然是知道生苗的，就是隱世幾乎不和外界接觸的苗人寨子。

「這個生苗寨子的來歷很不簡單，可以說我華夏巫家一脈最正統的傳承，就是這個寨子。」師傅的鼻子裡噴出兩股濃濃的菸霧，咬字一字一句的停頓，表示著他的認真。

「師傅，可是你說巫家的傳承幾乎已經斷了啊，怎麼……？」遠古傳說中的大巫斷了傳承，這不僅是師傅的說法，也是整個圈子裡公認的事實，當然現在還有少數所謂的巫家傳人存在，但是都是一些巫術的皮毛，真正精髓所在的東西不是已經演變成了道家的東西，就是消失在了歲月的長河中。

可是師傅卻說這個寨子有最正統的傳承？

其實我心底還是相信的，因為我見識過黑岩苗寨的巫術，也見識過月堰苗寨的巫術，說到底是真的有些小兒科的感覺，因為一切都是建立神祕的蠱術基礎上。

而自從強子上一次出現以後，我才算見識到了不一樣的巫術，加上白天鎮子裡的大戰，我又見識了一次他們出手，真的感覺很不同……這也就是我相信的基礎。

面對我的問題師傅的神情複雜，沉吟了許久才說道：「是的，巫家的一切，說到底比我道家的東西都不差，甚至有些古老的精髓傳承比起道家有過之而無不及……畢竟華夏的一切術法起源都來自於巫。我說他們寨子是最正統的傳承，只是說他們是傳承到了一些真正巫家比較精髓的東西，可是這和真正繼續巫家一脈的傳承還是有區別的。」

我點點頭，我自然是懂師傅的意思。

比如精髓的東西是一個蛋糕，你剝開包裝盒，哪怕是吃掉了一小口，也算是真正的吃到了，而不是只是站在櫥窗外面，看到了它的外包裝是什麼樣子的。

現在很多所謂巫家的傳承就像只瞭解了蛋糕的外包裝一樣，所以才被圈子裡公認成為巫家的傳承斷掉了。

而這個隱藏在山林中的生苗寨子，卻是那個真正吃到了蛋糕的，儘管只吃到了一小口，但也可以稱之為正統了。

「你理解了？」師傅叼著旱菸杆子望著我，可能他是覺得自己表達得不夠到位吧。

「理解啊。」我抽了一口菸，笑笑地說道，其實多少是有一些欣慰的，如果可以我真願意華夏古老而精髓的一切都不要斷了傳承，我們不要用狹隘的眼光去看待歷史上的一切，總覺得今天的我們站在比他們高的位置，過去就不值得我們珍惜。

事實真的是如此嗎？我必須得承認，古時候的好些道士比如今的我們是有本事的，甚至出現了不少傳說中的大能……而就算我們如今引以為豪的科技力量，也被一些陵墓裡的發現給搧了「耳光」。

像秦始皇陵裡的一把劍，精確的鍛造工藝讓今人在測量以後歎為觀止，百思不得其解古人為什麼會有這樣的鍛造技術！

甚至一些沒公開的，傳聞中自動恢復的記憶金屬，就好比被壓彎了，自動恢復成原狀的劍，在某種液體裡保鮮很多年的水果……這一切的一切，難道不值得我們思考一些什麼嗎？

我們需要發展，朝前走也不能忘記過去，因為我們也需要傳承。

所以，聽見這個寨子還有巫家正統的傳承，我才欣慰，不矯情而真正開心的欣慰。

彷彿察覺到了我的心思，師傅也跟著笑了笑，繼續說道：「當初發現這個事情的時候，我真的嚇了一跳，我沒想到巫家的傳承還在這裡，以火苗的形式保留著。而只要有火苗自然是有希望的。至於斷魂梯就是這個寨子最古老的產物，話說當年我聽聞，這個斷魂梯是這個巫家寨子最古老的先祖設計的。而這個寨子的人都承認，在傳承方面還需要有天賦的人來繼承發揚，至少在那位先祖以後，沒出現過比他還出色的人物了。」

「那斷魂梯究竟是……？」我很想知道斷魂梯究竟是怎麼樣的存在，必須要用特殊的方式去走。

「巫家有一門很有名的巫術，叫做詛咒術，你知道吧？斷魂梯上有詛咒，如果不按照特定的方式去走，錯得越多詛咒越深。到最後魂飛魄散都不是沒可能……我聽說，如果是這斷魂梯上所有的詛咒都集中疊加在一起了，魂飛魄散也做不到了，靈魂會被永生永世的折磨。」師傅的神情一點兒都不像開玩笑。

這話說得我內心再次發冷，忍不住看了一眼那不遠處顯得平淡無奇的梯子，沒想到就這麼一個梯子，比起蛇門的祕道都絲毫不弱啊，甚至在某種方面可以說是更加強悍。

「那這些詛咒會立刻發作嗎？」我們是從鎮子裡逃出來的，我自然有些擔心這個追兵的問題，如果立刻發作的話……只要我們爬上來了，倒也不用擔心了。

「自然是立刻發作的，所以上了這個階梯，你就不用擔心追兵的問題。」師傅叼著旱菸杆子說道。

「可要是誤傷了普通人怎麼辦？」我忽然想起這裡以前是沒有一個鎮子守護著入山口的，甚至還有稀稀疏疏的幾戶人家，萬一誤闖了這個梯子怎麼辦？

「你不用擔心，普通人連百梯都過不了，因為這個梯子百梯之中藏有一個小小的詛咒巫術，會讓普通人精神錯亂，反覆的來回上下，並且不太記得發生的事情，所以普通人不會走到百梯以上的。並且這詛咒是一層層加深的，就算強悍一點兒的普通人勉強走到百梯以上，也會因為開始第一個小詛咒而退卻。一開始的詛咒並不厲害，只要及時離開，詛咒就會自動脫離。」師傅給我解釋了幾句。

我不得不說這個斷魂梯的設計太巧妙了，忍不住唔了一聲來表示感慨。

「其實太具體的，我一個道家外人又怎麼可能全部瞭解。你只要知道，要進入這個寨子只有一個辦法，就是通過這道斷魂梯。莫以為山裡亂闖就能進入這個寨子，整個山脈經過了那麼多年，自然也有他們的佈置啊。」師傅感慨的說了一句。

這讓我想起了那個守山老頭兒的態度，看來當時他真是不想害我們而不讓我們上階梯。至於上山，他也提醒我們不要亂去。

當然上山沒問題，沒遇見什麼倒也好，就當探險了……如果遇見了什麼，這些年在山上探險失蹤的人還少嗎？而一般人除了旅遊路線，哪裡又會深入無人區的荒山太多。

「師傅，那個老頭兒……」說了這麼多，想起了那個守山的老頭兒，我自然也想起了那個門房老頭兒，心中有些愧疚……我是想過救他的，但當時那個情況，根本就沒有辦法去救，要怎麼辦？如今暫時安全了，自然是擔心了。

「這個你放心吧，鎮子上的人還撐得住的。那個守山老頭兒自然知道我們上山要花費多少時間，他讓我們讓山上的人來，自然就有把握撐到那個時候。」師傅說這話的時候很淡定，充滿了信心，也讓我稍微放心了一點兒。

只要那個鎮子的人撐得住，那個門房老頭兒就暫時是安全的，因為在大戰中誰還顧及處理他啊？

「可師傅，我們又要多久才能到那個寨子啊？」我忍不住追問了一句，莫不成要在山裡待很久吧？

「等吧，我已經敲響了來客鼓，看他們的速度了。」師傅說道。

來客鼓？是說那個豎立在階梯盡頭的鼓嗎？

第七十二章　再次與迎客之人

看著我的目光看向了那個階梯盡頭的鼓，師傅說道：「那就是來客鼓，鼓上附有神祕的巫術，在這裡敲響了來客鼓，那個寨子裡的另外一面迎客鼓也會震動起來，寨子裡的人自然就會來這迎客坪接我們。」

「呵呵，就不怕接錯人。」我隨口說了一句，不過還是感慨巫術的神奇，這莫非就是那個年代的高科技，快趕上現在的通訊技術了，道家其實也有這種神奇的聯繫方法，不過具體的已經失傳了。

「不會接錯人，不是這個寨子的客人不會知道這條斷魂梯的走法。而且這斷魂梯的走法二十年變換一次，你覺得會接錯人嗎？而且就和道家講究一個緣法是一樣的，如果有人巧合真的走出了這斷魂梯，這個寨子也是認的，一樣是來接的。如果是有人強破斷魂梯，他們自然也有辦法知道，做出應對……可以說，這個斷魂梯就是這個寨子的第一個防守吧。」師傅感慨地說道。

這種感慨的心思我能理解，師傅其實是在感慨這個寨子雖然隱世，但是傳承得不錯，也有了各種相當於是門派的基礎，而我老李一脈人丁稀薄，就連吳天「不屑」的後人們也有了自己的組織，雖然不全是老吳一脈之後，現在也被架空了勢力，但好歹輝煌時也曾躋身頂級勢力。

至於我們老李一脈……說到底，我曾經也有過這樣的幻想，老李一脈可以發展發展，要是也形成了一個門派的勢力，然後隱世清修，那該多好啊？

只不過幻想之所以叫幻想，那就是不能成為現實的東西，我們老李一脈註定了「勞碌奔波」一命，就算人丁興旺，可能也是這個命數吧？

一時間，我和師傅都沉默了……原本，我還想問問師傅對強子的事情怎麼知道得那麼清楚的，畢竟當年強子告訴我他是被部門的一個大巫看中然後學藝去了，和師傅怎麼也扯不上關係，但因為想著自己這一脈的事兒，心思一重反倒沒什麼心情去問了。

和師傅相對著沉默了一會兒，然後我們就輪流著睡去了，這是之前在山裡逃亡的歲月養成的習慣。

我之前昏迷了很久，所以就讓師傅先睡的，我估摸著應該會是天亮，我們才能看見所謂寨子的人來接我們，卻不想在我守夜了兩個多小時以後，我就聽見從那邊的深山裡傳來了一陣陣馬蹄的聲音……

我第一個反應自然是緊張，畢竟之前在山裡的歲月和師傅兩個人被追得說是「喪家之犬」也不誇張……但是想到師傅之前和我說的斷魂梯來客鼓的事情，我的心思又稍微放鬆了一些，估計是那個神祕的寨子來人了。

不過，在深山裡騎馬倒是一件新鮮的事情，這樣想著我還是叫醒了師傅，師傅揉了揉惺忪的睡眼，有些迷糊的和我說道：「你昏迷了幾個小時，我們又等了幾個小時……算起來時間也不算短。不過，這一次倒是來得比前幾次都快，怕是有什麼事情吧。」

當然是有事情吧，下面的鎮子鬧騰得這麼厲害，這山裡的寨子能坐視不理嗎？

只不過現在馬蹄聲已經越來越清晰，如果來人真的是隱世寨子裡的人，我們這樣議論到底是不好的，不能第一面就給人留下這麼一個印象啊，所以這句話我也只是埋在了心裡。

幾分鐘以後，在漫天星光的映照下，我和師傅就看見了幾個騎馬而來的身影，我們這裡亮著火光，他們一定早早的就看見了我們，所以直接就朝著這裡策馬而來。

這馬可能是長期走山路，所以速度也不慢，一分多鐘以後，一行四個人就來到了我和師傅身前。

這時候我的心也放下了，來人從穿著上來看，是典型的苗家漢子，而且他們對我們也沒有任何的敵意，一停下來就紛紛下馬，這是一種表示尊重的態度，如果是在馬上就直接和我們對話，多少是有些居高臨下的。

「可是你們敲響了來客鼓？」下馬後，其中那個領頭的人衝著我們微笑了一下，就直接開始用有些生澀的漢語詢問，相比於漢人，苗人就是那麼直接，所以苗疆的女子也才敢愛敢恨，或許在他們看來，廢話的寒暄是不需要的，只要表示友好就可以了。

「是的，就是我們敲響了來客鼓。」師傅一步走到了我的身前，持了一個道家之禮後，也是很直接的回答了。

「那就勞煩二位說一下名字，畢竟我們雷山苗寨是生苗寨子，朋友不多，但都一定記得。來客說個名字，我們也好以朋友之禮招待招待。」這個領頭的人雖然說性格裡有苗寨的耿直，但說話間還是帶著幾分圓滑，這幾句話說得客氣，表面上是要招待朋友，實際上充滿了防備之意。

這可和師傅剛才說的大相徑庭啊，不是說登上了斷魂梯就會迎接客人嗎？但仔細一想，這和鎮子裡的事情也不無關係，說不定鎮子裡那些怪老頭兒等我和師傅等久了，或許又覺得我和師傅萬一靠不住，用特殊的方式通知了寨子裡的人呢？

我在胡亂猜測著，但師傅臉上卻沒有任何的情緒表達，面對來人的提問，很直接就回答道：「老兒姜立淳，這個是我的徒弟陳承一。」

「姜立淳、陳承一？你們可有證明？」一聽到我和師傅的名字，那個苗人的臉色一下子就變得鄭重而嚴肅，不放心的追問了那麼一句。

「我們無法證明，但如果你們寨子裡的達興大巫在這裡的話，想必一眼就能認出我。」師傅從容不迫的回答道。

「達興大巫，你知道他的名諱？對了，如果你知道達興大巫的名諱，想必一定就是姜道長了，阿卯斗失禮了。」那個叫阿卯斗的苗人一聽見我師傅提起了那個達興大巫的名諱，立刻態度就變得恭謹，立刻對我師傅鞠躬施禮了，連同他身後幾位苗人也連忙跟著施禮。

肯定很多人會想，一個名諱至於如此嗎？在我看來，如果是以巫術為傳承的寨子，讓外人知道真正的名諱的確就是了不得的事情。

想起這個，我的心思有些恍惚，思緒又飄回了很多年前，那個和如雪纏綿的半年，我們最愛的那片山坡，懶洋洋的日頭，我睡在如雪的腿上，她用手撐著下巴看著遠方，安靜的模樣……我們隨意的聊天，她和我說起一些苗族的事情。

其中就提到了，因為巫術的傳承存在一種了不得的詛咒之術，如果輕易讓別人知道真名怕被詛咒，所以那種以巫術為傳承的生苗寨子，是很忌諱把真名告訴寨子以外的陌生人的，就算對方是苗人也不行。

如雪的話自然深深刻印在了我的腦海中，如今再次想起，這些話倒也罷了，只是那一年的陽光樣子、草地的氣息、她髮間的味道、相依的溫暖……再次浮現心頭，就像過了一百年一萬年那麼久，久到在我不觸碰的時候，差點兒忘記了我們曾經也這麼接近，放肆的相愛相守過。

我甚至快要忘記了，我還在這麼愛著一個女人……是不是很多時候，根本就不是忘記一個人，也根本不是不愛一個人，而是時間把感情封存了？原因就簡單的只是一句話，你再也拿不起，碰不到它了而已，不封存又能如何？你不能心痛的過每一秒，你如果是一個人，你會下意識的自我保護！

我有些恍惚了，因為只是封存，碰一碰，關於愛的氣息還是會瀰漫在心頭，而靈魂又開始陣痛，痛到我一下子連呼吸都困難，忍不住身體偏了一下，一把抓住了師傅的肩頭。

而我的意識又開始模糊，無數的場景從眼前掠過……青山、綠水、瀑布、深潭、河流……無數個場景都看見一個女子的身影，明亮的雙眼笑得瞇起來，如同一個彎彎的月牙兒……

「喂，石頭，你能不能不要老是讓我一個人自言自語的？」

「喂，石頭，你回我的話能不能多幾個字？不要老是嗯、啊、對那麼敷衍？」

「喂，石頭，你可不可以不要那麼小氣，問你什麼，你都老是我猜，我猜的，我要知道能問你？」

「喂，石頭……我是魏朝雨，記住了，我是魏朝雨……」

「魏朝雨……」這個名字響徹在腦海，即便是靈魂痛得讓我想嘶吼，還是忍不住跟著念出了這個名字。

她到底是誰？疼痛讓我滿身大汗，一下子跪倒在了地上。

第七十三章　重回

我不想再看見這些片段了，因為看見它們就一定伴隨著我靈魂的陣痛，而那種陣痛是一種讓人經歷過一次，就不想再要經歷第二次的。

我懷疑常常這樣經歷，會不會讓我因為受不了來自靈魂的折磨而瘋掉？現在，更糟糕的是這種陣痛還帶起我莫名的心痛，念著魏朝雨這個名字的時候，我的心就像被一張手帕包著，然後使勁擰的感覺。

「承一？」在這個時候一雙手扶著我關切的問了一句，除了師傅還有誰？

只是瞬間的疼痛，汗水就打濕了全部的衣服，我忍不住大口的喘息著，但還好的是今天的這一次發作來得莫名，卻也結束得很快，好像有一股力量刻意去壓制了這種疼痛，在師傅詢問我的時候，我就已經完全恢復了，只是有點點乏力。

畢竟在外人面前我不好多說什麼，伸手擦了一把臉上的汗，抱歉的對師傅和幾個苗人說道：「沒事兒，我就是之前使用了祕術，後遺症發作了。」

幾個苗人是不好多說什麼，師傅卻是疑惑的看了我一眼，因為祕術的後遺症要說發作的話，我已經發作過了啊，而且我一次次看到幻覺的事情，並沒有和師傅詳細說起過，剛才忍不住念出了魏朝雨三個字，師傅也一定聽見了。

但這個名字對於師傅來說很陌生，我想師傅此刻疑惑也是正常的，只是礙於同樣的原因，外人在這裡，他也沒有說破什麼。

這只是一個小小的插曲，那幾個苗人表示關心了幾句以後，又扯回了剛才被打斷的話題。

「姜道長，承一，原本來這裡，按照正常我們是應該接你們去寨子的。但之前我們並不知道來者是你們，所以……」阿卯斗說這話的時候有幾分猶豫。

這倒弄得師傅一陣疑惑，忍不住追問了一句：「怎麼，你們不歡迎我們去你們寨子？」

「怎麼會？你們是達興大巫尊貴的客人，承一還是達戎的大哥，我們怎麼敢不歡迎你們去我們的寨子？」阿卯斗急急解釋了一句，那樣子比我們還急！

其實，師傅也不是刻意問得那麼尖銳，而是我們現在這個處境，如果不去寨子躲一陣子，然後找到孫強，幾乎又陷入了無路可走的境地。

而且，達戎是誰啊，我怎麼就成了達戎的大哥？我愣了一下，忽然就想到會不會是孫強在寨子裡的名字叫達戎？因為如果說我有弟弟的話，那麼慧根兒是一個，強子就是另外一個！

我還沒來得及問，師傅已經有些意想不到的開口了：「達戎，是不是那個漢族名字叫孫強的？他在你們寨子裡能擁有這個名字和這個輩分？」

「嗯，千真萬確，是前些年才由寨子裡最尊貴的大巫賜名的。」阿卯斗就這麼簡單解釋了一句關於強子的事情，我想他也不好多說寨子的祕密吧，這個除非是大巫或者強子親口對我們說。

想到這一層，我和師傅就沒在追問什麼了，但是和我們自身息息相關的事情卻是不得不問，沉吟了一會兒，師傅還是開口問道：「那麼，如果說不讓我們去寨子，又是？」

是的，他們又是要做什麼？

「這個……涉及到我們寨子的一些事情，暫時我也和姜道長說不清楚。我能說的就是我們寨子裡的好幾位大巫，包括達戎現在都去了那個鎮子裡，哦，還有達興大巫也在！我當然不能做主讓兩位不去寨子，但是達戎是我最好的兄弟，我只是擅自問一下，你們要不要先去一趟鎮子，然後我們再一起上山？」阿卯斗的漢語說得的確不行，加上又急，解釋有一些凌亂。

但我們到底是聽懂了他的意思，然後面面相覷……再回鎮子？我們才剛剛從鎮子上逃出來的啊！我同時也開始掛心，想起那群窮凶極惡的人，為強子而掛心，他們本來就是衝著有祖巫血脈的人來的，這一次又加上發現了我和師傅，能那麼輕易退去？

既然鎮子上的人真的已經通知了寨子裡的人，難保睚眥他們不會通知楊晟，按照楊晟的勢力……！

我的心越想越覺得嚴重，真的覺得該回鎮子上去找強子，我相信所有的人只要退到斷魂梯以內，即便是楊晟也……

可在這時，師傅已經說開了：「我們是很想現在就去鎮子上的，當年我和達興大巫共事多年，再見一定我很期待，也想立刻見到孫強，他是我侄子，可是，鎮子上的情況，你們現在知道嗎？而且，那些人和我們師徒也過不去，是那種生死之敵，我怕……」

確實是應該交待清楚的，就算我和師傅與楊晟勢力的牽扯因由不說清楚，也該把關係說清楚，畢竟事情如果可以解決，卻因為我和師傅連累雷山苗寨深一層了，那就不好了。

卻不想阿卯斗先是一愣，之後卻是不在意的笑了好幾聲，連同他身後的苗人也跟著笑了好幾聲，然後才大大咧咧語氣很是自信的對我和師傅說道：「如果是走出了這片山脈，我們會不會怕了誰，那是不好說！但是在這片山脈，我們雷山苗寨就是神仙下凡也不怕！除非是祖巫來了才能讓我們臣服，跟我們放心下山去就是……保證一切平安無事。」

這真是好大的口氣啊，神仙下凡也不怕？我和師傅還想說點兒什麼，阿卯斗卻已經是大手一揮，說道：「姜道長，承一小哥要是因為這個擔心，就大可不必。如果是因為別的原因，那我們現在就去寨子吧。」

我和師傅沉默了一會兒，這一次沒等師傅開口，我就是上前一步，說道：「好，那我們這就下去。」

我不是把阿卯斗的話當真了，我只是認為他不瞭解楊晟的勢力，但剛才的那一番胡思亂想，我確實是擔心強子，那一年我對強子說你就是我弟弟，但是我和他見得真的很少，不像慧根兒我是真真實實的照顧著，就衝強子在危險中，我也該去。

至於去了以後怎麼樣，見機行事吧……我就打的是這個主意。

見我這樣說師傅竟然也沒有反對，在我的話音剛落，他就說道：「是啊，是該去的，那就走吧。」

斷魂梯下梯容易上梯難，下梯的時候倒沒有什麼特別的顧忌，所以在決定了以後，我們很快，大概一個小時不到吧，就已經走完了那長長的斷魂梯，再一次來到鎮子那個入山口。

到了入山口阿卯斗停下了腳步，神情有些疑惑的看了入山口那個窮奇的雕刻好幾次，然後看著看著臉上就出現了怒火，我聽他罵罵咧咧的說了一句什麼，但是是屬於他們寨子的苗語，我是聽不懂，我只會幾句簡單的苗語，還是如雪教我的。

不過一想起如雪這個名字，我就把念頭狠狠壓了下去，我再笨也發現了一件事情，那就是這種靈魂的陣痛，除了道童子出現時會發生，還有一種情況就是我想起如雪，帶動心痛的時候也會發生。

在入山口並沒有停留多久我們就朝著鎮子走去，在這種靠山的鎮子到了夜裡總是會變涼的，我們還沒有進入鎮子，隨著吹來的陣陣涼風，就已經聞到了一陣陣沒有散去的血腥味兒。

讓我疑惑的只是我們逃出來的時候，鎮子還是廝殺一片，如今卻是安靜得緊，難道人都死了嗎？

這樣想著我忍不住加快腳步，卻被阿卯斗拉住了，他對我說道：「事情倒是比我想像的嚴重，竟然有人敢在我們寨子裡勢力範圍內殺人，哪怕殺的是……」說到這裡，阿卯斗沒有說下去了，卻是假裝大大咧咧的拍了拍我肩膀，說道：「總之，不用急，慢慢走過去就是，達興大巫他們在，一定就會弄好所有的事情，我們急匆匆的，反而是顯得不信任他們了。」

還有這層講究？我沒有說什麼，但心裡的擔心卻是一點都沒有減少。

第七十四章 碰撞

從這裡去鎮子的路並不遠，只是短短百米不到的距離，一個拐角就可以從那條小巷子裡出來，轉到鎮子的正街上。

一轉入正街，一股濃烈的血腥味就刺激著我的鼻腔，讓我忍不住咳嗽了一聲，走在旁邊的師傅臉色一變，連那個自信滿滿的阿卯斗臉色也一下子變得沉重，我聽見他用陌生的苗語罵了一句什麼，接著不好意思的又用漢語和我解釋了一句：「這幫龜孫子還真敢……」

真敢什麼？阿卯斗沒有細說，但是我從他的語氣中還是聽出了強壓的怒氣和驚疑不定的心情，是真的不相信有人會在他們的地盤上如此「亂來」。

我心裡歎息了一聲，這個阿卯斗可能真的在山上的寨子裡待太久了，他不可能會明白在這個世界人有一類人叫「瘋子」，還真沒什麼是他們不敢做的，而楊晟典型就是這樣的人，有什麼他不敢的？

今夜是沒有月亮的，有的只是滿天的星光，在山上這星光是透徹的亮，就和前一夜我在這個鎮子上看見的星空一樣，那種透徹清亮的光能直入人的心底，而如今剛一拐進鎮子的正街，就覺得這漫天的星光彷彿都染上了一層血色，朦朦朧朧為整個鎮子染上了幾分慘烈的氣息。

和昨天早早就黑下來的鎮子不同，此刻鎮子上的正街所有的路燈都亮著，燈光雖然昏黃，但是已經足夠看得清楚鎮子上的一切。

在這個時候，我才知道了鎮子上為什麼那麼安靜的原因，在上午還激烈爭鬥的兩幫人此刻分別立於鎮子的兩頭對峙著，沒有人說話，只有偶爾窸窸窣窣的腳步聲，還有拖動東西的聲音。那是兩幫人都在清理街道上的屍體。

而那些上午還是活生生的人，如今卻變成了冰冷的屍體，被倉促的拖到了街道的兩個角落，然後平放在了一起。

每個人都默默無聲，清理的人無聲，看著的人也無聲，而這樣的場景又讓這個鎮子在慘烈之餘，多了幾分悲涼的氣息。我們一行人走在街道上，阿卯斗看見這個，不停在喉嚨裡低聲的嘀咕著，從語氣來看他應該是在罵著什麼，而我無言。

因為我覺得，有時候人性在某種層面上，不應該分什麼敵我，就像戰爭也不能阻止人性的光輝。

我不同意你的立場，甚至為了守護我想要守護的，我可以和你你死我活的廝殺，但是，這個不能消磨我的人性，這種人性可以理解為，恩怨已了，我不會再遷怒，甚至可以尊重你的死亡，也為這種爭鬥而感覺到悲涼，而不是持續的仇恨。

這樣想著，我們不知不覺就已經靠近了對峙的人群，在靠近入山口這邊自然是鎮子上的人，他們是絕對要守護入山口的，而另外一片自然是楊晟的人。

路燈昏黃，加上在中間有來來回回清理屍體的人，我看不清楚對面具體有些什麼人，但在這邊，我們還沒有完全擠入人群當中，就聽見我身旁的阿卯斗大喊了一聲：「達興大巫，達戎，達興大巫，達戎……」

原本我還在沉思，阿卯斗這咋咋呼呼的一齣一下子就把我從思緒中拉了出來，第一個反應就是想阻止他，但是在這安靜的鎮子上他的聲音是如此突兀，根本想阻止也來不及了。

我沒想到阿卯斗會選擇這樣的方式，和我同樣有些吃驚還有師傅，畢竟整個街道的氣氛是慘烈，悲涼而且有一種微妙的嚴肅和沉重，這樣的聲音幾乎引起了所有人的注意，我和師傅的身份原本就敏感，這樣……

可是阻止已經來不及了，更不可能去指責阿卯斗什麼，或者他的性格就是這樣？

但實際上所有人的目光都落在了我們的身上，這邊鎮子上的人一開始看阿卯斗的目光是責怪的，但不知道為什麼，在大概看清了是阿卯斗以後，很多人的目光就變成了敬畏，紛紛低頭讓開了。

阿卯斗好像很享受這種感覺，把背挺得更直了一些，這行為多少有些幼稚，和之前那個在山上說話圓滑的他根本不一樣，但卻也弄得我和師傅更加不好說什麼了。

我很想觀察一下對面人的反應，因為阿卯斗這樣的大喊大叫，對面的人肯定也聽見了，他是我們一起的，難保對面的人就沒有看見我們？可是我還沒來得及看過去，就感覺到一個身影猛地衝了過來，在還來不及反應的時候，就感覺一隻手臂一下子圈住了我的脖子，然後一個熱情又驚喜的聲音在我耳邊響起：「哥，你咋來了？」

「強子！」我的思維還沒有反應過來，可是我卻下意識的叫出了強子的名字，這個聲音不是強子的又是誰的？

我無法形容在這種混亂的局勢下遇見故人的欣喜，千言萬語都變成了一個狠狠的熊抱！

而在我身後，又出現了一個顯得有些滄老的聲音：「姜老兒，你果然還是活著的啊，你就覺得你這個人不會那麼容易死的！不要說是去找昆侖，就算你去找天庭，也是會活著回來的。」

「哈哈，穆老兒，你也果真是做滿十年，解甲歸田……看樣子活得還很滋潤啊。」說話間，我看見身旁的師傅快步走上前去，和那個蒼老聲音的主人一下子也抱在了一起。

相比我和強子，師傅和這個穆老兒顯然更加隨意，或許他們一起共事，經歷比我和強子更多生死，這種感情早已經超越了時間帶來的生疏。

這樣的重逢是讓人喜悅的，但如果沒有那突兀的「啪」「啪」「啪」鼓掌的聲音，會更加讓人愉悅。

那聲音響起的時候我的心莫名的煩躁，轉頭一看一個人從那邊的人群中走了出來，雖然在昏黃的燈光下，根本看不太清楚，但是從他走出來的一瞬間我就認出來了，來人竟然是楊晟！

這就叫陰魂不散嗎，有我的地方就有他？到底是這裡的窮奇殘魂吸引了他，還是我和師傅的存在吸引了他？

「陳承一，對於你這種黏黏糊糊的人來說，此刻是不是又感動得想哭？」楊晟開口說話了，而這一次他一開口說話，我就愣住了。

要知道在很久以前，楊晟的聲音就變了，變成了一種我無法形容的嘶啞難聽聲音，就像聲帶壞了一樣，而今天他一開口說話我卻聽見了以前熟悉的聲音，熟悉得就像那一年他在竹林小築時和我說話的聲音，好像從未改變過。

可是除了震驚，我已經沒有任何的情緒波動了，我只是會想在他身上又發生了什麼，讓他的聲音也變回了從前，在發生了那麼多以後，我已經忘記了曾經對他的離去，我無盡的遺憾和傷感。

「你可不可以不要出聲，不說話沒人當你是啞巴！」沒想到我還沒有做出任何的反應，原本看見我還很開心，還在和我熊抱的孫強一下子放開了我，語氣異常火爆的說出了這句話。

我有些吃驚的看著強子，在我的記憶中強子最初是有些靦腆的，後來在我們大戰小鬼的時候，他稍微表現得有些衝，可也不是這種一點就燃的「火炮」性格啊，這是怎麼回事兒？

「我就是說話了，你又能怎樣？」相比於強子這種不好的語氣，楊晟反而顯得異常淡定，他走到一個靠近兩方人對峙的中間位置停了下來，稍稍偏頭的看了一眼強子，語氣淡定。

面對這樣的楊晟，我忍不住冷笑了一聲，現在的楊晟已經完全變了，不僅知道怎麼玩陰謀，連說話都學會了伶牙俐齒，陌生得不能再陌生。

我覺得強子完全沒必要和他口舌之爭，畢竟強子就算變得火爆得讓我詫異，骨子裡我還是相信他是那個最初樸實的強子，而且楊晟是衝我來的，強子有什麼必要和他爭？在這樣的想法之下，我剛想拉過強子，親自去和楊晟對話……

卻不想強子卻一下子從我身邊衝了出去，下一刻，我就聽見他大喊了一聲：「我也不怎麼樣，我就是他媽的揍你一頓，如何？你這個拋棄妻兒，背棄朋友，一心發瘋的瘋子！」

「強子，回來！」我大喊了一句，也忍不住跟著衝了出去，楊晟的實力我見過，他怎麼可能是楊晟的對手？

第七十五章　強子

可是我還沒跑出去兩步，卻一下子被一隻有力的手拉住了，這隻手的力氣大得不像話，讓我憑感覺說，就跟慧根兒那莽小子的力氣差不多大了。

我本是往前衝的，被這隻手一拉忍不住向後一個趔趄，差點兒沒摔倒，可見這個力氣是有多大！

我一下子心中就升騰起了一股怒火，因為我擔心強子，這個時候就算是師傅阻止我，我也不會理解，但是一回頭卻發現阻止我的是那個達興大巫，師傅口中的穆老兒。

「讓他去，在這裡沒人敢把他怎麼樣！他的性格現在出現了偏差，吃點兒虧當是一個磨練也好。」而我還沒來得及說什麼，達興大巫就給我解釋了一句，而且一把把我拉到了他的身後。

在這時，師傅也走到了我的旁邊，摁著我的肩膀說道：「相信他，因為比起我們，這老傢伙說不定更在意強子。」

是這樣的嗎？我看了一眼師傅認真的表情，只能深呼吸了一下，暫時穩住了自己的心情，而在這時強子已經衝到了楊晟的面前，還沒有靠近就異常直接而火爆的一腳朝著楊晟踢了過去。

完全沒有任何的章法，更沒有使用任何的巫術，強子採用的就是街頭小混混的打法。

可是，楊晟怎麼會在意他這麼踢來一腳？我看見楊晟明顯冷笑了一下，下一刻伸出手去，動作快得不可思議的，竟然一下子就抓住了孫強踢來的腿，然後說道：「不懂規矩的傢伙，我就替你的長輩好好教訓你一下。」

說話的時候，楊晟一下子就提起了另外一隻手，手掌握拳就朝著強子那一隻被抓住的腿狠狠砸去。

我的心一下子提到了嗓子眼兒，按照他的力氣，我毫不懷疑楊晟這一下會直接砸斷強子的腿……而看他出拳的樣子，哪裡又是留了手，這叫什麼教訓？這根本就是找一個藉口堵住達興大巫他們的嘴，然後不留餘地的整治強子！

但在這時，意想不到的變化卻發生了，在強子的身體周圍，忽然響起了一聲咆哮的聲音，我看不清楚發生了什麼，卻分明感覺到了有一股力量朝著楊晟狠狠撞去，連楊晟也不得不避其鋒芒，鬆開了抓住強子小腿的手，朝後退了一步。

這個時候，達興大巫才在我身邊冷笑了一聲，然後聲音淡淡的朝著楊晟說了一句：「不好意思呢，達戎的長輩可不是我們。你要教訓也別太過分！」

這句話我不理解是什麼意思？但我看見強子被放開了小腿以後，絲毫不覺得剛才是危險的，連站都沒有站穩，又大吼了一聲，朝著楊晟撲了過去。

楊晟看著撲過來的孫強，臉上明顯有怒火，但又有一絲無奈，他那麼多手下在這裡，他不可能避開去，所以也只能迎了上去。

我不明白楊晟在無奈什麼，確切的說是在顧忌什麼，不過看他有所收斂，到底是一件好事兒，至少強子不會有什麼太大的危險。

而這一次強子依舊是沒有打到楊晟，因為他根本跟不上楊晟的速度，楊晟的速度太快了，就像我在極限狀態下掐動手訣的時候，會帶起手指的殘影，這根本不是人類能擁有的速度！就算人類能擁有這個速度，身體也根本承受不了。

我自己深有體會，在那種極限速度下掐動手訣，我的手指承受了多大的壓力！

可我發現更可怕的是，楊晟臉上的神情一直就很輕鬆，根本就沒有盡全力的樣子……臉上的神情？我忽然抬頭震驚的看了楊晟一眼，這個時候我才發現楊晟這一次根本就沒有在臉上戴任何的遮擋物，僅僅只是戴了一副墨鏡罷了！

原本我熟悉他的樣子，一時間還沒有反應過來，這個時候徹底的反應了過來，聯想起上一次我和師傅躲在山上，楊晟那可怕的驚人靈覺……忽然發現我好傻，楊晟身上一定發生了什麼驚人的轉變，一定是！

而原因除了那個天紋之石中的殘魂，我想不出別的來了，但是那個天紋之石裡的殘魂，楊晟又能拿來做什麼呢？另外，讓我疑惑的是達興大巫的話，強子的長輩不是他們，又會是誰？那個咆哮的聲音是什麼，難道強子身體也有傻虎這樣的存在？

但想想就算是傻虎也不可能讓楊晟這樣避其鋒芒的啊！

想不透的問題就太多，而就是這麼短短的功夫，我都忍不住想閉上眼睛了，因為強子已經第六次被楊晟放倒在了地上。

或許是因為有什麼顧忌，這一次楊晟沒有下狠手，但是也不會太刻意給強子「撓癢癢」，強子的樣子很狼狽，至少鼻青臉腫是免不了的，而且看樣子他的體力已經消耗到了極限，這一次被楊晟就像玩兒一樣的打倒之後，站起來都沒有那麼利索了。

看見自己的弟弟被這樣收拾，自己偏偏不能出手的感覺是異樣難受的，我想除了閉眼不看下去，也沒有任何的辦法。

在這時達興大巫拍了拍我的肩膀，對我說道：「忍下去吧，我也忍得很辛苦。但是比起這個，達戎在寨子裡待了太久，我怕他越來越不知道天高地厚，而性子又被影響太多。」

「嗯！」我重重點頭，揣在褲兜裡的手緊緊握成拳頭，直接把手掌的皮膚都掐痛了，雖然我不明白到底在強子身上發生了什麼，但是我直覺達興大巫不會害強子的。而我覺得有時候我的直覺比理智更能判斷問題！

「砰」這是第九次強子摔倒在地上了，而在他全身上下衣服都已經破了，裸露出來的皮膚就沒有一個完好的地方，我能感覺到這邊鎮子裡的人傳來的憤怒氣息，但是在達興大巫的壓制下，這些人都很克制。

楊晟好像已經厭倦了這樣的「遊戲」，在這一次把強子揍倒以後，居高臨下的看著強子，然後說道：「差不多也就算了，不要一直貼上來了，有些事情是趨勢，意思就是大勢所趨，你再怎麼想突出自己是英雄，逆流而上也是不行的，你懂？我是說，就好比你打不贏我這件事情一樣。」

楊晟這番話好像別有深意的樣子，看似是對強子說的，實際上他應該是看著我說的吧，儘管他戴著墨鏡，我不知道他的眼神落在哪兒。

而我也看著楊晟，此刻為了強子我一直非常隱忍，但是楊晟好像不願意放過我，繼續說道：「就像有些人始終聽不明白這個道理，勸也不行，打也不行……跟著這樣的人，誰都會變成頑固不化的笨蛋的。」

呵……我真的很想開口反駁了，可是忽然覺得這真的是一件很沒意思的事情，既然你楊晟能連家都拋棄，又怎麼會在乎我一個小小陳承一所說的話？頑固不化的怕不是我……而就是因為這樣的頑固，我在他身上浪費一點兒唾沫都是多餘。

「好了，達戎，回來吧。」一面對強子被收拾，一直沉默的達興大巫終於開口了，而楊晟退到了一邊，表示他並不反對。

我再次感覺到奇怪，到底這個寨子是有什麼，讓楊晟這麼的「乖順」，但是這可能涉及到別人的祕密，我終究是不好多問。

在達興大巫喊話以後，一直躺在地上的強子開始慢慢艱難的爬了起來，在這一過程中，我很想去扶強子一把，但到底忍住了這種衝動，從這一次的事情上，我看出來了強子的性格變得分外自尊，如果我去扶他恐怕會傷到他的自尊，自己站起來他的內心或許會好受一些。

強子終於站了起來，有些踉蹌的樣子，在這個時候我以為他會走回這邊，卻不想他再一次走向了楊晟，楊晟已經有些不耐煩了，眉頭皺著冷聲對強子說道：「我還有正事要談，不要以為我會容忍你很久。」

可是強子搖搖頭，說道：「我沒有想要再和你打，我只是想和你說一句話，你怕？」

楊晟看了強子一眼，被墨鏡擋著眼睛的他，也不知道到底在想什麼，可是他卻沒有拒絕強子的靠近，強子走到了他身前的地方停了下來，然後望著楊晟有些虛弱的嘀咕了一句什麼，而楊晟根本沒有聽清楚，只是轉頭看著強子說道：「你到底在說什麼？」

強子已經非常虛弱，只得無奈的再靠近了楊晟一步，幾乎是挨著楊晟了，然後看著楊晟忽然大聲吼了一句：「我說，我×你媽！你這個小人……！我爺爺當年戰死的地方，竟然就是你背叛的地方，這一拳是我幫承一哥打的。」

說話的時候，強子已經狠狠的揮出了一拳，朝著楊晟的小腹打去……楊晟的反應多快，立刻就伸手要抓住強子，卻不想在這個時候強子的身後浮現了一個淡淡的虛影，一股巨大的能量阻擋了楊晟一下，然後強子的拳頭狠狠落在了楊晟的小腹上。

「唔！」難得的是，楊晟好像被這一拳打痛了一樣，唔了一聲。

而我卻是被強子身後的虛影震得呆立當場。

第七十六章　談判

那是什麼東西？首先在我腦子裡的就是這樣一個念頭，那個虛影只出現了一瞬間，而且非常淡，那只是那一瞬間就給我留下了異常深刻的印象，簡直如同一道閃電劃過腦中，再也揮之不去。

因為在那個虛影出現的瞬間，我首先看見的是一張凶惡的人面，說是人面也不完全是，因為還有分明的獸類特徵，只是眼、鼻、眉的分佈和人類無異，特別是它的嘴凶狠張開，有一口野豬般的牙齒，整個臉組合起來看起來分外猙獰嚇人……

而相比於它的臉，身體倒沒有什麼太特別的地方，就像一隻老虎，純粹的老虎，土黃色的皮毛，在胸口卻有雄獅一樣的鬃毛和雙尾……巨大而充滿了一種異樣的力感，這到底是什麼？

按照我在這裡連窮奇的殘魂也見過了，看見強子身後的虛影不應該那麼震驚。

其實我真正擔心的點是，那個虛影好像和強子的關係「密切」，可是那麼凶狠的樣子，如何不擔心？

「哈哈哈……」在打了楊晟一拳以後，強子好像完成最大的任務，一下子就撲倒在了地上。

而在這個時候，楊晟一下子被強子弄到了憤怒的狀態，他反應過來以後，面對撲倒的強子，第一個反應就是提起了腳朝著強子狠狠踩去。

這一腳一抬起來，我就感覺到了一種異樣危險的感覺，彷彿看見了另外一個凶神惡煞，完全不同的楊晟在咆哮。我知道這是幻覺，但明白如果這一腳踩實了，強子不死也得掉半條命。

「楊晟，你最好考慮清楚是不是要和我們祖巫十八寨徹底翻臉！」也就在這個時候，達興大巫再次開口了，他的聲音也沒有多嚴厲，只是很鄭重，一字一句擲地有聲。

「嘩」的一聲，楊晟的腳停留在了半空中，那聲音竟然是極大的力量帶起的破空聲，他看著達興大巫似乎是在思考著什麼，總之他沉默著，氣氛在這一刻緊張到了極點。

在喊話的時候，達興大巫的手始終是緊緊拉著我的手臂的，那感覺就像是怕我一個衝動真的衝了出去，而我卻確實有這樣的打算。

這不是我衝動，而是這一拳是強子費勁全力為我打楊晟的，我心中無法言說我的感動，只是覺得在這一刻，哪怕我代替強子受任何的傷害都可以。

楊晟的腿終於還是踢了出去，只不過朝著另外的方向，就像隨意的活動身體，然後收回了他的腿，然後就像沒什麼事兒的輕笑了一聲，對著達興大巫說道：「我從來沒想過要和你們祖巫的寨子翻臉的，這孫強到底小了我一些年紀，衝動點兒，我也不過是陪他玩一下。沒事兒……」

非常輕描淡寫的楊晟就把事情帶了過去，不過他現在的這種語氣是我以前不可以想像的，那個笨拙甚至有些木訥的楊晟，就像記憶中的幻覺……可是我好像還是能看見那一夜，灑落在他衣服上的飯粒兒。

而且看著他的動作，我不知道應該是感慨還是難過，他剛才收腿踢腿的動作，竟然還有那一年我教他的「廣播體操」的味道，打架什麼的律動也帶著那種味道，畢竟身體在有了動作記憶以後，就會慢慢形成習慣。

不過，看著地上趴著的強子我的眼神再次變得冰冷，早就恩斷義絕的往事何必念念不忘？更何況，念念不忘也只是我自己一個人，立場已經分明，黏黏糊糊也不過是讓自己更難過而已。

這樣想著，我就想走過去扶起強子，卻不想達興大巫一把拉回我，讓我站在了其他幾位可能也是大巫的身邊，親自去扶起了強子，把他背了回來。

不知道是脫力還是別的原因，強子始終昏迷著，達興大巫竟然也就一直那麼背著他，然後對楊晟說道：「如果沒有別的事情，咱們也就這樣談定了。楊晟，我們要離開這鎮子了，希望你不要再做出別的事情，那個時候就沒得談，徹底撕破臉吧。」

達興大巫到底代表誰的立場和楊晟談了一些什麼，我根本就不知道……不過，看著樣子，也像是他們達成了某一種默契一般。

「我自然不會為了幾個祖巫血脈的人再做什麼，而且我要是知道這個鎮子其實是你們的族人，我怎麼也不會鬧出這場誤會，對吧？」楊晟還是站在原地不想離開的樣子，也不知道他究竟是要做些什麼？

「誤會？誤會就是這個鎮子八十幾幾條人命，哼……要不是我祖巫十八寨早就不想和世俗的事情牽扯太多……」達興大巫沒有說下去了，但聽語氣已經是非常不滿。

「不想牽扯太多？呵呵，那就是吧，我的手下也死了四十幾個，這些手下可是費大力氣培養的呢。不管達興大巫你怎麼想，我認為這基本上可以和你們寨子族人的人命扯平了，畢竟死的基本上都是普通人，對不對？」楊晟是笑著的，可是有些皮笑肉不笑的感覺。

「荒謬！」達興大巫似乎非常憤怒，同我和師傅一樣，根本就不贊成楊晟的這個觀點，我能感覺到他說出荒謬兩個字時的怒氣，但因為某些原因一直在壓抑。

而且，在楊晟提到他名字達興大巫的時候，他轉頭狠狠瞪了阿卯斗一眼，阿卯斗一縮脖子，退到人群中不說話了。

楊晟似乎也不想和達興大巫爭辯什麼，而是話鋒一轉，說道：「達興大巫，我們也不必為了這些觀點不同的事情生氣……總之，我們也達成了協定，我不騷擾你們的寨子和你們任何的族人，日後，若是有什麼風吹草動，你們祖巫十八寨也不會插手其中。而這個鎮子的事情已經鬧成了這個樣子，驚動了我們不想驚動的，也更麻煩不是嗎？我們還是按照協議，各自收屍，當什麼也沒發生。之前，我抓了個老頭兒，他也是見證者，我也就大方的送給你們處理了，免得你們說我草菅人命，只不過……那兩個人不是你們寨子的人，而和我的勢力恩怨已深，不介意我帶走吧？」

果然，楊晟是不會放過我和師傅的，而在他心裡，我和師傅的「重要性」甚至超過了所謂的祖巫血脈，我不認為在楊晟心裡祖巫血脈不重要，否則他也不用那麼興師動眾，甚至還用出這樣的陰謀，為的就是帶走一批祖巫血脈的人。

由此顯得我和師傅更加重要，但究竟重要在哪兒，僅僅是因為我們以前的恩怨嗎？或者，我們終究會成為他的絆腳石？我們現在勢單力薄，有什麼資格？

可惜這些事情，楊晟是不會告訴我們答案的，至於他要帶走我們的事情，我卻是不擔心，我覺得這個寨子的人應該不會交出我們的，沒有為什麼，就是直覺。

「對的，這兩個人雖然不是我們寨子的人，卻是我們寨子尊貴的客人……你不能就這樣當著我的面帶走他們，祖巫十八寨的人也丟不起這個臉，連尊貴的客人也保護不了。」就和我估計的一樣，達興大巫果然是開口拒絕了楊晟的要求。

楊晟隱約有些生氣的樣子，聲音一下子變冷了，他說道：「尊貴的客人？這個身份是否全憑達興大巫的一句話，還是你因為私情就要搭上你們祖巫十八寨？」

這話說得可就嚴重了，甚至給達興大巫扣上了一頂很嚴重的帽子，一下子就把達興大巫推到了寨子的對立面。

我感覺到站在我身邊的幾位大巫有些不滿了，看著我和師傅的眼光也都不那麼友好了，畢竟在整個寨子裡我們只和達興大巫還有強子有交情，但是強子現在昏迷不醒，達興大巫一個人的話又顯得是那麼勢單力薄，而這些生苗寨子本就不願意和世俗的勢力牽扯太深，這怕是顯得有些不妙啊？

可是達興大巫卻是毫不擔心，他一下子舉起了手看了楊晟一眼，卻是轉身對著所有人，鎮子裡的人和從寨子下來的人說道：「他們攀登上了斷魂梯，誰敢說他們不是我們寨子尊貴的客人，誰敢？」

這句話擲地有聲，果然只是這麼簡單的一句，就鎮住了所有人的情緒，連對我和師傅隱隱有些不那麼友善的人對我們的目光也瞬間變得柔和起來，甚至因為登上了斷魂梯這個原因，有的人淡漠的目光都帶上了一絲友好的意味在其中。

這下我完全放心了，而楊晟如果願意把那個老頭兒交給寨子的話，那麼那個老頭兒的命也算留下了，我相信寨子是有辦法讓老頭兒保守祕密的，那個老頭兒如果不傻，應該也知道有些事情不能亂說。

可是話說到了這份兒上，楊晟卻是並不甘心，他沒有退去半步，甚至還朝前走了一步，對達興大巫說道：「達興大巫，這樣怕是不好吧？我說過這兩個人是生死之敵，你難道就打算這樣把我敷衍過去，一點兒交代都不給？」

呵，這個楊晟！因為他的一句話，原本緩和的氣氛一下子又變得緊張了起來。

第七十七章　凌晨的大雨

「我代表祖巫十八寨承諾，其實這也是規矩，在我們祖巫十八寨的勢力範圍內，我們自然要保這兩位平安無事，但他們走出了我們的勢力範圍，你們之間的恩怨，你們自己了吧。我們祖巫十八寨絕不插手。」面對楊晟的質問，達興大巫語速很慢，卻是異常堅定地說道。

這其實已經是一種退讓了，因為表明了達興大巫不會因為個人的原因，聯合一些人再插手這件事情。

說完以後，達興大巫看了我師傅一眼，眼神中盡是抱歉，而師傅卻是很不在意的拍了拍達興大巫的肩膀，低聲說了一句：「到這份兒上了，你也盡力了。」

每個人都有自己必須守護的東西，我相信達興大巫想要守護的一定是雷山苗寨，為了我和師傅，能堅持到這個地步，已經算不易了。

可是面對達興大巫的提議，楊晟好像並不滿意，只是沉默的看著這邊聚集的人群，墨鏡下會是什麼樣的眼神誰也猜測不透。

不過卻在這時，有一個楊晟那邊的人匆匆忙忙的跑向了楊晟，然後到了楊晟的身邊，附在耳邊嘀嘀咕咕小聲的不知道在說些什麼。

楊晟還是一臉很平靜的表情，不過在聽完那個下屬彙報以後，聲音卻稍微帶著一點兒驚奇的說：「有這樣的事情？」

到底是怎麼樣的事情？所有人的都有些好奇，但是楊晟好像並不想隱瞞，而是帶著一種意味深長的神情看了一眼我們這邊，忽然莫名其妙的對達興大巫說了一句：「如果不是我們的人做的，想必這就是達興大巫的手段了吧？我原本還擔心你們覺得我草菅人命的……所謂正道，都要一層皮包著齷齪，散發著光輝的嘛。」

楊晟這個話難聽之極，就像搧了所有正道人士一個巴掌，但一時間也讓人不能明白他的用意。

畢竟不同的人看到的世界也不同，如果和他爭辯正道是否偽君子這個問題，根本就是白費口舌，就像我怎麼能夠給你描述我所感到的世界，同樣你眼中的世界，我也看不見。

好在楊晟也知道道不同不相為謀，沒有再多的廢話，而是直接給身旁那個下屬說了一句：「抬上來。」

抬上來什麼？這邊的人疑惑不解，但是楊晟耐心好像很好，站在那裡一動不動，我直覺他的目光是落在我和師傅身上的，不過他戴著墨鏡也掩飾了一切。

時間大概就在這沉默壓抑的氣氛下過了五分鐘，在這五分鐘裡，除了默默收拾屍體的人已經開始沖刷街道，再沒有任何人說話。

又過了大概一分鐘左右，兩個抬著一具屍體的人走到了兩幫人對峙的中間，然後扔下了那具屍體。

抬屍體的是楊晟的人，在扔下屍體以後就匆忙離去了，而那具屍體我仔細一看，怒火一下子從心中升騰而起，再也忍不住朝前走了一句，對著楊晟說道：「楊晟，你倒是好手段啊，殺了人還推到別人身上嗎？你早就壞得徹底，但好在你做了什麼破事兒，你還敢承認！如今，你不僅是壞得徹底，而且還爛得徹底，這種事情你也要給別人腦袋上扣帽子嗎？」

說完，我的心裡也隱隱有些難過，因為躺在地上的屍體不是別人，正是那個門房的老頭兒。

我當然還記得前一夜他和我們把酒夜話的事情，說了他的工作和對這裡的感情，還驕傲的說他在這裡買東西，可以得到不算貴的物價，我看見他被抓的時候，還一心想著怎麼樣都要救他一命，卻沒想到如今……

這老頭兒，我甚至不知道他的姓名，可如今看見他冰冷的躺在地上，半睜的眼睛，身上還明顯有幾處彈痕和乾涸的血跡……我真的忍不住從難過變成了一種悲從中來的心情。

我抬起頭看著楊晟，再也忍不住吼了出來：「楊晟，這你也能下手？你一路上多少絆腳石需要你清理乾淨，不管他們是什麼身份，什麼人，都要清理乾淨是不是？到最後，你是不是要把靜宜嫂子和你兒子也清理了？不會成為你的羈絆嗎，是不是？」

「你他媽給我閉嘴！我楊晟做的事就沒有不承認的！這老頭兒是自己跑的，趁剛才那個亂子的時候跑的……我的人去追了，發現的就是這麼一具屍體！陳承一，你覺得你現在算個什麼東西？」

說話間，楊晟揚起了自己的小指頭比了一下，然後才惡狠狠說道：「你在我眼裡，就是這麼一根小指頭都可以碾死的存在，你以為我有對你說謊的必要？」

「可惜的是，我這個你一根小指頭都可以碾死的存在，現在不還在你面前活得好好的嗎？楊晟，我倒是想看看，到最後……我們各自的結局是什麼？楊晟，你絕對要相信，命運會讓我們最終交錯的。」我也一字一句地說道，在此時我的拳頭都快捏痛了，因為知道還得忍，我敵不過此時的楊晟，不能衝動。

「不要和我扯什麼命運，說那麼神叨叨的話，我楊晟不信這個！我唯一相信的就是經過嚴格論證後的論據……如果你有辦法證明你有資格和我命運交錯再說！」楊晟的語氣越發冰冷。

我忽然覺得那一日我和師傅躲在山上，逃過這一劫的幸運恐怕也是因為楊晟這樣的偏執，他不相信任何被打上「感覺」標籤二字的事情，在那個喇嘛用術法搜索過以後，他更相信這樣的結論，才讓我和師傅逃過了一劫。

在這種對峙的時候，達興大巫站了出來，他強硬的把我拖了回來，然後對楊晟說道：「我想你把屍體抬上來，也是為了給我們一個交代。畢竟這個老頭兒做為一個外人見證了一切，到底是一個不安的因素……不過，楊晟我可以負責任的告訴你，這個不是我們做的。就像你說的，你沒有必要說謊，我們也沒有必要說謊。何況，走出這個鎮子的路在你們那邊，你覺得我們這邊是有人神不知鬼不覺的過去了嗎？誰有這個本事，如果有這個本事，何必槍殺？」

不得不說，達興大巫的邏輯非常嚴密，從這一點兒就能看出他絕對不是一個簡單的人，而在說完這話的同時，達興大巫也轉頭看向我，說道：「承一，楊晟的確沒有說謊的必要。剛才確實是發生了一個意想不到的亂子，而且他如果真要這樣做，也不必在之前說把這個老頭兒交給我們了，真的是沒必要！」

達興大巫的話我還是相信的，只是剛才一下子被憤怒沖昏了頭，也不知道鎮子之前發生了什麼，才一時衝動的說出了那些話。

現在仔細一想，的確有很大的可能不是楊晟做的。

可這樣問題就來了，這事兒不可能是達興大巫他們做的，又會是誰？

在這個時候，楊晟好像已經懶得和我們糾纏這些事情了，只是用一種玩味的語氣說道：「這事兒還真奇怪了。不過，也給我省了麻煩，擔心你們這些婦人之仁的傢伙會一時心軟留下後患。」

說完這句話，楊晟也不知道怎麼就改變了注意，忽然望向我說道：「陳承一，咱們就青山不改，綠水長流……你最好一輩子老死在湘西這片兒地界上，否則你這一輩子會過得很累，面對是無盡的追殺。你記住這句話，我楊晟不管最後走到何種高度，都一定會殺了你。」

我看著楊晟，沉默不語。

我其實是不明白楊晟這莫名其妙的恨來自於哪兒？如果說他非殺我不可的理由是因為他做的事情，正是我要拚命阻止的事情還說得過去，這恨又是什麼，我們之間有這樣的仇恨嗎？

但是想不明白不代表我會退縮，我只對楊晟說了四個字：「我等著你！」

小鎮的事情到這裡就算告了一個段落，或許天亮的時候，重新來到這裡工作的人不會想到在前一天發生了這麼一場血戰。

唯一需要交代的是這個老頭兒的死，但是我想這種事情有更多的人知道怎麼處理，而到底誰殺了這個老頭兒，到現在依舊是一個謎。

所有楊晟的屬下屍體被裝進了車裡帶走了，而小鎮這邊人的屍體則是被運送到了入山口，靜靜的等待著人生的「最後一程」路。

這其中也包括了那個老頭兒的屍體。

在這個夏季接近早晨的凌晨，莫名吹起了大風，接著大顆大顆的雨點就往下掉，彷彿也是要沖刷這裡留下來的痕跡。

在嘩嘩的雨聲說，我聽見達與大巫對我說：「走吧，跟我們去到寨子裡一趟，你們來這裡，總是要招待的。」

雨未停，而強子依舊未醒。

第七十八章　小插曲

在之前我只知道雷山苗寨，並不知道什麼祖巫十八寨，從剛才的對話裡我才知道了，好像這樣的寨子有十八個，雷山苗寨只是其中之一。

我和師傅在達興大巫說過了一聲抱歉以後，都被蒙住了眼睛，然後被人扶到了馬上。達興大巫也大概給我和師傅解釋了一下，因為除了斷魂梯寨子是有別的祕道的，這個是祖上的規矩，萬萬是不能讓寨子以外的人知道的。

對於這個我和師傅是理解的，畢竟不要說祖巫十八寨，就算雷山苗寨也是一個應該人數不算少的寨子，不像蛇門就剩下小丁一個，規矩相對隨意。所以，這些做法又有什麼不能理解的呢？

我和師傅什麼也看不見，就這樣上了馬。我不知道自己是騎在馬上具體走到了哪兒，一會兒會聽見「嘩嘩」的雨聲，感覺到雨點打落在身上，一會兒又是完全聽不見雨的聲音，也沒有感覺雨點在落下。

而在馬上，我也能感覺時而顛簸，時而又是平緩的地形……暗自猜測了一下，可能這個雷山苗寨也有類似於蛇門那種地下祕道，具體有些什麼防範卻是不知。他們肯定不可能像小丁一樣在我和師傅面前輕易坦誠一些祕密的。

說實話，我和師傅其實也無心知道。

因為被蒙著眼睛，我也不知道在馬上坐了多久，一直到我都感覺大腿兩側摩擦得受不了了，簡直不能再在馬上待一分鐘，就要出聲請求下馬了，而恰好馬就停了下來。

我被扶下了馬，然後眼睛上蒙著的黑布被扯了下來，陡然刺眼的陽光讓我睜不開眼睛，用了好長時間才適應了這忽然的光亮。

我發現我和師傅被帶到了一塊巨大的山坡側面，這個側面的山坡也不知道是不是因為海拔還是剛剛下過雨的關係，總是有一層隱隱的霧氣繚繞……在眼睛適應了以後，我發現這片青蔥的巨大山坡，竟然是一片巨大的墓地，上面密密麻麻的全是墳包。

「這……」我一時間不明白為什麼會被帶到這裡，而在這時達興大巫走到了我和師傅面前，說道：「鎮子裡死那些人，也是咱們寨子的人，總歸是要回歸祖墳的。就抱歉了，在帶你們進寨子之前，還是得讓他們入土為安。」

「亡者為大，這是應該的。」師傅語氣帶著一些悲涼的說了一句，這個時候，我們已經看見這些屍體已經被運上山來，是分別由十幾匹馬拉著的簡易木車，這些屍體就堆在這些木車上。

我和師傅畢竟是外人，他們的喪葬儀式我們是不好參加的，只能等在了一旁。

從天色上來看原本已經是中午，而在匆忙之中，這個喪葬儀式達興大巫也只是簡略的主持了一下，就交給了另外幾個大巫和手下的人去辦。

之後，達興大巫就叫上了阿卯斗，還有一個背著強子的人，帶著我和師傅朝著山坡的另外一面走去……在另外一面，看似鬱鬱蔥蔥的樹林中，竟然有一條隱藏的小道，達興大巫此刻就帶著我們幾個人走在這條小道上，不用說，這也應該是通往寨子的路。

只是走了不到五分鐘，阿卯斗就停下了腳步，有些疑惑的對達興大巫說道：「大巫，這只是去祕寨，這合適嗎？」

我和師傅自然不知道什麼是祕寨，可是又不好開口問，而達興大巫只管往前走，只是斜了一眼阿卯斗，說道：「去祕寨你是害怕？」

「有一點兒緊張，畢竟祕寨是大巫才有資格去和居住的地方，我在寨子裡那麼多年，就沒有上去過幾次。可是，大巫，我自己是無所謂，但是帶他們去祕寨，這……？」阿卯斗說話間看了一眼我和師傅，神情稍許猶豫了一下，但最終還是說了出來，一副忠心為寨子的表現。

這弄得我和師傅有些尷尬，但達興大巫衝著我和師傅笑了一下，那意思是我和師傅不必放在心上，然後就忽然停下了腳步，正面面對著阿卯斗，忽然揚手一個耳光就搧在了阿卯斗的臉上。

我和師傅一下子就愣了，如果是為了我們這樣對待阿卯斗，豈不是弄得我們很……

這個時候不光我和師傅愣了，背著一直昏迷不醒的強子那個人和阿卯斗自己也愣了，他捂著臉，臉上帶著難以置信的表情，好半天才說出了幾個字：「大巫，這……這是為什麼？」

達興大巫根本就不理會阿卯斗，而是看著尷尬的我和師傅說了一句：「不關你們的事，只是讓你們見笑了，我要在這裡處理一下這個小子，他的心可能已經不在寨子了。」

這個是什麼意思？我和師傅面面相覷，但還是退開到了一邊。

而另外一個苗人想開口勸一點兒什麼，但對上達興大巫嚴厲的眼神，也背著孫強站到了一旁，剩下阿卯斗一聽見達興大巫這樣說立刻激動了起來，他一下子跪在了地上，聲音大到有些尖厲地說道：「大巫，你可以罵我打我，不給我任何一個原因都可以，但是你不能說我的心不在寨子裡啊，這不是在說我背叛寨子嗎？」

說著說著，他還說起了一串兒苗語，可惜我和師傅就聽不懂他在說些什麼了。

聽著這些話，達興大巫原本嚴肅的臉漸漸變得柔和了一些，眼中竟然是悲哀的光芒，在阿卯斗還在激動說著的時候，他忽然打斷了阿卯斗，說道：「阿卯斗，你從小失去父母，幾乎可以說是我拉扯大的孩子，就是因為這樣，我才把你帶到這裡來問話，也就是因為這樣，我才會說你心不在寨子了，而不是直接說你背叛寨子。」

在達興大巫說起阿卯斗幾乎是自己拉扯長大的時候，阿卯斗忽然就跪在地上哭了，很是動情的樣子，可是當達興大巫話鋒一轉的時候，阿卯斗又開口開始急急爭辯了，只不過他還是說苗語，我和師傅仍舊是聽不懂。

「阿卯斗，從始至終，是誰讓你做主把他們（我和師傅）帶進鎮子裡的，你這樣做的目的是什麼？而你做為寨子裡的人，難道不明白寨子的忌諱，你竟然在鎮子裡大喊我和達戎的名字，又是什麼意思？」達興大巫一句比一句嚴厲，聲聲質問阿卯斗，聽我和師傅也忍不住皺起了眉頭。

我們想起了在山上，阿卯斗讓我和師傅下山去鎮子的話，難道這不是達興大巫的意思？

面對達興大巫的質問，阿卯斗沉默了，達興大巫望著阿卯斗說道：「你是不是承認了？」說完這句話，達興大巫自己也歎息了一聲，這一聲歎息帶著無盡的心痛。

這下阿卯斗再次激動了起來，一下子跪著抱住了達興大巫的腿，更加情緒不穩定地說道：「不，大巫，絕對不是這樣的。我剛才只是在想自己這些年來，是不是因為仗著大巫的寵愛，太過於驕傲和喜歡自作主張了，我忽然是意識到了自己的錯誤。而我對寨子是絕無二心的，如果大巫你不信的話……」

說話間，阿卯斗忽然放開了達興大巫的腿，然後從腰間拔出了一把鋒利的匕首，毫不猶豫的就朝著胸口扎去，大喊了一聲：「我願意以死明志。」

刀一下子扎進了阿卯斗的胸口，鮮紅的血液從阿卯斗的胸口流出，一下子映紅了胸前的衣襟，但也在這個時候，阿卯斗的手腕被達興大巫死死抓住了，他還倔強的要往胸口裡扎，可是達興大巫的力氣是有多大，他掙扎了幾下，始終不得前進。

「罷了！」達興大巫的眼神中流露出一絲心疼，然後一擰阿卯斗的手腕，那把鋒利的匕首就掉在了地上。

而旁邊那個背著強子的苗人也趕緊對達興大巫說道：「大巫，阿卯斗應該是不會背叛寨子的，他肯定就是年紀尚輕，還不懂得輕重。」

阿卯斗在一旁哽咽地說道：「除了咱們祖巫十八寨，有誰還懂巫家的詛咒之術？所以，到了鎮子我就覺得毫無顧忌……我以為我把他們帶下山來了，大巫你會開心……達戎不是也常常念叨有個哥哥叫陳承一嗎？我……」

「可是你終究是違背了規矩，自己去祕寨之後的刑罰大巫那裡領罰吧。阿卯斗，不要怪我無情，你是我養大的孩子，我比誰都更希望你成才啊。」達興大巫歎息了一聲。

阿卯斗低著頭也看不清楚他的表情，只看著他在不停的點頭，還有帶著悲傷的抽噎。

看著這番場景其實我覺得是應該同情阿卯斗的，但是心中卻是異常的平靜，這種情緒我理解為別人寨子的事情，我到底是不好插手的。

倒是師傅在旁說了一句：「穆老頭兒，既然已經塵埃落定了，也就不要為難他了吧。」

達興大巫也點點頭說道：「也好，走吧，先到祕寨再說。」

說話間，我們又繼續在這條隱祕的小路上走著了，而阿卯斗的事情就像一個小插曲一樣被這樣略過了。

第七十九章　祕寨

下過雨的山林就像一個充滿了「蒸氣」的蒸籠，走在其中沒有多久，就讓人全身充滿了黏黏膩膩的汗水，完全區別於北方的乾熱。

比起我們，達興大巫他們顯得更慘一些，因為一路上還有蚊蟲叮咬，而我和師傅身上帶著蛇門特製的祕藥，反倒沒有招惹這些蚊蟲，有好幾次我想把祕藥拿出來分給達興大巫他們，但卻被身旁的師傅看透了心思，用暗示的方法阻止了我，讓我不要拿出這祕藥。

並且我還注意到一個細節，師傅明明沒有被叮咬，卻裝作不堪其擾的樣子，我都不明白為什麼。

不是和達興大巫很深的交情嗎，師傅又何必如此？但此時，顯然不是我能問這個的時候。

在這樣的蒸籠裡，風景還是不錯的，蒼翠的青山、雨後的清新、幽深小路每一處轉角的風景，倒讓我想起了在幻覺裡曾經跟隨道童子所見過的風景……只是少了一層仙氣籠罩的神祕感。

不過再好的風景，在這種夏季雨後的悶熱裡和雜草叢生的山林裡，走了一個小時也不是什麼愉快的事情，我只能感慨這個寨子好大。

「穆老頭兒，要什麼時候才能到祕寨啊？」師傅此刻已經不顧形象的把上衣解開了，搭在背上，只穿著下褲，因為這裡的天氣實在太過炎熱，我也是同樣如此，不過不經意的一回頭，我卻發現師傅的胸口處有一道深深的印記，確切的說應該是一道深深的傷痕，從胸口處一直蔓延到小腹。

是刀砍的，還是什麼東西弄的？我一時間弄不清楚，因為傷口早已經結痂，從旁邊歪歪扭扭的針腳線來看，這個傷口還經過了處理，可是按照陳師叔的技術，會弄成這樣嗎？

我忽然發現師傅身上好像有很多的祕密，我卻茫然一無所知，這一刻真的有忍不住想問的衝動，卻達興大巫的話給打斷了：「前面，轉過那個山坳，就是我們雷山苗寨的祕寨了。」

這讓我恍然回神，原來在這裡問是不合適的，而順著達興大巫的話，前面不遠處的確有一個山坳，這條幽深的小路就從其中穿行而過，然後一個轉彎，不知道盡頭在何處了。

有了目標腳下也像有力了，原本那山坳也不大，在我們刻意加快腳程的速度下，大概二十多分種就從那個山坳穿了出去，剛剛一轉彎，就感覺到一道道威猛的山風吹來，然後我看到了不一樣的景色！

誰能想像這個山坳的背後竟然一片斷崖？就是一個伸出去的懸崖，形成一大片平整的平地，斷崖之上是藍藍的無盡天空，而斷崖之下，則是連綿的青山……

而在斷崖之上是平整的岩石地，連雜草都很少，只有一些生命力頑強的雜草東一叢，西一叢的生長著……可偏偏在這斷崖之上卻是有五、六棵看起來有一些年月，歪歪曲曲的生長著，卻更顯滄桑的大樹。

大樹的樹冠亭亭如蓋，而歪曲的樹身看起來也異常粗壯，密密麻麻的根系蜿蜒盤旋開去，一直延伸到斷崖平臺的下方，從我們所站的入口處，看到這個斷崖下方幾乎是被樹根包裹著，就像托起了整個平臺。

而在這些大樹的旁邊則有幾棟簡易的吊腳樓，非常原始，就是粗糙的圓木為房屋的主體，房頂上則是一堆堆的茅草，看起來非常古樸，唯一的裝飾則是上面用一種白色顏料描繪的各種怪異圖騰。

這些都還不是平臺上最引人注目的存在，最引人注目的是平臺的正中，被大樹和古樸吊腳樓包圍著的一處看起來粗糙的祭壇。為什麼說粗糙，是因為這個祭壇連基本的形狀都沒有，圓不圓，方不方的，好像那個祭壇的基石是個什麼樣子，祭壇就是個什麼樣子，完全沒有經過多少的雕琢。

可仔細一看，祭壇上好像又刻畫著繁複的花紋，甚至是像文字的東西，而平臺的周圍則被一些看似凌亂的石雕給包圍著。

在這裡我看見了熟悉的窮奇石雕，還有和強子身後那個虛影很是相似的石雕，另外還有一些各式各樣的石雕，但是最能奪人眼球的無非就是窮奇石雕和強子身後那個虛影的石雕。

這就是雷山苗寨所謂的祕寨了，也應該說是雷山苗寨的聖地，和美麗得快要到虛幻的蛇門聖地比起來，這處苗寨的聖地少了那種柔和的自然之美，卻在剛猛山風的吹拂下多了幾分滄桑玄奇，說不出來神祕大氣的震撼。

而在這個時候，我也終於認出來了強子身後的虛影是什麼？我再笨，看著那座石雕也聯想起來了。

又是《山海經》裡曾經描述過的凶獸——傲狠，或者說它還有個大名鼎鼎的名字，叫做檮杌，在《山海經》的描述裡，這是比窮奇更加「毒辣」的凶獸，窮奇只是冰冷嗜殺，而檮杌則是充滿了人性化的情緒。

從它另外一個名字「傲狠」上來看，都可以體會一二。

我和師傅被這個神奇的祕寨所震撼了，而師傅沉默了很久才對身旁的達興大巫說道：「真的沒有問題？強子身後的……我如果沒有猜錯，出現的是檮杌，對不對？強子的性格大變，是不是和這個有關係？」

山風把師傅的聲音吹得斷斷續續，卻怎麼也吹不斷師傅話裡的那份沉重，還有對達興大巫的一絲責怪。

我看了一眼趴在那個苗人背上的強子，昏迷了那麼久的他，顯得臉色有些蒼白，嘴唇也有些乾裂，在昏迷中眉頭也依然緊緊皺起，不知道是想到了什麼……從這樣的容顏中，還可以看出以前那個憨厚樸實的強子的影子。

人們不是說了嗎，只有睡顏才能反映出一個人骨子裡的本性……強子身上到底發生了什麼？

而如今他為什麼還不醒來，楊晟真的給他造成了那麼大的傷害嗎？其實楊晟應該沒有怎麼傷害他才是啊！

面對師傅的話，達興大巫低頭稍許沉默了一下，然後才對師傅說道：「現在達戎對我們寨子十分重要，姜老頭兒，你我並肩多年，你難道以為我會害強子嗎？所有的話一言難盡，還是去到祕寨再說吧。」

說話間，達興大巫歎息了一聲，率先走入了祕寨，而背著強子那個苗人則是戰戰兢兢的跟了進來，至於阿卯斗則是走在我和師傅的身後，是什麼樣的表情，我也不知道。

走到快到祭壇的旁邊，達興大巫對那個苗人說了一句：「把達戎交給我吧。」然後就接過了昏迷的強子背在背上，讓那個苗人離去了。至於阿卯斗，達興大巫則是看了他一眼，說道：「還不去刑罰大巫那裡領罰？」

阿卯斗從我和師傅身後走出，臉色蒼白的朝著達興大巫拜了一拜，就繞過祭壇朝著這個祕寨裡最邊緣的一座吊腳樓走去。

而達興大巫就望著阿卯斗的背影，久久不語沉默的站著，而當阿卯斗走進了那棟吊腳樓之後，達興大巫就背著強子一直等待著，我和師傅是客人，自然不能隨意走動，只能陪著達興大巫一起等待。

阿卯斗進去的時間不長，大概十分鐘以後，他就出來……跟隨著他出來的是兩個少年，看起來不過十四、五歲的樣子，他們跟著阿卯斗一起走到了懸崖的邊緣，然後停了下來。

這些場景看得我一愣，難不成阿卯斗受到的刑罰是要從這懸崖上跳下去嗎，如果是這樣是不是太過殘酷了？

我聽見身邊的達興大巫歎息了一聲……而這樣的歎息同樣被這片斷崖上剛猛的山風吹散在了空氣中，一下子就散去。

第八十章 祕寨祕事

但事實並不是我想像的那樣，阿卯斗會跳什麼懸崖，而是兩個跟隨他的苗族少年在他腰間綁了一根繩子，而繩子的另外一頭則被綁在了其中一棵老樹的身上。

在確定綁結實了以後，阿卯斗回頭看了一眼達興大巫，眼神是一種異樣的平靜，不知道為什麼，我總覺得阿卯斗的目光是落在強子身上的，這種平靜的目光之下好像隱藏了什麼情緒，我竟然無法解讀。

這一眼過後，阿卯斗就毫不猶豫的跳下了懸崖，儘管知道是綁著長長的繩子，我的心跳還是加快了一拍。

「過去看看。」達興大巫這樣說道，也沒有和我還有師傅多說什麼，就徑直走到了阿卯斗跳下去的那個懸崖邊緣，我和師傅也立刻跟隨著過去。

畢竟在這個祕寨，達興大巫是我還有師傅的指引人，我們不懂規矩，唯有緊緊的跟隨他。

懸崖邊的風更大，呼呼的吹著，讓我們的衣褲裡都灌滿了風，耳邊除了風聲也聽不見任何的聲音，然後我們就看見了被繩子捆綁著的阿卯斗，此刻也被懸崖上的大風整個人吹得飄忽不定，他在努力往著懸崖的壁上靠近，這時我也才發現，懸崖的壁上有許多大大小小風化的石穴。

站在我這個角度看見的最大最深的可容納十幾個人的樣子，最小的一個連小嬰兒都進不去。

而且讓我驚奇的是好多風化的石穴裡都有人，大概瞄了一眼過去有二十幾個人，有的很麻木的望著石穴外的天空，而有的則是盤坐閉著眼睛手上掐著古怪的手訣，就如同入定了一般。

這個時候阿卯斗已經穩住了身形，貼在了懸崖邊上，抓住了一棵那裡的小樹，然後努力的朝著其中一個石穴攀登過去，在他終於進入了那個大概可以容身兩個人的石穴，站在懸崖上一直看著的兩個少年就毫不留情的割斷了繩子。

達興大巫看得好像有些不忍，轉頭問那兩個少年：「這一次阿卯斗領罰是多久？」

「一年。」其中一個少年很沉默，並沒有答腔，而另外一個少年則是簡單回答了一句。

「啊，這麼久？我以為一個月也就……我去找找刑罰大巫。」達興大巫的情緒好像很激動，轉身就想要進入那個刑罰大巫所住的吊腳樓。

但那個之前的少年稍許攔了一下，說道：「達興大巫，刑罰大巫給予的刑罰自然是公道的，多少年來一直如此。相信達興大巫也可以讓刑罰大巫改變主意，但這壁上石穴仁者見仁、智者見智，多少代大巫都曾經在石穴中清修。祖巫對待族人是仁慈的，有人眼中的懲罰，何嘗又不是有人眼中的機緣。」

說完這句話，這個少年默默的退到了一邊雙手垂立，也不再阻止達興大巫。

而達興大巫轉眼看了一眼阿卯斗，此刻的阿卯斗已經盤坐在了石穴當中，望著遠方蒼茫的山脈天空，也不知道在想些什麼，始終沒有再往祕寨平臺之上望上一眼。

達興大巫又一次歎息了一聲，說道：「罷了，也當磨練他的心性了，就如你所說，未嘗不是機緣。只是一日三餐希望照顧好一些。」

「那是一定。時間到了，也不會耽誤一秒接阿卯斗上來的。」那個少年恭敬的答了一句，然後和另外一個少年又回到了那個刑罰大巫的吊腳樓。

我看了一眼阿卯斗，內心總有很奇妙的感覺，覺得和這人我可能是再無交集了，但之後一定會有新的故事和很多故事從這裡延伸……每個人都有自己的故事，看盡這個世界的風景在人的有生之年，或許有萬分之一的可能視線，可是看盡這個世間的故事和悲歡離合卻是無可能的。

人，只能無愧於自己的心，做好自己的事，面對自己的緣，錘煉自己的心，足矣。

「是否覺得很殘忍？」已經離開懸崖邊緣的達興大巫忽然開口這樣問了一句，將我從凌亂的思緒中拉回。

儘管山風凜冽，但這句話我還是聽得分外清楚……我搖搖頭，從人性的角度來說，是有些殘忍，這是比監獄更深的禁錮，可是從修者的角度來說，這卻是最好的磨練之石。

「看來你是懂得的，而且祖巫的確是仁慈的，這裡充滿了祖靈的氣息，在這裡如果能靜心清修，就是一場機緣。如果心性不定，確實就是最大的折磨。」達興大巫給我和師傅解釋了一句。

其實這一句完全沒有必要對我和師傅解釋的，看來這一句解釋是要安他自己的心吧。

「我在寨子裡風風雨雨數十年，也應承寨子裡入世十年，有些天分也有些運氣，如今在這祕寨九樓裡也有了我的一席之地。」祕寨的平臺不大，達興大巫說話間，再次帶我們穿越過了那個祭台。

之前第一次過這祭台的時候，我沒有任何的感覺，這第二次走過的時候，我一下子就恍惚了……彷彿聽見無數的獸吼，然後看見了無數的廝殺，可是是誰與誰在廝殺，是什麼樣的獸吼，我根本不清楚。

我只是被那股蒼涼肅殺的氣場一下子給鎮住了，這是我所感受過的最強烈的氣場，超越任何一次對氣場的體驗，讓我根本沒有任何反抗的餘地，只能容身其中去體驗感受，卻無力掙扎出來。

接著，我被一雙大手狠狠拉了一把，才一下子清醒過來，我一回神發現是達興大巫拉了我一把，而他嘴上念著什麼怪異的口訣，我是一句也聽不懂。

「你沒事兒？」估計是見我眼神恢復了清明，達興大巫擔心的問了一句。

「你怎麼了，承一？」師傅好像這個時候才反應過來，我好像有什麼不對勁兒的地方……

我搖搖頭，無法形容內心的感覺，明明只是瞬間的事情，在清醒過來以後，卻發現我好像經歷了亙古一般的悠長歲月……甚至這個時候才發現傻虎不知道什麼時候站了起來，莫名的匍匐，全身毛髮直立，一雙眼睛迷茫而無辜，好像迫切的想要得到我的安撫。

這些變化在經歷的當時我不覺得有什麼，在這個時候才覺得有一種莫名的可怕籠罩著我，雞皮疙瘩一路起到了我的脖子。

我趕緊安撫傻虎，我覺得它這一次的反應比上一次遇見了窮奇殘魂還要誇張很多倍，而達興大巫罕有的沒有對我師傅說清楚發生了什麼，而是看著我師傅意味深長的說了一句：「這個徒弟不錯，若非是你道家弟子，我祖巫十八寨也不介意再收入一個外姓親傳弟子。」

師傅也很大大咧咧，竟然沒有追問什麼，說道：「那自然是一個好弟子，可惜道家傳承的情況也不見得比巫家好很多，要是回到了那個讓人嚮往的年代，承一的際遇會好很多吧？」

達興大巫笑笑沒有說話，卻是一路領著我們走到了最大的那棵樹下最大的一棟吊腳樓。

而師傅立在他的身旁，說道：「穆老兒，一路走來，進入祕寨，你的一生也足夠輝煌了。」

「比起你在外的轟轟烈烈，我只是坐井觀天罷了，唯願祖巫十八寨一輩更比一輩強吧，至少我在這一輩看到了希望。」說到這裡，達興大巫話鋒一轉，說道：「我知道你與達戎的長輩之間有承諾，可是按照達戎如今在寨子裡的地位，恐怕不是我能決定所有的事情了，在這裡必須請示寨子裡的二十一代巫。姜老兒，你能理解嗎？」

「自然能的。」師傅的表情很平靜，只是這樣接了一句，就沒有再多說什麼。

達興大巫點點頭，然後恭敬的朝著那棟最大的吊腳樓喊話道：「卜登大巫，達興請求一見。」

達興大巫的聲音很大，壓過這個斷崖上狂放的風，而在這個所謂的二十一代巫面前，達興也不敢自稱自己是大巫，只能自謙的稱呼自己為達興。而在他喊話過後，那個吊腳樓裡一片平靜，半天都沒有任何回應，而達興大巫也不敢再喊第二次，而是背著強子，躬身在吊腳樓外恭敬的等候。

我和師傅也略微躬身低頭，畢竟是見一個寨子的大巫，於禮來說，也應該是如此的……而且也不敢因為等待有絲毫的不耐煩，畢竟我們來這裡是要帶走強子的，而聽達興大巫的話，好像強子對這個寨子很重要，所以這個時候禮數最好要周全一點。

這樣的等待也不知道持續了多久，大概是有五分鐘的靜默，那棟吊腳樓突然傳來了「吱呀」的一聲，接著一個清朗的少年聲音就從上方響起，說道：「卜登大巫請你們全部都進去。」

我一抬頭，就看見一個清秀的少年站在吊腳樓的長廊上在對我們喊話，說完這句話後就轉身進屋了，再也沒有留下隻言片語。

第八十一章　大巫卜登

我和師傅面面相覷，也不能說這少年不禮貌吧，就是感覺有些怪怪的。

達興大巫苦笑了一聲，小聲對我們說道：「這個寨子裡最有天分的少年都是跟著大巫修行的，除了修行以外不懂人情世故，也難免傲氣，和強子一樣總歸是要到那石穴打磨心性的，倒也無所謂。我那個時候也是這麼過來的。」

強子也去過那個石穴嗎？天天心驚膽顫的待在裡面倒也罷了，最重要的整日只能面對青天白日，蒼茫山脈的寂寞……可是，強子的脾氣是否真的和那個檮杌的虛影有關？

我和師傅同時沉默，畢竟是別人寨子的事情，只是跟隨達興大巫一起默默走上了這個吊腳樓的階梯。

此刻已經是下午時分，懸崖下遠處的山脈莫名起了一團團的霧氣，迷迷茫茫就像我一路走到今日，卻越發看不透自己的未來。

在沉默中我們走上了吊腳樓的長廊，那個少年進屋後並沒有關門，而一進門就是一間沒有窗戶的大廳，昏暗的大廳中供奉著一個怪異的圖騰畫像，除了在圖騰畫像前有兩個蒲團，就別無長物。

接著在大廳的背後有一左一右兩道門，達興大巫一走進來，就朝著那個圖騰的畫像恭敬的拜了幾拜。

我和師傅做為道家人，去拜這樣的圖騰顯然不合適，但也不能亂闖，就只能安靜的等待著，在無聊之中，我很想看清楚這個圖騰畫像到底是什麼，是不是又是《山海經》中什麼厲害的怪物？但是房間裡光線昏暗，達興大巫很快就參拜完畢，轉身就帶著我們進入了左邊的那道門。

到最後，我也沒有看清楚那個圖騰畫像究竟是個什麼。

進入了那個房間，總算有了一點兒光亮，我第一眼就看見了這個寨子裡最有權力的大巫，二十一代巫——卜登大巫。

他是一個枯瘦的老者，面皮有一種病態的黃，身上穿著典型的大巫衣袍，不過洗得有些顏色發暗，一頭花白的在腦袋頂上紮成了一個小辮兒，除此之外腦袋的兩側沒有頭髮。

他沒有鬍子，但是眉毛很長……整個人是什麼樣子，有一種霧裡看花看不分明的感覺，卻能隱隱感覺他的不凡。

只是不凡罷了，沒有任何的鋒芒畢露，沒有任何讓人覺得很厲害不好招惹的感覺。

唯一讓人覺得有一些威勢的就是他身上戴著的複雜骨鏈，雖然打磨得很古樸，但卻給人一種那是凶獸口裡獠牙的寒光感。

我們進來以後，達興大巫先是把強子放在了地上，然後恭恭敬敬的朝著卜登大巫一拜，就退到了一旁，而我和師傅則是用道家禮節對卜登大巫進行了見禮，也是默默退到了一旁。

卜登大巫閉著眼睛也沒有任何的反應，我就站在師傅的旁邊，悄悄的打量著這個房間。

這個房間的擺設說簡單也很簡單，那就是除了一個蒲團，連床都沒有，卜登大巫就坐在這個房間裡唯一的蒲團上。

可是這個房間的擺設說複雜那也複雜，因為在房間裡擺滿了很多瓶瓶罐罐，一看我竟然有一種恍然熟悉的感覺，曾經在月堰苗寨如雪的房間不也是這樣嗎？

我不敢太過於想如雪，就算我不怕那靈魂的陣痛，我也怕在卜登大巫的房間裡失態。再說，我很快就被這些瓶瓶罐罐的「不同」之處所吸引，因為如雪的瓶瓶罐罐應該裝的都是與蟲相關的東西，可能有蟲蟲還有各種蟲藥之類的，但是這個大巫房間裡的瓶瓶罐罐卻是透露著另外一種感覺，我感覺到了一片虛無，卻有另類的生命感。

而唯一能給我這樣感覺的東西，只有一種，那就是──靈體！莫非這些瓶瓶罐罐裡裝的是靈體？我歪著頭還想仔細感覺一下，卻發現我注意力集中的那個土陶罐子好像感受到了我的「注目」，竟然有一種反彈的情緒在裡面，弄得我立刻不敢關注了，倒不是怕了罐子裡的靈體，而是覺得在卜登大巫房間裡這樣「窺視」有些不禮貌。

這樣，我只能把視線移到了房間的窗戶上，不大的窗外是一片有些淡淡雲氣飄過的青天，青天綿延的遠處就是一片片的遠山，而近景則是那大樹搖曳的樹枝……這樣的窗景，竟然有一種安寧悠遠而滄桑的意味，一下子讓人心緒悠然卻又寧靜。

就在我欣賞窗景的時候，卜登大巫一下子就睜開了雙眼。

他什麼也沒說，什麼也沒做，就只是這樣默默的睜開了雙眼，卻讓全房間的人都注意到了這個變化。這是怎麼樣的氣場，會對人產生這樣的影響力？

不過，我看見的是一雙平靜到深邃的眼睛，不是那種精神力出色的深邃，而是那種眼神真的平靜，異常沉澱了，卻又飽含著許多許多東西而形成的深邃。

般。

另外，我有一種奇怪的感覺，在這雙平靜而深邃的眼睛底下，有另外一雙眼睛在看著我一般。

我越看越移不開視線，儘管知道這樣不禮貌，但就是被這樣一雙眼睛所吸引，很想搞懂，還在看著我的是什麼？

「失禮了，剛才一時間有所悟，所以靜修了一會兒。」但是卜登大巫卻好像不給我這樣的機會了，忽然就意味深長的看了我一眼，繼續語氣平和而禮貌的對著我和師傅說了這麼一句話。

「不敢，也沒有等多久。」面對這樣的人物，師傅也收起了平日裡的放蕩不羈，變得禮貌而穩重。

「坐。」卜登大巫簡單的朝著我和師傅還了一禮，然後招呼我們坐下了。

房間裡並沒有別的蒲團，只有透著古樸氣息卻乾淨的地板，我和師傅也不推託，就在這個地板坐下了，但是達興大巫卻是恭敬站在一旁，不敢坐下。

卜登看了達興大巫一眼，淡淡地說道：「你也不用那麼拘謹，坐。」

他這話一說，達興大巫就趕緊坐下正襟危坐的樣子，看他那樣的不自在，坐著還不如站著。

只不過雖然是這樣輕鬆的想著，可是在我心裡卻莫名的把眼前這個卜登大巫劃為了珍妮大姐頭這樣等級的存在，我也不知道為什麼才這樣見第一面，就做出了這樣的判斷。

在所有人都坐下以後，卜登大巫才緩緩開口：「既然是客人來了，總得招待。不過倉促之間，連山泉一杯也沒有準備，見諒。」

我和師傅怎麼可能計較這個?連說道不用。我能感覺卜登大巫雖然言語間客氣,也自有高人的驕傲,而我覺得高人都是有些怪異脾氣的,我們又怎麼能去計較這個?無意間得罪了都不知道是怎麼回事兒。

「這個是你徒弟?」卜登大巫的思維好像跳躍得很快,剛才還在說失禮的事情,下一刻話題卻轉移到了我身上,開始詢問起我師傅來。

「正是小徒。」師傅也很直接的回答了。

「靈覺很強大,不過……」卜登大巫很難得的微微皺眉,打量了我幾眼,然後說道:「應該不是正常的靈覺增長,我也卻是有些看不清。但是棵好苗子,無論是修哪一脈,這樣的天賦不錯。」

當然不是正常的,我的靈魂裡有一個隨時會竄出來取而代之的道童子,能正常到哪裡去?比人格分裂分裂幾百個人格還要厲害!

而師傅也不想直說我的情況,但到底應付了一句:「小徒身上確實有些複雜的事情,不過他是一棵好苗子,做為師傅,我為他驕傲。」

儘管是客氣話,我能感覺到師傅言語間真的有一絲驕傲,他很少在外人面前那麼直白的誇我,竟然這麼簡單的一句話就說得我心中暖流湧動,師傅為我而驕傲,感覺就像父親為我而驕傲,做為一個小輩還有什麼比這句話更加肯定?

不過,卜登大巫卻是不太在意,只是淡淡的點頭「嗯」了一聲,然後目光落在了強子身上。

這一次,和他輕描淡寫的看其他人不同,他看了強子很久,然後才轉頭問到達興大巫:

「昏迷了多久？」

言語還是平靜，甚至感覺不到任何的一絲情緒，但不知道為什麼，我看見坐在我身旁的達興大巫一下子汗水就細細密密的佈滿了額頭，像是在承受極大的壓力一般。

過了好半天，才從牙縫裡勉強擠出幾個日：「昏迷了不到一天。」

第八十二章 異樣表現

「怎麼昏迷的？」卜登大巫又追問了一句。

這個時候我已經隱約感覺到達興大巫的身體在顫抖了，可是在這間屋子裡我始終感覺不到氣場的壓迫，只能感覺到達興大巫確實又在承受著什麼。

又是靜默了很久，我看見師傅的手指都在微微顫動，那是師傅的一個小動作，快忍耐到極限的標誌動作，和師傅一起生活那麼久，這個動作代表著什麼我還是能知道的。

也在這時，達興大巫斷斷續續的聲音終於傳來：「祖……祖靈現……現身兩次，因……因此而……昏……昏迷。」

說這句話的時候，我看見達興大巫身前的木地板都有了被他汗濕的濕漉漉的痕跡，可見已經忍耐到了什麼程度。

在這種時候，我一下子就理解了師傅為什麼會有這個小動作，如果是和我並肩戰鬥過的，就像小北等人，如果被師門長輩壓迫到了這般地步，我也無法坐視不理吧？

好在達興大巫說完這句話以後，忽然一下子就長長吁了一口氣，一下子整個人顯然都癱軟了下來，但好在我沒有感到他在承受了什麼了。

不過下一刻，達興大巫一下子跪伏在了地上，然後恭敬地說道：「感謝卜登大巫磨礪達興靈魂。」

「也是略施懲戒，達戎對寨子的重要性，你可是不知道？如今祖靈和他還處在磨合的階段，你怎麼可以讓他輕易的召喚祖靈？」也好像不避忌我們，卜登大巫直接就對達興大巫質問了起來。

這話看似簡單，中間卻包含有大量的資訊，我一時間也鬧不懂卜登大巫什麼意思，只是聽聞他在略施懲戒的時候，也順道給達興大巫一些好處，我對這個卜登大巫的印象又變得稍微好了一些。

反倒是師傅越發平靜，之前我還能感覺到師傅有一些緊張，如今卻是奇怪的完全放鬆，難道因為達興大巫沒事兒了嗎？

達興大巫從地上起來，又重新坐好，面對卜登大巫的質問，看似想回答，不過看了一眼我和師傅又略有些猶豫。

但是卜登大巫卻不在意，說道：「也不是什麼了不得的祕密，我祖巫十八寨再次能召喚其中一位祖靈，傳了出去也沒壞處。雖說是隱世的生苗，但到底也不能完全避開紛爭。」

「是。」達興大巫再次恭謹答了一句，然後說道：「我本意並不是要達戎召喚祖靈，而是在祖靈再次因為達戎現身以後，達戎的性子隨著年深日久越來越不穩定。真正成功的巫術在於人駕馭靈，我怕達戎反被靈駕馭，所以有意的磨練打磨一下達戎的性子。讓他收去受到影響的焦躁、衝動和高傲，能夠靈魂意志堅定的駕馭靈。」

說完這番話以後，達興大巫小心翼翼的看了看卜登大巫的臉色，見卜登大巫雙眼微閉，沉默不語的樣子，再次小心的說了下去：「敵方的人是最近風頭大盛，隱隱聯合了幾派勢力，自己身後勢力卻不明的楊晟。他來我遷徙族人身上，想獲取祖巫血脈……」

「嗯？」說到這裡的時候，一直閉眼的卜登大巫忽然睜開了眼睛，帶著疑問的嗯了一聲，似乎是在找達興大巫求證消息的真實性。

「千真萬確是如此。」達興大巫趕緊認真的補充了一句。

「原因？」我發現高人之中，除了珍妮大姐頭這個性格不穩定的「奇葩」，話時多時少以外，其餘的高人就像吳天和卜登大巫等人，全部都是話很少的，如非必要真的不會浪費半個字。

「原因不明，根據我們的世俗勢力得到的消息，那個楊晟做事一向奇特，目的也不明……我……」達興大巫又有些緊張起來，或許卜登大巫給了他太大的壓力，他連語言都組織不好了。

不過卜登大巫這一次卻沒有和達興大巫計較，而是閉目沉思了一會兒，然後看著達興大巫說道：「繼續說下去，只說關於達戎的。」

「是。」達興大巫額頭上的汗滴落到了眼睛裡，可是他並不敢擦去，而是繼續說道：「當時，與達戎動手的是楊晟。但楊晟在之前已經和我們大致談好了條件，我們祖巫十八寨若不與他為難，他也不為難我祖巫十八寨，恩怨全了，可以說是不會輕易傷害達戎。而楊晟的實力難料，連我都有一種隱隱看不透的感覺，在當時的考量之下，我想借著楊晟去磨礪一下達戎。至少讓他知道山外有山，天外有天，稍許壓制一下自己的驕傲蠻橫。」

驕傲蠻橫，這樣的詞語用在強子身上還真是新鮮……我不管別人怎麼想，但在我眼中的強子和楊晟打那一架，卻是確確實實為了我，我承認這是一種情感左右理智的行為，可以是衝動，可以是不顧後果，但絕對不能是驕傲蠻橫。

面對達興大巫的這一番解釋，卜登大巫卻是沒有做出任何的評論。這樣的沉默讓達興大巫一下子又充滿了壓力，趕緊解釋了一句：「當時，我是確保楊晟不會付出代價去傷害達戎的！因為我發現了楊晟是一個精於算計利益的人……」

「磨礪一下達戎也無大錯，多磨礪一下他的性子，以後他就少一些殞落的危險。若無意外，我這個二十一代祖巫的位置是要留給達戎的。」卜登祖巫語氣平淡的說出了這句話。

二十一代巫？我還以為是什麼，原來就是這個寨子裡祖巫的傳承啊。我確信強子不是這祖巫十八寨的至純血脈，卻要得到這樣的傳承，我為強子而開心。祖巫，想想就是很牛的存在啊！

得到了卜登大巫一句肯定，達興大巫很明顯的鬆了一口氣，卻不想卜登大巫又稍許嚴肅了起來，說道：「重點是，祖靈怎麼出現的？」

「是一開始楊晟或許想給達戎一個教訓而打殘他，祖靈畢竟已經成為達戎的召喚靈，自然出來護主。我也趁機提醒了楊晟……而那第二次……」說到這裡達興大巫有些激動，深呼吸了一下，才接著說道：「卻是達戎生死都想要給楊晟一拳，強行召喚了祖靈……在這之後就昏迷了。」

達興大巫不敢有任何的隱瞞和拖延，盡量用簡潔的語氣就把事情從始到終的講完了。

「你是說達戎第二次是主動召喚了祖靈，而祖靈亦出現了？」一直以來古井不波的卜登大巫在這一次眼角不自覺的跳動了一下，顯得無比的鄭重其事。

「是，達興親眼所見。而且……這兩位寨子的客人也是親眼所見。」達興趕緊解釋了一句，但言辭中的興奮已經快要壓抑不住，我真是佩服他，既然這麼激動，為什麼一路上都沒有表現出來。

可是從側面來看，強子對這個寨子有多重要，簡直是不言而喻了。

這讓我內心有些沉重，我們冒著極大的風險繞道，千里迢迢的來到湘西，不就是為了接走強子嗎？師傅雖然沒有明說為什麼要接強子，可我總還記得他那一句話，轟轟烈烈的大時代，圍繞我身邊的每一個人……我感覺強子也是不可或缺的一個角色啊。

這樣，我們還能順利的讓強子和我們一起嗎？

我還在沉思，一句話卻是在我耳邊響起，就像強行拉回了我的思維。

「當真如此？」是卜登大巫在問我和師傅話。

其實達興大巫完全不可能騙他，他卻非得找我和師傅求證一次，只能說明這個看起來不會再為任何事情心起波瀾的卜登大巫，是真正的太在意這件事情了。

「千真萬確，我親眼見到……檮……祖靈的虛影。」我想說檮杌的虛影，可是想著這個寨子供奉凶獸為祖靈，我直接說檮杌是否有些不好？只能生硬的改了口。

要不是卜登大巫那一句人駕馭靈，我絕對不會認為一個供奉凶獸的寨子是為正道，我聽了所有的真相，說不定我想盡辦法救強子脫離「苦海」的。

「你能看見？」卜登大巫微微揚眉，眼神望向我的時候，就頗為玩味了。

但在這時，師傅快速的在我旁邊說道：「小徒靈覺出色，加上經歷複雜，能看見也是正常。倒是我這個老兒老眼昏花，只感覺到達戎身上爆發了一股捉摸不定的力量而已。」

好像有些不禮貌，但師傅好像不喜歡卜登大巫對我「感興趣」的樣子，才打斷的……即便師傅沒有和我明說什麼，但我就是這樣肯定。

好在卜登大巫卻也不是真的和我師傅計較，而是忽然的，再也克制不住的哈哈大笑起來，我很難想像這樣激烈的情緒會發生在卜登大巫身上。

「天佑我祖巫十八寨啊，天佑我祖巫十八寨……」笑完以後，卜登大巫竟然是忍不住的連說了兩次這樣感慨的話，整個房間都迴盪著他的聲音。

而我看著昏睡的強子，心裡不解，這個小子到底是做了多了不起的事情啊？

第八十三章　出手

可是卜登大巫肯定不會給我們解釋他為什麼如此穩定不住自己情緒，這麼放肆開心的原因。

倒是達興大巫大著膽子在這個時候插了一句，問道：「卜登大巫，達戎他不會有事情吧？」

心情很好的卜登大巫這一次沒有對達興大巫有任何責怪，反倒是和顏悅色地說道：「他不會有事情，只是靈魂一時間承受過度，靈魂疲憊罷了。我有辦法讓他醒來，待他醒來，我要好好培養達一下達……」

可能是一激動卜登大巫的話就收不住，而在這個時候達興大巫再也克制不住，忽然一下頭重重的磕在地板上，整個身體匍匐得很低很低，然後聲音大而顫抖地說道：「卜登大巫……請聽達興一言。」

卜登大巫的話再一次被達興打斷，臉色出現了一絲不悅，不過看見達興大巫這樣鄭重其事的樣子，他的臉色立刻恢復了古井不波的神態，整個人又變得平和淡定起來，望著戰戰兢兢的達興說道：「說。」

「達戎在進入寨子以前，屬湘西趕屍傳人孫魁一脈，而孫魁和這位老李一脈姜立淳是生死之交……曾經孫魁和姜立淳有諾，也可以說是有誓言在先，傳人他日若有需要，定當並肩戰鬥。」說到這裡，達興大巫的身子匍匐得更低，他忽然是不敢說話了。

因為接下來，就是我們要將強子帶走的事情，可能卜登大巫在寨子裡威嚴太盛，寨子裡的人都對他敬畏且害怕，這種深入靈魂的感覺，讓達興大巫實在是沒膽子再說下去了。

而眼前的卜登大巫聽聞達興大巫的話，可能也已經猜測到了什麼，但他的神情依舊平靜如水，讓人看不出什麼想法。

越是這樣，也就越是讓人害怕……畢竟，剛才那個壓抑不住情緒，喜悅之極的卜登大巫明明就說過，待得強子醒來，他要好好培養一下強子，應該是指強子的靈魂強度。

這話被達興大巫打斷，但是任誰都猜測得出來。

在他如此喜樂充滿了希望的前提下，把話攤開來說，真的好嗎？可是除了這一次機會，下一次再說效果可能更加不好。

人生，原本就是無常，在無常中卻也不代表你該面對的事情就可以不去面對，所以，在達興大巫再也說不下去的時候，師傅終於忍不住站了起來，稍微退後了小半步，對卜登大巫施了一個道家的大禮，這才開口說道：「卜登大巫，與達戎，也就是孫強爺爺有約定的就是我，達興當年入世和我有一份戰友的情誼，如今才帶你來見我。這個事情原本就不該達興開口說與你聽，所以小老兒姜立淳只能斗膽對卜登大巫直言，如今小徒需要與達戎並肩作戰，是推託不能，至關重要的一戰，萬望卜登大巫允許小老兒帶走達戎，共同完成這一場戰鬥。」

師傅說是直言，果真夠直接，聽得我都心驚肉跳，而他身旁的達興大巫更是微微有些顫抖，可見有多麼的害怕。

其實，我不解，為什麼師傅非得要找到強子和我們去並肩作戰，到了和楊晟級別那種戰鬥，除了找到雪山一脈這種強大的助力，剩下的我們一行人，多了強子一個就真的那麼有用？從前途來看，這樣唐突不僅可能帶不走強子，還很有可能得罪祖巫十八寨，到那個時候，祖巫十八寨就算不倒向楊晟那一頭，至少也不會成為我們的助力，一丁點兒希望都沒有。

原本，我還是抱了一點兒希望，畢竟有和強子，還有達興這樣的寨子裡重要人物有交情，說不定……

這一次氣氛比剛才達興大巫的直言更加糟糕，僵硬凝固……或者，卜登大巫在刻意表達他的絲絲憤怒，在這個時候我還感覺到了一絲壓抑的壓迫，恰到好處的輕輕壓迫，不至於讓人到抵抗的地步，但是又確實存在……其實，這反而比直接撕破臉發怒，給人帶來的心理壓力更大。

在這樣的沉默中過了或許是一分鐘，卜登大巫的神情越發平靜淡然，那份平靜淡然到了那種幾乎讓人感覺不到他存在的地步了，他才用同樣淡定的聲音說道：「你們非面對不可的一戰，需要我祖巫十八寨中，雷山苗寨未來的祖巫繼承者，可能擔保他性命無憂？」

「不能。」在這一刻，老李一脈的光棍性格也徹底在師傅面前展露了出來，說也說了，心意也是堅定，伸頭縮頭已經註定要承受怒火了，不如更加直接，不必花言巧語的遮掩。

「你有愛徒陳承一，天賦出色，培養可是花了不少心血？」卜登大巫卻並沒有動怒，倒是把話題扯到了我的身上。

「從小培養，近乎相依為命。後離開，放養，內心無時無刻不牽掛。」師傅亦是直言。

我忽然就覺得好笑，得，這老頭兒也知道是在「放養」我啊？但那句內心無時無刻不牽掛卻讓我在這種壓力下，再一次感覺到了溫暖，或許這種溫暖就是一種最大的力量，我也忽然就釋然了。

對啊，既然是一定要做的事情，生死都不能避開的事情，事到臨頭，又何必再去多想和顧忌？所以，原本我的身體緊繃著，在這一刻忽然也放鬆了。

好像是感覺到了這種放鬆，卜登大巫的目光忽然瞟了我一眼，略微的有些詫異，也被敏感的我察覺到了，但這種察覺根本就不是什麼好事兒……說不定是被這個喜怒猜不透的卜登大巫視為了「挑釁」，只是忽然之間，就感覺到了強大的靈魂壓力鋪天蓋地的朝著我碾壓而來。

「唔！」我一下子悶哼了一聲，因為感覺就像一個好好坐著毫無防備的人，忽然被人手持重槌一下子敲打在了胸口一般，就算持槌者刻意控制了力量，但那種忽然的打擊悶痛，和身體所帶來的震盪力量，卻是不可忽略的，所以我一下子就悶哼了一聲。

而師傅聽見了我的悶哼，一下子轉過頭，擔心的看了我一眼，忽然就上前一步擋在了卜登大巫和我之間，大聲的說了一句：「卜登大巫可是欺我老李一脈無人，當著姜某的面傷害姜某弟子？」

我心裡微微有些發酸，因為我經歷過那種感覺，而且經歷過不少，在老一輩都離去的情況下，我們小一輩被各種勢力的人追殺，那種分外想念老一輩的心情……我還記得在東北老林子，我和承心哥在洞中看見師祖留字時，趴在地上嚎號大哭的感覺。

這不是非要依靠老一輩，而是他們在，內心有一種溫暖的安心……

如今，當著師傅的面，有人就這樣直接傷害他的弟子，他是否也有這種無助和心酸，是否也會在這一刻分外想念師祖，才會這樣下意識的喊出是否欺我老李一脈無人這種話。

曾幾何時，已經模糊了時間和地點，我不也常常喊出這樣的話嗎？

所以，我不能讓師傅這樣無助，老李一脈或許沒有了師祖這個最大的庇護，可是老李一脈還有可以獨當一面的一代二代弟子，我老李一脈當然不可能無人。

在這樣的想法下，我調動起全身的靈魂力，一邊擋住這種氣場壓迫，一邊對師傅說道：「師傅放心，我沒事。」然後一字一句，鄭重無比的再次說了四個字：「你，且，放，心。」

卜登大巫意想不到我會這種反應，也不知道他是出於什麼想法，忽然就在我身上加重了這種壓力。

我很乾脆的閉上了眼睛，靈魂力的運用肯定是要在絕對靜心的情況下，才能最大效率的發揮，在閉眼之後，我感覺到了卜登大巫的靈魂力就像大海一般瀰漫在整個房間。

雖然沒有咆哮，但是大海的深遠和雄厚又怎麼是可以懷疑的？而我就像矗立在海邊的礁石，此刻一波波的海水上湧，只是讓我感覺到了海水所帶來的壓力。

但是，我還能撐住，我的靈魂不斷的堅固著自身，一次次的化解無視這種壓力。

漸漸的，就開始真的化身為礁石，心無旁鶩。

第八十四章 鬥心

曾經我用過一個障眼法，躲過楊晟手下那個喇嘛的精神力搜索，那個時候也是「化身」為一塊石頭。

這一次，自己也是矗立在大海之中的一塊礁石，不同的只是，那一次是存思自己是一塊石頭，用自己的靈魂力影響別人的精神力，讓別人產生錯誤的判斷。

而這一次卻是一種心性上的「形容」，任它驚濤拍岸，我自巍然不動……這是一種定，心性若定，眼中無物，自然任何的壓迫都不存在。

這種心境暗合了一句古話，夫唯不爭，故天下莫能與之爭，這也是道家一種比較高等的「我」之心境，唯我而已，我的原則，我的處事，我自己……他人言語，他人動作，甚至若心境穩固，則上升到他人氣場，皆是我身周之「無」，皆不存在。

道理簡單，實際上想要得到這種心境卻難，畢竟這和偏激的「我」之道是有本質區別的，偏激的「我」之道沒有任何的約束，無限的放大「我」這個存在，而這種「我」之道，則是穩固在我的言正，行明（光明），有默認的底限和原則之上……一種穩固自我的堅毅情緒。

這需要極為強大的意志，畢竟人的思維有時就是人「定」的最大阻礙，簡單的說就算這個世界不是「花花世界」「紅塵萬種」，人的思維依舊是「花花思維」「萬種紅塵」，因為情，因為欲，因為斬不斷的種種……

我不明白為何我會忽然就上升到這種心境，畢竟這種心境入門的一點就是需要強行的存思，讓自己化為一個堅固、穩定、不動之物……而我一閉上眼，竟然已經化為一種高級的固化物「海中礁石」，暗合巍然不動之心境，確實讓人驚歎。

我什麼時候有這個本事，對道有這份理解？這個黏黏糊糊的陳承一，心境上不是從來都是弱點嗎？

沒人能給我一個答案，我也不會傻到餓的時候，恰好有個香甜的肉餅送到口中，而我不去吃它……所以，我就趕緊穩固這種境界，兀自的巍然不動，我聽見師傅充滿驕傲的笑了一聲，也聽見卜登大巫詫異的咦了一聲。

而在這之後天空忽然變色，原本清淨蔚藍的大海忽然就變得墨黑，深沉起來……接著，狂風肆意，雷閃雷鳴，原本平靜的波濤開始翻滾起來，接著風吹浪湧，一波一波的波浪開始變得狂暴，朝著「我」身上不停的拍擊而來！

可是我原本就是矗立在海中的礁石，需要承受的就是驚濤駭浪，這就是我的生活，我的平常，於我又有何影響？我越發淡定了……

這樣僵持了一會兒，我越發沉迷於奇妙的境界，感覺自己學習過的每一個術法不停的在心中推演，一遍遍的精妙……這不是什麼巧合，因為這原本就是我的世界，關於我的一切自然會被拿出來錘煉。

所以，有句話說得好，百年修行易，因為只是一個時間累積的過程，講究的只是日復一日的鍥而不捨；一朝頓悟難，這個卻是講究心境和機緣，有機緣讓你的心境到，而一悟則敵過許多年的時間。

在這巨大的壓力中，我卻是得到了機緣……忍不住嘴角流露了一絲笑意。

這不是我囂張，而是在我的心境中，笑便笑，哭便哭，若是真情流露，哪管他人評價？

於是，我聽見了卜登大巫「哼」了一聲，下一刻，那驚濤拍岸的大海便是不存在了，大海的能量雖大，想要拍碎礁石，則需要太多的時間……他功力上遠勝於我，這是「贏」，可是在心境上卻是「輸」了一籌，站在他這個地位的人怎麼能不明白？

若與我這一個小輩耗時間，只能讓他在心境上輸得更加徹底。

他看明白了，自然收起了「汪洋大海」，變成了一片山雨欲來，烏雲壓頂的天空……在天空之中，閃電不停的聚集，我莫名的歎息了一聲，這一下，這個「我」之心境卻是不夠用了，除非上升到最高等的心境，因為卜登大巫已經看出了問題，換成了集中打擊的辦法。

我彷彿看見礁石被雷電擊碎的一幕。

可是，我卻是不屈服，這股不屈服感覺是歲月的交錯中，兩個我在同時說不……而我看見了自己的靈魂，那層薄膜不停的蕩漾開去，就像在不停的分薄它的力量，然後等待一個機會「破殼而出」。

道童子，果然是他！可這一次，我卻心中坦然，我第一次覺得這傢伙可愛，這傢伙還真是我……只是因為我們兩個同時說不的默契，一樣絕不屈服的心境。

但是，卻在這時，我聽見了連續不斷「磕頭」的聲音，然後聽見達興大巫帶著焦急的祈求：「卜登大巫，達興真誠祈求你放過承一，達興願石穴領罰十年。」

「卜登大巫……」

「卜登大巫……」

天空依舊不停聚集著閃電的能量，而我靈魂上的薄膜則是不停開始一塊一塊凸起，就像力量在焦躁地不停要衝撞而出……卜登大巫不為所動，而我卻聽見師傅走過去，要拉起達興大巫，他說道：「穆老兒，這是我老李一脈要承擔的因果，不能借你人情，老李一脈可以輸，不可以躲。我姜立淳自然護得我徒弟，自然護得我徒弟。」

自然護得我徒弟，多麼自然卻又充滿了一腔感情的話語，我的臉微微發熱，意志卻是更加堅定。

但是達興大巫不為所動，忽然再一次重重的磕頭在地板上，大喊了一句：「卜登大巫，承一他……他只是一個小輩。」

「嘩」的一聲，我眼前的天空忽然破碎，閃電在剎那間分裂成一道道微小的能量，鑽入天空中不見……清風和煦，然後整個天空漸漸淡去。

再沒有任何幻覺般的場景，忽然眼前不過是一小屋，窗外遠山近景，風光卻靜……我一下子睜開了雙眼，看見的畫面卻是卜登大巫正用一種琢磨不透的眼光看著我，身前是師傅印刻在我靈魂深處一般的背影，還有在我一旁是真正的癱倒了的達興大巫。

而在卜登大巫的身前，強子發出了迷糊的囈語……沒有別的話，只有一聲「哥」，莫名的帶著擔心的情緒，他看見一切了嗎？

「巫家幾乎不講修心，更加信奉的不是自己的心境，而是神明賜予的力量……信仰就是巫家力量的來源。我在心境上輸與一個小輩，而執意與之爭鬥，這用佛門的話來說是什麼，是我心執了？」我沒想到卜登大巫開口竟然說的是這麼一句話。

可見雖然他脾氣古怪，其實到了他這個境界，坦然的面對自我卻是最基本的要求，因為看不清自我的人，根本沒有成為高人的基礎。

這一點兒，無論修的是什麼都是一樣的，哪怕是邪道他也必須看清自己的「邪」與「不正」。

所以在修者的世界裡，很少有邪道的高人需要正人君子這個名號，因為那就是自己的道。

而卜登大巫的自問自答，我們卻是沒有人敢回答，就算剛才我莫名的勝了一局，可是我卻是根本沒有資格去知道卜登大巫的。

但他也不需要我們的回答，而是自己閉眼沉思了一會兒……這麼安靜了好久，他才睜開了眼睛，對著我師傅說道：「你知培養弟子不易，我寨子培養達戎也不易，你三言兩語就想要帶走達戎，並且沒有任何擔保，我是不會答應的。」

「我自然是沒有想過有那麼容易。」師傅在這個時候也沒有一味的爭，而是非常坦誠的接受這個結果。

因為卜登大巫的話也無可反駁，畢竟誰想要三言兩語帶走我去參加一場生死未卜的戰鬥也不可能的，即便是有上一輩的約定總還是得講一個東西的，那個東西就叫——交代。

「達興……你倒是有膽，為寨子之外的人，不惜打我臉，提醒我與小輩爭了？」卜登大巫不再理會師傅，反而是把話頭轉向了達興大巫。

事實上達興大巫雖然說得客氣，本質上卻是在提醒卜登大巫，他是在做一件與小輩爭執的事情，卻是沒意思了。

原本達興大巫是癱倒在地上了，好像剛才的一句話已經用盡了他所有的力量，但在這時，他一下子爬了起來，又端端正正的跪著匍匐地上，頭挨地說道：「達興不敢，只是當年身陷危機之時，怪洞之中，是老李一脈姜立淳一步一行背我出洞，不顧自身安危，一秒也沒有拋下我……大丈夫恩怨分明，達興不敢不報。達興對大巫不敬，達興甘願受罰。」

「穆老兒……」師傅有些動情的喊了一聲。

而一直表現得戰戰兢兢的達興大巫在這個時候卻是挺直了身子，端正的跪在了卜登大巫的面前，朝著我師傅微笑了一笑，眼中全是追憶，一下子竟然坦然了。

第八十五章　那一世的流星（上）

整體的局勢是不利的，其實放與不放強子就在於卜登大巫的一念間，我和師傅就算是決心堅定卻又如何，莫非與整個祖巫十八寨為敵？

我們能做的就是不放棄唯一的一絲希望而已。

同時達興大巫是否受罰，這好像也屬於這雷山苗寨的「家事」了，我和師傅更加無能為力。

其實我心裡微微有些憋屈，只是為自己面對這種情況的無奈。看著強子也微微有些擔心，在這一刻我打定了主意，等強子醒來，如果卜登大巫執意不放人，強子卻執意要和我們走的話，我會勸師傅放棄。畢竟強子失去了爺爺，這裡也算他的依靠，我怎麼能……

至於達興大巫，我心中也微微感動，若是那個師傅口中的大時代來臨，伴隨著的大戰也來臨之後，我若能夠活下來得想辦法還了這份恩情。

畢竟他還師傅的恩是他和師傅之間因果，而這報應在了我身上，解了我的危局，那就是我自己要還的一份情。

在達興大巫坦然以後，屋子裡的氣氛再次陷入了沉默。

看卜登大巫的意思，或許是不放強子的可能性多一些……接下來，要怎麼辦還是未知數，畢竟師傅不想放棄。

「你們先出去吧。達戎暫時留在我這裡，我要解決他現在身體的狀況。」在沉默中對峙了良久以後，卜登大巫終於開口了。

「大巫……」在這個時候，達興大巫忍不住喊了卜登大巫一句，至於要說什麼，可能對於他來說千頭萬緒，一時間也無從說起吧？

「都先出去，不管是什麼事，什麼結果，我自然會給交代的。」卜登大巫的神色雖然平靜，但那種隱隱的不耐煩我們的確感受到了，這個時候反倒是師傅坦然，走過去拉起了達興大巫，說道：「那就不要打擾卜登大巫了，我自然相信他是會給交代的，我想他肯定也有興趣聽聽我想說的話。」

達興大巫看了一眼師傅，最終還是站起來跟隨著師傅朝著門外走去。

其實，我隱約覺得卜登大巫應該不會懲罰達興大巫的，這也算是僵持的局面中一件比較好的事情了，而在我站起來的時候，才發現意志一鬆懈，有一種莫名的東西開始在靈魂中蔓延。

這種感覺太熟悉，因為我已經經歷過幾次了……靈魂的陣痛又開始要發作了。

這是前奏，很短的前奏，下一刻那種漫天蓋地的痛苦就會將我包圍，我幾步跨出屋子，然後一把抓住師傅的肩膀，說道：「師傅，等一下我若撐不住，就勞煩你照顧我。」

師傅詫異的看了我一眼，還來不及說什麼，我就被那種火燒靈魂一般的痛苦瞬間給包圍了……

我咬緊了牙齒又走了兩步，想多撐一點兒時間，至少走出這棟吊腳樓，我不想卜登大巫看出什麼來，畢竟在陌生人面前展露自己痛苦脆弱的一面，會讓人沒有安全感，本身我也就是一個缺乏安全感的人。

但這一次的痛苦比前幾次任何一次都猛烈，就算我是鋼鐵的意志都沒有辦法再多撐哪怕是半秒。在它猛烈蔓延的時候，我眼中多彩的世界一下子都變成了灰白色，而我的意識思維在這種灰白色背景的籠罩下，也猛地一下停住了。

在那一瞬間，我只感覺師傅和達興大巫快步的一左一右扶著我，我的身體好像是下意識的跟著走動了兩步，接下來……我什麼都不知道了，我只能感受到痛苦的燒灼，每一秒都是地獄。

我要擺脫這種痛苦，很想……我的意識若還有一絲清晰，剩下的就是這個念頭，我總是覺得火焰燒灼起來是一件很殘忍的事情，因為很多事物都會在火焰中經歷一個存在到消失了過程，看見在猛火過後留下的痕跡只是一抹塵土。

而意識清醒的去承受這種痛苦，更是一種殘忍，只因為被燒灼本身那火燙的痛苦若還勉強可以承受的話，那麼那種心理上的折磨卻是無盡的，哪有人能清醒的看著或者隨時擔心著自己成為一堆灰燼。

在痛苦中時間是那麼的漫長，漫長到我都快要絕望，是否它沒有盡頭……卻在那種時候，我終於完全失去了意識。

終於……在意識消失以前，我舒服的長歎了一聲，接著第一次那麼高興的去面對一片黑暗和寂靜。

「這就是你本該承受的痛苦，而無論是在哪裡。天上地下，甚至是地獄，都有痛苦比這業火燒灼靈魂更加痛苦。」

「這就是你本該承受的痛苦……」

「本該承受的！」

「本該……」

「該……」

也不知道什麼時候，一個冰冷的聲音在我的靈魂深處響起，完全失去意識在一片黑暗寂靜中沉睡的我，本這樣一個聲音給弄醒了，我的第一個念頭是，難道還有痛苦比這種靈魂陣痛還痛的事嗎？

卻是在下一刻，忽然就想起了龍墓深處忽然的離別，那種無奈，那種撕心裂肺，那種想看著那個背影期待這一秒成為永恆，卻什麼也抓不住，只能任由著自己的身體被拖著離開，而她也漸行漸遠，逐漸消失的畫面和感覺又浮現在心頭。

一下子，我的心就像是被千百根鋼針同時在扎，呼吸都屏住了……是的，的確在紅塵中有些東西會是比這種猛火的燒灼更痛，因為某種痛會啃噬你的心。

我不敢再想，努力的睜開眼睛，卻發現自己是站著的，內心忽然就化為了一片平靜，關於我自己的回憶全部都遠去，而風中我的青衫衣角獵獵作響，我一下子就很清楚了，我這是在等待……

這是夜，溫柔墨藍的天幕就好像最柔軟的絲絨。在天空之中群星璀璨，就像鑲嵌在絲絨上最華麗的寶石，發出讓人迷醉的銀光。

伸手可摘星，說的就是這樣的天空嗎？我才發現星星原來離得近了，就像一顆顆的在滾動帶出無盡的軌跡一般，卻又是停留在原地。

很美，但我的心卻很平靜，放眼遠望卻是一片在夜空下墨黑色蒼茫群山，我原來身處在一處孤崖之巔，看見遠方群山霧氣飄蕩，高處薄雲淡淡……風吹而動，偶爾一隻不知道是什麼的禽鳥飛過，留下一片翅膀「撲棱」之聲，間或是一聲迴盪在群山之間的長鳴。

風景再美也不過是浮雲，世間總是滄海桑田，留戀風景也是沉迷，待它消失不就成為我的執念？

我的心中忽然冒出這麼一個念頭，然後乾脆的閉上了眼睛……這樣的場景我已經經歷得熟了，早知道這裡的一切不受我意志的擺佈，哪怕我的念頭，所以這種冰冷的念頭，我剩下的情緒也只是無奈，然後依舊是自己「演著」，又自己旁觀著。

但卻不知道是不是我敏感，總覺得自己內心最深處最深處的地方有一絲很淡很淡的期待。

夜，安靜……而在山之巔，群星之下的夜，除了獵獵風聲更沒有一絲多餘的聲音，我根本不會浪費任何的時間，就乾脆的盤坐在這山之巔，開始推演一個又一個的道術，漸漸的心中一片寧靜。

而另一個我無奈的等待著，只因為那些推演的道術，對於這個我完全是無法懂得的東西，甚至是匪夷所思的，用心去思考一下，甚至覺得靈魂都承受不住這種推演，只能淡淡的旁觀。

在這樣的安靜中，也不知道過了多久……在山風中響起了一個腳步聲，接著一聲帶著沒心沒肺的開心的清脆聲音傳入了我的耳中：「嘿，石頭……你原來是在等我？」

「道號承道。」我分明感覺到我的內心有一絲幾乎捕捉不到的喜悅，為何從口中冒出的卻是這般冰冷的話語。

承道，就是我的名字嗎？而我這一世叫承一……這又是什麼樣的巧合？

第八十六章　那一世的流星（下）

不過，命運總是這樣，有時候巧合得讓你想感慨一句這是在「狗血」嗎，可事實上，哪個人的一生不是由無數的巧合串聯起來的？

巧合的出生了，巧合的遇見誰，是朋友，是愛人？巧合住進一套房子……因為這中間有一種為什麼偏偏就是這個人，偏偏就是這個地方的難以置信感，又卻是命運的既定感。

這往往就是人生，若說這是巧合，不如說這是無數的因果串連……

我陳承一，一心承道之意，卻不想上一世，不知名或許就是仙界或天界的地方，其中的一個道觀座下童子，就叫承道。

兩個名字，一個意思，兩世共用，是在說明了什麼，上一世並未了卻嗎？

我的心思並不影響那個我的心思，在這一當口，已經淡淡的站了起來，朝著魏朝雨走去……魏朝雨，這個僅僅是在幻覺中看過幾次的女子，這次再見卻給我無比熟悉的感覺。

清麗的臉，笑意盈盈的雙眼，眯成月牙兒……所有情緒不加掩飾的流露，站在那裡就能感覺到的單純直接，很自然的就覺得瞭解，也很自然的覺得這就是魏朝雨。

「承道是你的道號，又不是你的真名。喂，石頭，你沒有真名嗎？你……」在我走近的時候，魏朝雨已是嘰嘰喳喳說了很多。

而我眉頭微微皺起，心中淡淡煩躁，似乎是有些嫌她囉嗦，直接開口打斷，說道：「妳我同為修者，深知修行之路漫漫，何言盡頭，吾輩自當上下求索……」

「你是要說什麼嗎？」魏朝雨好像對這些話根本不感興趣，有些懶洋洋的已經分神了，直接打斷了我很是想認真表達的話。

「沒什麼，就是想說妳和我能共同印證一些法則，是天大的機緣，應當感激，不該浪費任何一點兒時間。」這也是我真實的想法。

隨著一次次的「偶遇」，和魏朝雨已經熟悉起來……她大方而熱情，至少並不讓人討厭，在一心證道的我心裡忽然就有了一個大膽的念頭，何不共同印證一些法則？

隱約知道慈心齋是一個屬於女修者的門派，在某些術法法則上頗負盛名，連我所在道觀道長天一子都曾開口稱讚過……若能相互印證一下？

抱著這樣的心情我冒險去試探了幾回，卻不想魏朝雨這女子似乎毫無防備，竟然一口答應了下來。

於是，才有了這樣一次次的「相會」，而每一次時間有限，於我來說自然是要抓緊時間去印證一些法則。我必須要承認，在和魏朝雨這樣一次次的互相印證中，我心中的一些疑惑竟然另闢蹊徑得到了開解，有一種豁然開朗的感覺。

所以，不管是期待也好，喜悅也罷，我認為只是為我自己在「求道」這條路上有了些許的前行而產生的一些情緒。

畢竟前行太快，道心不穩也在所難免，以後注意就是了。

「你每次總是這樣啊……做起違反門規的事，哪有你這樣積極的？」魏朝雨的語氣有些不滿，她也總是這樣，有什麼情緒會第一時間的流露，也不知道是懶得掩飾，還是不會掩飾。

至於她所說的違反門規是確有其事，各個門派之間是不允許門下弟子互相這樣交流門派之中所學的。至於門派之間的高層，倒是可以互相有一些交流和印證。

而原因到底是為什麼，卻是我懶得想的，只認為座下弟子難免洩露一些門派傳承的機密？

可是我卻毫無愧疚之感，畢竟尋道路上要的只是一心求道的道心堅定，只要不做什麼違反天道法則的事情，其餘的需要在乎什麼？而且，我篤定的相信，在這樣的相互印證中，魏朝雨也應該和我一樣有所收穫才是。

所以，我何來愧疚之有，更沒覺得有什麼不對。

於是，對於魏朝雨的抱怨我只當沒有聽見，而是淡淡地說道：「那就開始吧，求道之路，只爭朝夕。」

「我為什麼每次都要來見你這塊石頭？」魏朝雨無奈的說了一句，但當下卻已經掐動一個手訣，準備是與我共同印證一些法則了。

我無視魏朝雨那些無用的情緒，這些話於我根本更是無可理解，為什麼，還需要問嗎？在我心中這句話更是快速的略去，在魏朝雨掐動手訣的同時，我已經開始凝神觀看了……

接下來就是一些相互印證法則的時光，在漫天山風的孤崖群山之上，在璀璨的星光之下……誰能想到，兩個「私會」之人，說的竟然只是這個？

我是當局者，但我也只是一個旁觀者，在看到一些場景的時候，心中卻自然的流淌出許多的「回憶」，就好比和魏朝雨整個熟識再到密會的過程……但也只是因為是旁觀者，我清楚的知道魏朝雨應該對這個我有一份不同的情誼在其中。

畢竟，她的情緒根本就不懂得掩飾，來得太過直接而火熱，就如同最透明的陽光，即使不能看見，卻也能夠感受它的溫度。

知道這些，我在心中忍不住歎息，因為我是「我」，我太清楚我心中的想法，對這些旖旎的情誼根本沒有任何的想法，甚至連給一點點哪怕是猜測都沒有……所以，這份註定是給空氣的感情，可以預見悲劇的「癡」，我除了歎息又能怎麼樣？

他們那些相互的印證對於我來說實在太過高深，所以在時間的默默流淌中，我也只能靜靜看著……如此美景，讓我看著所謂的自己和魏朝雨，也忍不住嗟歎，其實應該是一對璧人的吧？為何，總是有一種良辰美景奈何天的無奈？

而隨著時間在這種我幾乎有些「沉迷」的印證中不知不覺的過去，我以為這一夜也會這樣過去……卻不想魏朝雨忽然驚呼了一聲，剛剛掐好的手訣忽然「崩」開，接著整個人一下子朝後摔倒，要不是我及時拉住，差點滾落下這懸崖。

「怎麼回事？」我眉頭微皺，在今日魏朝雨忽然拿出了比往日更高深的術法來和我印證，我正一心沉淪其中卻被打斷，心中有隱隱的煩躁。

魏朝雨被我拉了回來，神情有些微怔，卻是臉色蒼白想開口說點兒什麼，卻慌亂的放開了我的手，我根本就沒有任何感覺，只是有些疑惑的看著她，莫非她的術法有問題，怎麼會出現手訣都無以為續的情況？

這樣一想，我就又很快陷入了對術法的推演中，如果是有問題我必須得找出來，否則對以後的影響可就大了，至於魏朝雨忽然掙脫我的手這種小事，我完全就沒有注意到這個細節？

在我凝神思考的時候，魏朝雨就臉色蒼白的靜靜站在一旁……可是這個術法才剛剛開始印證一小半，我如何推演也是找不出其中的破綻，忍不住有些心浮氣躁，終於想起抬頭問魏朝雨，說道：「是出了什麼問題？妳掐訣忽然中斷，肯定比我更清楚。說一下，我們或許可以找出這個問題？」

我全然沒有注意到我一陷入推演，就忘記了時間，在這山風凜冽的懸崖之上，魏朝雨可能已經默默站了快半個時辰。

見我這樣問，魏朝雨看著我，想開口說話卻有一些猶豫。

而我在焦躁之下，忍不住催促了一句：「妳有什麼，倒是說啊？」

「噗」，魏朝雨終於是開口了，卻沒說出任何一個字，就先吐了一口鮮血，這氣息才順暢了起來，在場包括我這個旁觀者都能看出，這分明就是氣息衝撞了氣血上沖，吐出這口血氣息也才能順，這魏朝雨卻是在旁邊傻站了那麼久，話都不說一句，就是為了忍住這口血？

「為什麼不吐出這口血？妳這樣強憋著，氣息繼續衝撞，反倒不是好事，妳這是什麼意思？」我能看出來，這個我自然也能看出來，但對於魏朝雨的行為也只是不解，充滿了疑惑，忍不住提醒了一句。

「你是在關心我嗎？」魏朝雨伸手抹去了嘴角的血跡，眼睛又瞇成了月牙兒，很是開心的樣子，然後說道：「我看你在推演啊，我就不想在旁邊吐血……而且我這樣一吐血，肯定也就露陷了。」

「露陷？露陷什麼？」我不解。

「因為這個術法，是師傅才教給我們的，我修習了沒有幾日，根本不能掌握。這些日子常常與你這樣推演，我感覺我已經快要不能應付了，我所知有限啊，所以今天忍不住把這個術法拿了出來……卻不想……」魏朝雨說到這裡吐了吐舌頭，然後因為剛才憋得太久，氣息衝撞已經造成了稍微嚴重一些的後果，說話的時候身子偏偏倒倒，卻是強自的支撐。

做為旁觀者的我一下子就明白了她的心思，心中的歎息更重……如果這份情誼，這個我還是如此冷漠，那他所謂的道心又是什麼？

第八十七章　緣由

在這個時候，我都忍不住責怪質疑起這個我，第一次我忽然發覺前一世的我——這個道童子，好像在求道這條路上的根基和道心走偏了。

我甚至篤定的以為這個我又會冷漠以對，卻不想在這個時候這個我心裡卻動了一下，這種感動中我自然能分辨出有感動有心疼，最重要的是有一種叫做微微心動的東西。

可是這個我卻是一片迷茫，根本不能分辨這種情緒，只能強行的忽略過去，幾乎是按照情緒本能的指引，走上前去拉住了魏朝雨的胳膊，說道：「你若是站不穩，坐下休息便是。我們暫時也不談那印證之事了吧。」

魏朝雨有些難以相信看著我，但也依言坐下了，但山風到底凜冽，剛剛受到術法反噬的身體也微微發顫。

我就盤坐在魏朝雨的旁邊，看見了這樣的場景，心中竟然湧起了猶豫和掙扎的感覺，在這樣無聲的鬥爭了很久，終於是底氣不足，小聲的說了一句：「若不能支撐倦了，靠著我吧。與妳相識許久，在道法上的理解，也得妳相助，我……」

與其說我在給魏朝雨講讓她靠著的理由，還不如說是我在說服我自己。

可是魏朝雨在這個時候，已經有些迫不及待的打斷了我的話，她的眼睛帶著一種說不出的期盼，望著我小聲的問道：「是可以靠著嗎？」

原本我說出這話已是有些後悔，卻不知道為什麼看著魏朝雨眼中的期待，有一種不能去破壞，讓她失望的想法，於是假裝不在意的輕輕點頭。

她的眼睛又眯成了月牙兒，下一刻我就感覺到一個帶著溫熱的身體帶著小心靠近我，然後靠在了我的右邊肩膀上。

和魏朝雨認識的日子不短，這是我們第一次如此安靜的接近，我的腦中竟然生出了她身上的味道有些好聞這種無聊的念頭，想了過後卻又是懊惱。

但是相比於我左右難定的心情，魏朝雨就是直接的快樂。天際的星星很近，很美……而在這片乾淨的星空之中，偶爾劃過的流星卻不是什麼新鮮的事情。

可是魏朝雨在這個時候，卻是拉著我，在我看來有些誇張的指著天空說道：「石頭，你看流星……流星很漂亮，是不是？」

風景從來都不在我的眼中，我沒有那麼多情緒去感受周圍，卻莫名的因為魏朝雨的這種大呼小叫，第一次覺得那劃過天際的流星也有那麼一點兒意思。

罷了，如若坦蕩，莫說讓她靠著，在必要的時候就算摟著抱著也是無所謂的事情……忽然間，我腦中出現了這麼一個想法，接著竟然萬年沒有表情的臉上也出現了一絲輕鬆的笑容。

魏朝雨沒注意到，我也沒有注意到。

在這個時候，旁觀的我忽然一下子被抽離了……同許多次這種幻覺出現一樣，這一次這幅場景也開始破碎，只是在破碎之前，我忽然覺得那在孤崖星空之下依偎的身影又何嘗不是美好？順其自然的情感，為何要生硬的拒絕？

道法不是自然嗎？前世的我究竟在想些什麼？我帶著這樣的疑問，還帶著一種自己也察覺不到的悲涼可惜的心情看著這一幕碎裂在眼前，忍不住在口中開始喃喃地說道：「道心不是壓抑自己，道心絕對不是壓抑自己！」

卻在這樣反覆的念叨中，聽見師傅叫我的聲音，我知道我又一次徹底的抽離了，但一次又一次的……這個魏朝雨卻是在我心中漸漸刻印出了不可磨滅的印記。

我睜開了眼睛，不出所料的看見的是師傅擔憂的臉，陣痛已經褪去，我和以前和多次一樣，除了疲憊，也沒有多餘的後遺症，只是師傅忽然看著我說了一句：「承一，這已經是第幾次了，你真的不準備說點兒什麼？」

「我之前不知道怎麼說，但是現在，我可以肯定……我看見了自己前世吧。」面對師傅，我真的沒有什麼好隱瞞的，一句話就簡單的說明了情況。

「那個你是道童子的前世？」師傅揚眉，可不知道為什麼，我從中讀出了深深的憂慮，我知道他在擔心什麼。

「嗯。」我不想師傅擔心，卻也真的是不能對師傅隱瞞否認。

「好，我知道了。」意料之外的師傅卻是沒有多問，反而是站起了身來，讓我再多休息一會兒，就轉身出了這間安靜的房間。

房間有窗戶，從窗外來看我依舊還是在祕寨裡，如果沒有猜測錯，達興大巫應該是把我帶到了他的吊腳樓……在這裡，我莫名的安心，不知道為什麼，偏偏是刻意不去想前世的種種，而疲憊有時候能讓內心安靜，在這種安靜中我再一次閉上眼睛睡了過去。

再次醒來時候已經是晚上。祕寨的夜空也很美麗，但我不得不說在見識過了前世道童子所在的世界那一片星空之後，我已經對這種美景不再感慨了。

我會猜測那裡究竟是什麼地方，仙界、天界？為何還有門派，為何道童子不是什麼神仙座下童子，而是一個叫做天一子的道人座下的童子？

但這種不解我註定是想不出答案的，在胡思亂想中，大堂中師傅和達興大巫攀談一些什麼，我是完全沒有聽進去……後來，直到兩個苗人提著大大的食盒進來，我才回過神來。

苗人或許好鬥或許衝動，或許有一種火一樣的血性讓人害怕，但是你永遠不要懷疑苗人的好客，不管他的身份到底是個普通苗人，還是一個大巫。

酒菜擺了一桌子，那是達興大巫對我們的招待……他告訴我們，在今天是特意多要了許多食物，要和我師傅來個不醉不歸。

而我想酒有時是男人逃避的好東西，畢竟在再難的形勢下，若有一壺酒倒也能得到一絲快樂，就算愁更愁，至少在瘋癲中情緒也會得到一點兒釋放，不至於要壓抑得發瘋。

桌上的菜大多是些野味，烹飪的方法帶著很「粗獷」的味道，倒是和雷山苗寨給我的感覺不謀而合，只不過野味十分新鮮，達興大巫又說是用甘洌的山泉做的，倒是吃下去頗為美味。

師傅和達興大巫喝得豪爽，連同我也跟著大口喝下了兩碗。

米酒入口算不上醉人，但是那一波一波的後勁卻是不容小視，酒至半酣，達興大巫卻是徹底的放下了心中的顧慮說話了，他對我師傅說道：「姜老兒，其實你要帶走達戎我從內心是不完全贊同的，不為寨子說話，就從私人感情上來說，達戎是我領進寨子的，是我看著他成長的，很多年還是我帶他在身邊的，你說你讓他去參加一個莫名的戰鬥，生死不知，不要說卜登大巫，我都想對你說一聲不行了！可是男人重諾，何況那是你和達戎爺爺的約定，我不能反對，也沒資格反對。」

說話間，達興大巫好像有些犯愁，舉著大陶碗又是灌下去了半碗酒，酒漿從他的嘴角溢出，把胸前打濕了一片，他也不擦一下，而是重重的放下碗歎息了一聲。

相比達興大巫我師傅則顯得穩重了許多，雖然他喝酒也不比達興大巫少，可是面對他的「抱怨」，我師傅卻也沒有激動的說什麼，而是像回憶往事一般說起：「是啊，強子是你帶進寨子的。我還記得當日我和你說起的時候，你滿臉的不相信……其實我又何嘗相信？強子這孩子在早年就被你們祖巫十八寨的一位祖巫傳承者看中，只是孫魁不想把孫子交出來，他怕自己的趕屍手藝沒有了傳人，這種理解說誰能相信？可是，你說我又怎麼能不信孫魁？」

提起孫魁，師傅的眼中湧動著一種叫做懷念和悲傷的情感，我也說不清他是否想起了那一日從火焰中背出孫魁爺爺屍體時的那份痛苦……他端起酒碗，一口氣把剩下的大半碗酒給喝了下去，不同的是，師傅沒有絲毫的浪費，全部喝進了肚子。

放下酒碗，師傅的眼中終於是出現一絲醉意，然後說道：「你是知道的，我是真的不會不信孫魁的，他做什麼，就算不能理解，我姜立淳也得喊一聲支持。其實誰不知道，比起趕屍的手藝，孩子如果能得到巫家的傳承，特別是祖巫十八寨的傳承才是真正的大機緣啊？後來吧，孫魁這個倔老頭兒病了，他知道自己要死了，找到我了，說他若是死了，就不勞煩我給他照顧孫子了，把孫子送去祖巫十八寨吧……因為在那裡，孫子才有機緣。他和我說，一輩子同我認識，也經歷過生死，總覺得自己是我拖累……」

說話間，師傅又給自己斟了一碗酒，然後用一種嘲諷的語氣說道：「這個傻老頭兒，若是朋友，怎麼能用拖累這兩個字形容呢？誰能打一些，誰就不是拖累嗎？」

「若是這樣說，當年的我也不是你的拖累？是傻。」達興大巫卻是顯得豁達一些，眼中也流露出了追憶。

「然後他就說，讓強子去祖巫十八寨修習吧，以後和承一一起打架，一起經歷生死，到時候不要是承一的拖累就行。因為他那一輩子的願望就是有一天能和我並肩作戰，說一聲自己也是很強的。這事兒到死他都都在做，我知道那真的是他的心願！我不敢不答應，因為不答應那不就是看不起人嗎？儘管我不想強子去過和我徒弟一樣的生活，我徒弟那是命不好，狗日的童子命，加上又入了我老李一脈，看似風光卻是勞碌命的一脈，我只是答應著，卻不想這命運還真的需要強子和承一一起去打架了，你說怎麼辦？於命於情，都需要這樣了？」說完這話，師傅又給自己灌了一碗酒。

達興大巫有些呆呆的，然後說道：「好吧，老子當時就是你身邊祖巫十八寨的人，你就順手把達戎塞到了我這裡，我不信，也只能應承著。後來，去找了當年那位祖巫求證，才發現是真的！達戎半路入門，也真的展現了驚人的天賦，我還以為我達興這輩子運氣好了，撿到個寶，你卻又給要走了！姜老兒，你別以為我不知道，你剛才說那番話，是在拿當年你和孫魁的承諾來壓我……我真是想和你打架，但是我卻在和你喝酒。就像我真是想對你說不行，可是我卻是在幫你，這狗日的……」

說著，達興大巫也再次喝乾了一杯酒。

斷崖祕寨之中，晚風莫名的停了。

而那個卜登大巫手下的少年，卻是靜悄悄的出現在了門口，淡淡說了一句：「你們，卜登大巫請你們去一趟。」

你們？還能有誰，自然是我和師傅……卜登大巫已經把強子弄醒了嗎？叫我們去，又會是什麼結果在等待著？

第八十八章　下山

「哦，就去。」聽見了少年的傳話，師傅放下了酒碗，一抹嘴，隨口答了少年一句。

而那少年說完話就轉身走了，我師傅的話他聽見沒有都值得懷疑，真是傲得可以。

而達興大巫有些擔心的看著師傅，師傅卻是斜了達興大巫一眼，然後帶著一些醉意的站起來，說道：「擔心什麼，好事兒……如果到現在對你也沒有任何的懲罰，也沒有特別的叫你去，說明卜登大巫已經決定不與你計較了。」

「卜登大巫是否與我計較，懲罰於我，我不在意……姜老兒，我只是擔心……不管什麼結果，你萬萬莫要激動，你一輩子不服軟……但卜登大巫在年輕之時，就是一個強勢倔強，十頭牛也拉不回他決定的主兒，你……」達興大巫說起這個難免囉嗦了幾句。

但是師傅就是笑嘻嘻的看著他，也不答話，直到看著達興大巫沒有結束的意思後，才拍拍他的肩膀說道：「你我哥們的緣分那麼多年，你看我像要在這裡殞落嗎？別擔心了。」

在師傅說話的時候我也站了起來，喝了幾口熱湯解了解酒意，拍了拍衣服就準備與師傅同去。

去不想師傅卻一把把我摁到了桌前坐下，說道：「承一，這一次我一個人去就好。」

「師傅……」我不解師傅何意。

可是師傅看著我，眼中有一種絕不退讓的堅持，然後也沒有說話，只是拍拍我的肩膀，轉身就走了。

我看著師傅離去的背影，端起酒碗半天都沒有動，倒是達興大巫催促了我一句：「承一，你就真的不去？」

我這時抿了一口酒，放下了酒碗，夾了一筷子菜，塞到嘴裡才說道：「不用去，師傅已經拿定主意，他要一個人去見卜登大巫了。我想有些話他不能當著我面說，他不想讓我知道。」

「你知道？他什麼時候給你說過這樣的話？」達興大巫覺得奇怪，或許他也不能理解我和師傅的這一份默契。

「哈哈，我就是知道呢。達興大巫……接下來，我陪你不醉不歸吧。」說話間，我舉起了酒碗，我心裡異樣的平靜，這種平靜是我知道師傅不會有任何的危險。

可是在這份安寧的平靜中，我卻帶著一絲悲傷……至於為何悲傷，我卻是不知道，我也沒有說什麼，只是想大醉一場。

說要大醉一場，我就真的大醉了一場，米酒清甜，入口平和，這後勁卻是綿長無比……這一醉，我最後的記憶就是癱倒在了大堂之中，之後便什麼也不知道了。

第二天，是被師傅為我輕輕擦臉的動作給弄醒的……睜開眼睛，看見的是師傅平靜而慈和的目光，而一張溫度恰到好處的帕子在臉上擦拭著，也帶走了一絲酒後大腦的沉重。

我說過，師傅很少有這麼溫情的時候，我都常常懷疑他的溫情是不是經常要等到夜深人靜，我睡著的時候，才會看著我的睡顏，偶爾流露出一點兒。

但是今天他再一次那麼溫和，我都懷疑是不是我酒後出現了幻覺。

「醒了？」見我睜開了眼睛，師傅一把把帕子搭在了我的臉上，而眼中那種帶著慈愛的眼神也收斂了起來，變得平靜……總是這樣彆扭啊。

我在心裡暗暗抱怨了一句，然後抓著帕子擦了一把臉，有些頭腦沉重的坐了起來，這番動靜以後，我知道剛才看見的確實是真的，也不知道師傅昨天和卜登大巫談話究竟說了一些什麼，受到了什麼刺激，才會忽然這樣。

「師傅，昨天和卜登大巫談得怎麼樣？」其實，我很想知道師傅為什麼會這樣，可是話到了嘴邊卻變成了這個。

有一些細枝末節的東西沒辦法說，更加沒有辦法問……而我和師傅之間長年的相處，也決定了我們之間不會追問什麼溫情方面的話題，就是這樣，我錯過了一些提前知道一些事情的可能……可是，人在當時，又怎麼可能全部看得清楚未來？

「結果很好，他會放強子下山的，而且因為強子的原因，他會派人一路護送我們到雪山一脈。」師傅站在窗邊，這個時候正在裝填旱菸葉子，答得很直接，只不過從他的臉上我也看不出來什麼喜悅，彷彿這一切都是理所當然。

「真的？師傅，那需要我們付出什麼代價嗎？有這好事兒？」可是我卻是很興奮，還有什麼比這個結果更好呢？從竹林小築出來以後，我和師傅幾乎過了一個多月亡命天涯的生活，這一次不但能達成最初的目的，還能擺脫這樣的生活……我又怎麼可能不高興。

「我有什麼好騙你的，自然是真的，也不需要我們付出什麼。」師傅點燃了旱菸，清晨的陽光打在站在窗邊的師傅側臉，讓他的輪廓有一些模糊……我瞇著眼睛看不清他的表情。

「那師傅你到底和卜登大巫說了一些什麼，他能給出這樣的條件？」我心中不知道為什麼，充滿了疑惑。

「也沒有什麼，分析了一些局勢給他聽……至於保護我們一路去雪山一脈，是因為強子是要跟隨我們的，自然要護著我們的安危。」煙霧從師傅的鼻子口腔裡冒出來，他的語氣越發平淡，就好像這只是一件異常平常的小事。

可是，從我和卜登大巫短短的接觸來看，這絕對不會是一件容易的事情，那個卜登大巫的脾氣怪異著呢。而達興大巫也評價過，卜登大巫是一個強勢而倔強的人。

可能是看出我還想追問，師傅又補充說明了一句：「總之，你也不要想那麼多。這一次，由祖巫十八寨的人先護送我們到雪山一脈的接頭點，到時候我們在那裡等強子。雪山一脈隱藏的實力有多大，除了雪山一脈自己的人以外，根本沒有人知道，因為未知，所以也沒有勢力敢去挑釁雪山一脈。如果在雪山一脈的接頭點等強子的話，會少很多事情。」

「那強子就先不與我們同行？」我下意識的問了一句。

「嗯啊……再給他一些時間，對他有好處。」師傅就用這麼一句簡單的話語結束了這一次交談，接著就和我扯了一些有的沒的，等到在達興大巫這裡吃了早飯以後，就有人找上門來，說是要護送我們下山了。

一個門派勢力，不管是什麼樣的形式，或是正統門派，或是一個族群，甚至或是一個家族，都永遠不要小視他們隱藏的一些東西。

我和師傅被帶下山的時候，依然是被蒙住了眼睛，但明顯感覺走的卻不是和我們上山時同一條路，我甚至從那種地下獨有的氣味中判斷出來，我們一直都在地下穿行。

時間具體的我們不知道，但人對時間卻是有一個大概的感覺，總之我想至少穿行了五個小時以上，而且還是在騎馬比步行快的情況下。

我只是在想，如果這些地下祕道不是像蛇門的祕道是天然形成而是人工的話，那麼會是多大的工程，又是多少代人的累積？

我和師傅並不知道帶我們下山的人會把我們帶去哪兒，下山的落腳點又會是什麼地方。因為沒有上山時趕得急，總之在走走停停休息充足的情況下，我們最終下山被取下了蒙眼布的時候，又是一個清晨了，也就是說我們穿行了一天一夜才下山，而落腳的地方早已經不是那個小鎮，而是一個陌生的，看起來也沒有什麼人煙的荒郊。

把我們送到這裡，那三、四個護送我們下山的人也就牽著馬停下了，其中一個漢語好一些，在路上也是他偶爾和我們聊天的人，對我們說道：「這裡應該是安全的，至少不會有人找到這裡找你們麻煩。你們先等在這裡，應該要不了多久，接應你們的人就會來找你們。」

說完，這幾個人把我和師傅的行李交給了我們，竟然再也沒有留下多餘的隻言片語，牽著馬就走了。這讓我感慨祖巫十八代行事還真是沒頭沒尾的神祕啊。

沒有別的辦法，我和師傅也只能在這灌木叢生，雜草密集的山腳下等待著……而不到半個小時，一陣雜亂的腳步聲就出現在了附近。

人，來了嗎？

第八十九章　接引點

的確人是來了，而且還有一個熟人摻雜在其中，就是之前我們在小鎮遇見的，那個攔著我們上山的老頭兒，我沒有想到護送我們一路去雪山一脈的，竟然還有他。

除了那個老頭兒以外還有四個人，三個是看起來五十歲上下的中年漢子，另外還有一個也是看起來很蒼老的老頭兒。

這幾個人都比較沉默寡言，脫去了比較明顯的苗人服飾，穿著漢人的衣著看起來倒也就像幾個普通人。

他們走到這裡以後，那個老頭兒一眼就看見我和師傅，臉上神情也沒多大的變化，我估計是他早已經被打了招呼，依舊是拿著那個旱菸杆子，他的話也直接，就是「走吧。」

我和師傅也不囉嗦，直接提著行李，就跟著那個老頭兒走了，而另外幾個人不經意的就前後左右把我護在了中間。

這個就是所謂保護的架勢嗎？我想應該是的。

對於這裡的路，那個老頭兒好像非常熟悉，帶著我們在這荒郊野外大概穿行了一個小時左右，就走到了一條看似鄉間的小路上。

而在這裡也可以看見稀稀拉拉的住房和成片的田地了……這些奔波的日子，多數時候都是在人跡罕至的地方，陡然看見這世間紅塵的模樣，心裡還是有些親切和激動的。

有人煙的地方就有路，事實上我們在這個鄉間小路上也沒有走多久，大約半個小時左右，就走到了一條明顯是鄉鎮公路的路上，而在路上則早就停著一輛看起來很普通，有些髒兮兮的越野車了。

這自然不是我和師傅停在那個小鎮上的那輛越野車，坐上車後，我才發現這個車子的內部比我們想像的要舒服豪華得多。

當車子啟動的時候從動力來看也是一流的，這車子根本就不像外表那樣普通平凡。

「算是你們有福氣，這個車子寨子裡的人到世俗辦事，不是大巫級別的坐不到，花了不少錢。」這幾個人都很沉默，倒是上車以後，那個和我還有師傅稍微有點兒熟悉的老頭兒開口說一句話。

而他說這句話的時候，師傅恰到好處的遞過了旱菸葉子。

一路上比我們想像的還要平安順利，直到車子駛入高原無人區的時候，我都有些恍惚，這樣平平安安的就一路到了這裡？

但事實上也就是如此，幾乎一路上什麼都沒發生，用言語來形容就是乏陳可善的就來到了無人區。

如果說要有什麼值得一提的事情，那就是因為旱菸葉子的關係，師傅和那老頭兒處得不錯，我們也就從那老頭兒口中聽說了一些關於祖巫十八寨的事情。

就比如他們那個鎮子怎麼會忽然就出現的，那就是因為「資源」的問題，畢竟這些年的隱世和發展，讓祖巫十八寨的實力越來越雄厚，而且人也越來越多……而寨子的「資源」是有限的，所以就分離了一批人出來，進入世俗。

而分離的標準自然是根據那玄而又玄的祖巫血脈……不過，要說起原因，也不完全是因為這樣，那老頭兒隱晦的提起了一句，這祖巫十八寨好像也想刻意培養一點兒世俗的勢力，至於為什麼，這老頭兒也沒說。

他只是告訴我們，陸陸續續的會有越來越多寨子人下山，到時候會分散在各個地方，之前那個鎮子就會做為祖巫十八寨世俗的總「據點」，總之這是一個「宏偉」的藍圖，畢竟祖巫十八寨還是保守的，不想要在世俗發展得太快。

原來是這樣嗎？我也只是當了個趣聞聽聽，畢竟巫家苗人的事情距離我還是很遙遠的，我們之間最大的連繫不過是因為強子這個人罷了。

只是其中，那老頭兒提起過一句話倒是讓我有些好奇，他說他活大半輩子，有時候覺得好事兒不一定是好事兒，天大的好事兒說不定也有變成壞事兒的可能。

當時，這句話來得莫名其妙，師傅就追問了一句，為什麼有這種感慨？

那老頭兒就低聲嘀咕了一句，各種東西在這個年代都睜眼活過來了，一個兩個是好，多了，就讓人心驚膽顫。

這話說得莫名其妙……我和師傅都不解，而他也好像自覺說錯了話，趕緊轉移了一個話題，說了一句反正吧，他覺得現在發展發展世俗的勢力也不算是壞事兒，且走且看吧。

這樣說起這世間「有趣」的事兒還真多，各種東西都在這個年代睜眼活過來了……我怎麼能不想起之前看見窮奇殘魂，和強子身後的檮杌虛影。

雖然聽得有趣，但我直覺這些事情與我無關，和我命運一直相連的是昆侖，而這世間如果還有別的不一樣的事情在天道之下，那自然就有別的人去承擔該承擔的責任。

無人區是蒼茫的，可是行走在這裡卻是有一種莫名的自由感覺，沒有拘束和約束，但偶爾抬頭看看天空，也會有一種寂寞得讓人心發冷的感覺。

上一次來這裡是因為大市召開的原因，總是能偶爾看見來的修者，到後期甚至修者聚得太密集，讓這裡都不像無人區了。

而這一次來這裡，卻不是大市召開的年份，所以這種寂寞孤獨的無助感就體會更深了。車子穿行在無人區，開車的那個中年男人好像很清楚該去哪裡一般，一直都讓我覺得車開得很有目的性，在這種時候，那個老頭兒又和我師傅拉開了話匣子。

「就要到了，這一別，不知道在有生之年還能不能抽到你的旱菸葉子？」

「就要到了？這雪山一脈不是神祕得很，我以為是要花時間去找他們的接應點的啊……」師傅疑惑間又哈哈一笑，安慰了那個老頭兒一句，說是會把這個旱菸葉子哪裡買的，買什麼樣的貨色到時候告訴這個老頭兒。

那老頭兒聽了也開心，順口就對我師傅說了一句：「在現在這個修者圈子，那種勢力很大的完全隱世的存在是沒有。雪山一脈最是與世無爭，不過對一些修者圈子裡的大勢力多少還是要給幾分薄面的，就比如會給一個祕密的接引點，我們祖巫十八寨自然也是知道這樣的接引點在哪兒的。這次到了，我們也就走，你們就在那裡安心等待達戎吧。」

「原來是這樣啊。」師傅嘀咕了一句，然後就陷入了沉思。

其實，我相信此時師傅和我的心思是一樣的，那就是終於達到了目的地，開始擔心起師叔他們一行人……畢竟那才是我們真正的大部隊，他們是否也安全的到了這裡，中途有沒有出什麼岔子？我和師傅這段逃亡的歲月，可以說是完全和他們斷了聯繫。

而在這種沉默的沉思間，車子已經在一段綿延的雪山腳下停下來了，依舊是由那幾個苗人護著我們，然後開始下車行走，攀爬了一小段雪山，然後在一個山體夾縫的山腳下，我們就到了那個所謂接應點。

我是做夢也沒有想到，那個接應點就隱藏在這種地方，而且是一個雪山山腳下天然形成的山洞內。

我和師傅被帶著進入了山洞，在這裡的氣溫稍微讓人感覺舒服一點兒，整個山洞雖然佈置簡單，但基本的生活用品卻是有的，在角落裡還堆了一些吃的和清水……可能接引點也是一個暫時的落腳點吧。

在山洞裡有兩個人，穿著白色的厚厚麻衣，這是典型雪山一脈的打扮，在那幾個苗人證明了自己是來自祖巫十八寨的人，簡單交涉了幾句之後，就讓我和師傅留下了。

「你們每天可以在洞內自己解決吃喝，如果覺得悶了，也可以在這附近散步，但最好不要離開太遠。無人區處處都是危險，我們這裡只是負責接待，但是不提供保護的。」就如那個老頭兒所說，這些苗人在帶著我們來到了這裡以後，就很果斷的離開了。

剩下我和師傅，這兩個負責接待的人，其中一個就給我們招呼了這麼一句。

只負責接待，不提供保護？是了，這就是雪山一脈一直以來的態度……我也習慣這樣語氣了，其實按照他們的名聲，也沒有任何勢力想在他們的地盤惹事的，我和師傅到了這裡就算是安全了，至少我是這樣認為的。

所以，我們就安心的在這個接引點住了下來，那兩個人也不管我們，平日裡總是躲在這個山洞裡的另外兩間人工開鑿的石室內清修，一副我和師傅愛住多久住多久的架勢。

而且，他們還分外沉默寡言，我和師傅幾次想接個話茬，然後打聽一下我師叔他們是不是順利的到了雪山一脈，都沒有得逞。

因為，他們根本就不接話茬！

在這種莫名的相處狀態下，我和師傅就在這石洞，這個所謂的接引點，一住就是三天。

第九十章　並肩

第三天的正午，接引點又來了人，是幾個喇嘛，面相看起來比普通人凶狠一點兒，而一看見我和師傅，儘管極力掩飾但目光中那種複雜的情緒也時不時的會流露。

或許是察覺到了氣氛不對，接引點的其中一個雪山一脈的使者莫名的說了一句：「雪山一脈清淨地，包括每一個接引點，皆不沾恩怨。」然後就沉默的退走了。

不過，這一句輕描淡寫的話卻是有著極大的警告效果，那幾個喇嘛在聽了以後先是一愣，然後就走到石洞的另外一個角落，彼此用低低的藏語交談，做出了一副和我們井水不犯河水的樣子。

我對喇嘛是沒有什麼個人看法的，但是自從第一次進入藏區以後，我就隱約的覺得我和某一個神祕寺廟裡的喇嘛扯上了關係，而且好像是不怎麼好的關係，就比如追殺我們到邊境線的那個曼人巴，跟在吳天身邊的那個喇嘛，還有路山的一些恩怨……所以當這一群喇嘛一走進這個山洞，我就下意識的很警惕，特別是看見他們那怪異的目光之後，警惕直接就變成了防備。

但這裡到底是雪山一脈的地盤，我和師傅還是安全的，所以除了暗暗防備，我和師傅也沒有過多關注他們。

我們聽不懂藏語，自然也不知道這群喇嘛在說什麼。我敏感，自然能感覺到這些人在交談的時候，會時不時偷偷看我和我師傅兩眼，我裝作若無其事的在煮麵，然後低聲的對師傅說道：「來者不善啊。」

師傅喝了一口熱水，也低聲回答了我一句：「早就感覺出來了。」

在這樣互相防備中，我們兩方人也算是平安無事的度過了午飯時光，而在午飯以後，照例雪山一脈的使者會出來一個問我們什麼時候出發，他們好讓接引人來接我們。

我和師傅是要等著強子的，自然是不著急出發，但讓我們詫異的是，那幾個喇嘛也不走，其中一個喇嘛用漢語對那個使者說道：「我們也不著急，就跟他們一起走吧，還免了你們麻煩。」

雪山一脈的使者自然是不會管其中有什麼不對勁兒的，既然那些喇嘛那麼表態了，他也就淡淡的離開了，而我心裡卻「咯噔」了一下，為什麼要和我們一起出發，這些喇嘛該不會已經知道我們是誰了吧？

可是無論再怎麼猜測，我們之間也不可能有交談，我猜不出他們的目的和身份，也只能這樣貌似井水不犯河水的處著。

就這樣又過了兩天，這群喇嘛還真是鐵了心，我們不走他們就堅決不走，而看我和師傅的目光則是越來越怪異。

但是在兩天後的下午，我們也終於等到了我們要等的人——強子。

他是被幾個明顯一眼看來就是大巫的人護送而來的，一來就激動的擁抱了我，至於那幾個喇嘛強子直接就無視了。

「哥，我醒來就知道了所有的事，我……」強子無視了那幾個喇嘛，說話也特別沒有顧忌，而我知道其中有喇嘛會說漢語，自然也聽得懂漢語，連忙打了個哈哈，一把拉著強子，把他扯出了山洞之外。

強子有些莫名其妙，但在這時護送他來的幾個大巫就要離去了，又把他拉到了一邊叮囑著什麼，他和我的談話也就被打斷了。

好在這些大巫也不囉嗦，大概要交代的在路上就已經對強子交代了，所以只是短暫的告別了一下就離去了。

在他們走後，強子就像擺脫了什麼一樣非常開心，大大咧咧的朝著我走來，攬著我的肩膀就又繼續說道：「哥，你剛才扯我出來幹啥？我跟你說，這些年……」

我只能再一次打斷了強子，因為看見在不遠處的山洞中師傅對我使著眼色，大意是讓我和強子離得遠一些……我只能帶著強子再次走開。

「哥，這到底怎麼了，弄得神叨叨的？」三番兩次這樣，強子有些不滿了，咋咋忽忽的和我說道。

而我靜靜點上了一枝菸，從這一次的相聚中，我是真的體會到強子的性格大變了，他自然是不會衝我暴躁，但是那種言談間的目中無人還有衝動是可以體會出來的。

我隱約有些擔憂，只是但願強子能夠壓制得住那所謂的祖靈……不過這些話，我不能去和強子說，免得他胡思亂想，所以在吐出了一口香菸以後，我才攬著強子的肩膀，輕描淡寫地說道：「其實也沒什麼，就是山洞中有幾個喇嘛，來者不善的樣子，我和師傅得防備著點兒他們。有些話自然是不能讓他們聽去了。」

「哥，你是說真的？在這麼一個祕密接引點，都能遇見不懷好意的人？」強子的眉頭皺了起來。

我笑著說道：「自然是真的，你又不是不知道楊晟現在是如何的如日中天，我和師傅就像過街老鼠，遇見幾個對我們不懷好意的人，那是多正常的事情。」

「那你還那麼輕鬆……」強子抱怨了我一句，下一刻他轉身就朝著山洞走去，一邊走一邊就擼起了袖子，怒罵道：「既然不懷好意，那老子就揍得他們滿地找牙再說。」

我怎麼可能任由強子去這樣胡來，只能快跑了兩步，一把拉住了強子，然後說道：「都只是猜測，你這樣反倒是打草驚蛇了，再觀察一下情況再說吧。」

強子似乎又有些憤怒了，花了好一會兒時間才平靜了下來，有些悶悶的說了一句：「哥，我聽你的。」

怎麼會是這樣？我看了強子一眼，眼中有些憂慮，深深的吸了一口香菸，我暫時壓制住了自己想要去勸解強子兩句的衝動，而是轉了一個話題，半是開玩笑半是認真的對強子說道：「你現在可是祖巫十八寨的寶貝，怎麼這一次護送你來的大巫那麼乾脆的就走了？」

其實我是有點兒擔心強子，那麼衝動的性格，若在日後真的發生了什麼了不得的大戰，他要是出了什麼事怎麼辦？在我心裡強子有著那麼好的前途，是一定不能殞落的。

就算我自己死了，強子也得活著。所以，在他身邊有著幾個大巫保護著，是不是要穩妥得多呢？

「哦，那是卜登大巫對我說了，這一次的事情是我個人的行動，不代表祖巫十八寨的態度，所以這些大巫參與進來也不好。」強子對我倒是沒有什麼隱瞞，一五一十的就全說了。

我聽聞之後更是擔心了幾分，同時也更加疑惑師傅到底對卜登大巫說了什麼，讓他這次幾乎是徹底的「交出」強子來，連保護都給撤了……所以，在這些複雜的心思下，我也只能拍拍強子的肩膀，對強子說道：「那也沒關係，不管我們要去打什麼樣的架，我總是會護著你的。」

「哥，你還老是覺得你要護著我……現在，我很強，你信不信？」對於我的話，強子有些不滿了，拿開了我放在他肩膀上的手，反手攬住了我，語氣中有幾分驕傲的認真。

「我當然相信你很強，可是這不影響我護著你的。」我笑說了一句，但其中卻是認真的，我當然相信強子很強，就憑他身後那檮杌的虛影，就已經充滿了各種無限的潛力……但想想我們面對的敵人，我想我還是只能護著他一點。

「好吧，你是哥，你說什麼就是什麼。」強子似乎心情很好，這話已經是他第二次說起了，不容我接話，他就開始興奮地說道：「哥，我其實剛才就想和你說來著，當我醒來的時候，卜登大巫就把所有的事情告訴我了，他還沒說完，我就很堅定的告訴他了，不論生死，我要和你們一起戰鬥。」

「傻的。」我笑罵了一句，其實內心非常感動，這是一種感情的延續，從師傅和孫魁身上，延續到了我和強子身上，而且來得那麼堅定，生死與共的堅定，我除了感動，還應該感恩。

只是到了這個年紀，我已經表達不來了，一句傻的，就飽含了所有的情感。

「怎麼能是傻的？哥，其實我在昏迷的時候還是有意識的，我迷迷糊糊的能知道一點兒，你和姜爺要帶我走，讓我和你們一起戰鬥，我當時就想說，我要去的……可是，我動不了，也說不了話的……肯定讓你們被卜登那個老頭兒為難了不少。」強子認真地說道。

卜登那個老頭兒？估計雷山苗寨也只有強子敢那麼放肆的稱呼卜登大巫吧？

「沒有怎麼為難我們啊，只是強子，這一次的戰鬥生死難料，甚至我自己都不知道這戰鬥會何時來，怎麼來？牽扯進去多少勢力，我都沒有譜，所以……」我說得很認真。

可是這一次強子的手卻重重拍在我肩膀上，說道：「哥，你別說了，這一次下山之前，我又變強了一些，你相信我。另外，更不要和我說什麼感動的話，因為能和姜爺一起並肩是我爺爺的願望，而如今我很開心，我在這麼年輕的時候，就能與姜爺唯一的弟子並肩戰鬥了。」

第九十一章　到達

強子來了，我們自然就沒有在接引點待下去的必要了，不過按照規矩雪山一脈的使者只會在午飯後的時間要問一次是否離開，也就意味著我們必須要在接引點再待上一晚。

這一晚也勉強算是相安無事，之所以說勉強是因為強子三番二次的想去找那些喇嘛麻煩，被我費了很大的力氣才勸說住，而一整個晚上我幾乎都不怎麼敢閉上眼睛，就怕強子又衝動。

好在就算是勉強，這一夜也過去了。

因為通知了雪山一脈的使者就要離去，在下午接近傍晚的時候，接引的馬車就來了，因為加上喇嘛人比較多的原因，這樣的馬車來了兩輛。

曾經在大市的時候我就見過這樣的馬車，並沒有覺得有多驚奇，只是忍著困意和師傅還有強子朝著其中一輛馬車走去。

既然有兩輛馬車，我們兩夥人自然是分開坐的，我沒有想到的是，這幾天裡一直表現得很「克制」的那一行喇嘛，在我們上車之前忽然把我們攔住了。

強子的火又上來了，我拉著強子的手臂，幾乎是強硬的對強子說道：「聽我的。」

強子悻悻的站在了我的身後，看樣子頗不服氣，忍得很辛苦的樣子，而我望著那一行喇嘛笑了笑，說道：「各位，莫非幾日同宿之誼，讓你們捨不得，特別來和我們告別嗎？」

「姜立淳、陳承一，我們明人不說暗話，這雪山一脈到底最後會是什麼態度，咱們就走著瞧吧。人，要順應大勢，現在聖祖就是大勢，我們寺也定將跟隨聖祖崛起。我勸你們放棄這次雪山之行，趕緊找個生僻的地方躲起來，還可以保住一條小命。否則，等到大勢一定，沒有任何勢力再能保住你們。」那個喇嘛的漢語說得非常生澀又斷斷續續，比起湘西祖巫十八寨的苗人還要不如，我是費了好大的勁兒，才聽清楚他說什麼。

卻不想他在這個時候忽然停住，然後湊到我耳邊小聲說道：「到時候，祖巫十八寨也好，就連這雪山一脈又算什麼？」

我的臉上沒有什麼表情，看著他得意的嘴臉，反問了一句：「看起來楊晟是和你們那個什麼寺聯合起來了，對吧？看你的意思，楊晟也知道我來雪山一脈了？咋了，是怕了祖巫十八寨，不敢一路追殺了？」

其實這一路平安無事，是我心中最疑惑的地方，對於挑釁的話我有什麼好惱怒的？看這些喇嘛可能是在寺廟待久了，雖然凶狠卻沒什麼心計的樣子，套套話才是我的目的。

而至於是什麼寺廟，我沒有去猜測，我感覺應該是和路山有關聯那個寺廟，但是世事真的就如此巧合嗎？

「聖祖會怕祖巫十八寨？你別說笑話了……現在，聖祖已經是大勢所趨，顧不上追殺你們這些小蝦米了。我等出家人慈悲為懷，你若聽不進勸誡，那也就罷了。」那個喇嘛雖然說沒有完全上當，但多少也透露出了一些資訊，原來我們這一路平安無事，是因為楊晟的注意力已經不在我們身上。

我可以推測，楊晟一定在做一件關鍵的事情，這個事情已經關鍵得讓他顧不上我們了，而雪山一脈遇見這些喇嘛應該也不是巧合，可能楊晟也想拉攏雪山一脈。

想到這裡，我望著那個喇嘛離去的背影淡淡說了一句：「是因為你們也沒有把握說服雪山一脈，才想勸我們離開吧？什麼叫出家人慈悲為懷，看你們面相，和慈悲扯不上半點兒關係。」

我這一句話說得那幾個喇嘛同時停住了腳步，那個會說漢語的喇嘛忽然就轉頭說道：「陳承一，你倒是伶牙俐齒。就算雪山一脈還想明哲保身也是無所謂，聖祖已經是大勢所趨，咱們就走著瞧。」

我沒有與他廢話了，而是眉頭微皺的拉開了車門，上了那一輛馬車。

我自然不會全部相信那個喇嘛的話，如果是真的不在意雪山一脈，他們完全沒必要在我們上馬車之前，還試探著想瓦解我和師傅想去雪山一脈的想法……這說明他們不僅在意，而且他們也沒信心。

這對於我和師傅來說，算不算一個好消息？而不利的消息在於，從字裡行間裡推斷，楊晟可能走出了「了不起」的一步，才會讓他們口口聲聲說著大勢所趨。而這「了不起」的一步，到底多了不起呢？我不知道，只是有些苦澀的想著，至少了不起到讓他連我和師傅這麼大兩塊絆腳石都顧不上了。

「哥，那個喇嘛你與他廢話什麼，打一頓不就得了？對於敵人，殺一個是一個，打一個也能壓下一點兒他們囂張的氣焰。」我在思考的時候，強子氣呼呼的開口了。

這個時候，馬車已經飛快平穩的前行，我的思路也被打斷了。

師傅手裡拿著一個蘋果咬得咔嚓咔嚓，聽聞強子說的話，斜了一眼強子，笑罵了一句：「你吃了火藥？」

強子不敢和我師傅頂嘴，又一副忍得很辛苦的樣子，我看得心中一動，忍不住坐直了身體，看著強子鄭重其事地說道：「強子，哥很認真的要求你一件事情，你能不能答應？」

「哥，我答應。」強子看我認真的表情，先是愣了一下，然後也跟著變得鄭重其事起來。

「以後，你每次想打架的時候，能不能在心裡把這個口訣默念一遍之後，再做決定？」說話間我看了一眼師傅，師傅這個時候已經啃完了一個蘋果，又從車子上的小几上拿了一個橘子開始剝皮兒了，根本就不在意我的樣子。

我明白師傅默認的意思了，畢竟就算只是小小的靜心口訣，也關係到老李一脈傳承的問題，是不可能輕易傳給別人的……而師傅這態度也就當是不知道，默認我傳給強子了。

所以我幾乎不再猶豫，開始傳授強子靜心口訣，因為一些發音斷字的問題，這靜心口訣其實也不是就像背書那麼簡單，反正這一路上也無事可做，我就乾脆專心的教導起強子靜心口訣來。

強子肯定不是笨的，但是學習起這靜心口訣也頗為費力，我這個時候才忍不住驕傲的想了一下，小時候我初學的時候也不見有那麼困難啊，看來我果然是天才的。

但這個想法我不敢流露絲毫，我想對面坐著那個已經吃到第四個水果的老頭兒會抽我的。

而面對我強子也不敢有絲毫不耐煩，我看出他是一開始在忍著焦躁和我學習靜心口訣，慢慢隨著靜心口訣的念誦，心思才漸漸靜下來。

也不知道過了多久的時間，強子總算完全學會了這靜心口訣，我覺得口乾舌燥，想拿一個水果吃，卻發現車上那麼大一盤水果竟然被師傅給吃完了，此時這個老頭兒雙手抱胸，腳搭在凳子上，睡得呼嚕震天。我一時間無奈了，心裡又冒出來一個念頭，這老頭兒可靠？

好在車上也備著清水之類的，我正喝著，就聽見強子對我說道：「哥，這個口訣真的有用，念幾次我就覺得內心要平靜許多。你不知道很長的日子了，我的內心就像憋著一把火，看什麼都不順眼……念著這個口訣，倒是沒有想那麼多了。」

「是嗎？那就好，這個口訣你不一定要念誦出來，你也可以在心中默念。答應哥，以後想要衝動的任何時候，都在心中默念一次這個口訣。」我不嫌囉嗦的對強子再次強調了一次，而強子重重點頭。

在接下來的時間無事可做，而馬車又一路行駛得太過平穩，我終於忍不住困意，在車內睡著了……當馬車完全停下來的時候，正是天濛濛亮的時間，我們終於被帶到了雪山一脈的入口。

和上一次一樣，這個入口自然有接引人在等著我們……但我並沒有看見喇嘛那一行人，我並不奇怪，因為這一次這個入口，也和上一次我們一群人進入的入口不同，一眼看去完全就是兩個地方。

所以，我認為喇嘛一行人多半被帶到了雪山一脈另外一個入口去了。

我們從馬車下來以後，馬車就調頭走開了……而這個最後一路的接引人也是沉默著二話不說，轉身就帶著我們朝著一條看似雜亂的石頭路走去。

子。

我們連忙跟上，到了現在我也早就習慣了雪山一脈的人這一種做派，沉默寡言話很少的樣

就這樣沉默的前行了半個小時……我終於看見了熟悉的一個路口，那是一條開在斷崖上的路，從這裡下去就是雪山一脈的真正所在了。

我的心中免不了有些激動，到了這裡是不是終於可以和失散已久的大家見面了，他們應該是在這裡的吧？

而走在我前面的那個使者，忽然也在這個時候轉過身來，莫名的望我笑了一下，說道：

「陳承一，我還記得你。」

什麼意思？我微微揚起了眉頭。

第九十二章　荒謬

我現在其實已經有點兒草木皆兵的意思了，畢竟雪山一脈的人長年都是中立的態度，既不正，也不邪，更不參與是非恩怨，這麼一句話哪裡又有別的意思，我卻下意識的防備了之後，才想起幾年前我不是在雪山一脈大打擂臺嗎？

所以，雪山一脈有人記得我也非常正常。

見我沒有回答而是揚眉，那個人也不在意，轉而望向我師傅說道：「姜立淳，我也記得你，當年和你那李姓師哥在我雪山一脈大鬧，沒想到你還有膽再來？」

「是師弟。」師傅表情嚴肅的糾正，但神情間卻有一絲我才能懂的哀傷。

李師叔，師傅一定是想起了他，也想起了當年他們尚且年輕時的往事吧？我們老李一脈的人在感情上都不瀟灑，這樣說起來李師叔卻是最瀟灑的一個，因為他還捨得這樣灑脫的「走」，卻也是讓人羨慕的一件事情。

試問除了他，我們老李一脈還有誰面對生死不會是滿腔遺憾？不是怕，只是滿腔的——遺憾罷了。

面對師傅嚴肅的糾正，那個使者並不在意，是啊，我們老李一脈的師哥師弟關他何事？他轉過身去，只是說道：「重點是，你還有膽再來啊……你們師兄弟當年可是氣炸了我們雪山一脈的好幾個長老。」

說著說著，那個雪山一脈的使者忍不住呵呵笑了兩聲，我和師傅莫名其妙的面面相覷，他笑什麼啊？

可是這使者又往前走去，自己碎碎念了一句：「師傅有意思，弟子也不差。我雪山一脈寧靜的日子也到頭了。」

什麼寧靜的日子到頭了？我總覺得這個使者可和那些木頭人一般的使者感覺不同，總是覺得他地位要高些？可是，除非是他自己願意說，我們問是問不出個所以然的，而短短幾分鐘之間，我們已經走到了這個斷崖的盡頭，站在這裡，我再一次看見了雪山一脈震撼的景色。

那包在群山之間的一片翠綠草原，湛藍湖水，風吹……群馬……幾乎是掏空整個山體的山門所在……充滿了一種莫名的大氣磅礴，也充滿了一種莫名的神祕感。

不過，我在幻覺中曾經見過道童子所在的世界，那才是一個真正山靈水秀，充滿了一種叫仙韻氣場的地方，所以這一次見到我依舊覺得心中觸動，還遠遠沒有第一次震撼了。

倒是師傅，默默盯著眼前的這一片景色看了好久，也不知道在想些什麼，難道是被震撼到了？

至於強子，他好像對這個景色根本就不感興趣，他的眼中還有一絲叫做迷茫的不屑那種複雜的神色，誰也說不清楚。

我和師傅站在這裡發呆，但是那個使者卻是一馬當先的抓著懸崖邊的繩梯朝著下方爬去了，催促了說了一聲：「來人才架這繩梯，待會兒被收起來，你們就跳崖吧。」

我們三個一聽，哪裡還敢再在這裡耽誤，趕緊也順著繩梯朝下方爬去。

到了下方，依舊是和上一次那樣等待著，過了一會兒，就來了一個敞篷的馬車接我們，上一次我僥倖得到了這種「貴賓」待遇，而這一次也是一樣，我想這畢竟是雪山一脈留給大勢力的後門，享受一下貴賓待遇也是正常的。

馬車拉著我們朝著山中那個巨大的洞穴，也就是雪山一脈的山門飛馳而去，而我還記得上一次的一些瑣事，以貴賓的身份住進山門，還有山門之外的帳篷區，那個老奸巨猾笑咪咪的白老兒，獐頭鼠目但頗有些義氣的韋羽，還有和雪山一脈好像有些說不清楚關係的珍妮大姐頭……最後，那一場轟轟烈烈的擂臺賽、年輕一輩第一人的榮光、被壓迫得憋屈，和被一群人走出去支持的感動。

這樣想起來，我在這裡好像真的發生了不少往事，而那些往事中酸甜苦辣，跌宕起伏的滋味，在如今回憶起來竟然都成了故事一般的感覺。

那既然是如此，人生又有什麼是過不去的呢？想到這裡，我的嘴角竟然勾起了一絲笑意，發現回憶充實也是一種幸福。

突然的表情變化讓坐在我對面的孫強莫名其妙，忍不住問了我一句：「哥，你笑什麼？」我還沒來得及回答，孫強又驚呼了一句：「姜爺，你又哭又笑做什麼？」

師傅又哭又笑？我忍不住轉頭，這種相對而坐的馬車，師傅坐在我旁邊，我自然不像強子第一時間就能看見師傅的表情。

「我沒有哭，這裡風大，迷了眼睛。」師傅快速的在臉上擦了一把，然後神色就恢復了平靜。

而我大概知道師傅一定也和我一樣是回憶起了什麼，所以也沒有追問，只是對望著我們師徒倆莫名其妙的強子說了一句：「這裡生機勃勃，珍藥奇草異獸遍地，你覺得不該笑嗎？」

「這有什麼？和曾經有過的時代差遠了。」強子說這句話的時候忽然神情就變了，變得驕傲不屑，高高在上而且有一種說不出來的冷漠和危險。

「強子？」這一次是換我莫名其妙的叫了強子一聲，那一刻感覺坐在我面前的根本不是強子。

而有一種危險的強大是，一開始它來臨的時候你根本不會有感覺，直到事後想起或者是要等待一會兒才會下意識的全身都起雞皮疙瘩。

就在我叫了強子一聲以後，我就一下子坐直了身體，全身就是我剛才形容的那種感覺，密密麻麻的雞皮疙瘩瞬間就冒了起來，感覺頭髮都像微微過電了一般。

可是這個並不是我一個人的錯覺，在我有了這樣的反應以後，連我身旁的師傅也跟著一下子坐直了身體，這是一種防備的姿態。

接著，馬車都停頓了一下，前面拉車的兩匹馬兒都跟著嘶叫了一聲，好像受驚了一般，前面那個拉扯的使者費了好大的勁才穩住了馬車，接著他也警惕的忽然回頭，沉聲問了一句我們：「你們在做什麼？」

但在這個時候，始作俑者強子卻迷迷糊糊的張了一下眼睛，眼神就像是醉酒後那種拎不清的眼神，有些沒反應過來一般的朝著我和師傅問道：「姜爺、哥，這是到了嗎？馬車怎麼停了？」

停了，還不是因為你？我苦笑了一聲，顯然在剛才的變故中我是最敏感的一個，首先就感覺到了強子的不對勁兒，接下來才是師傅和別的……我幾乎敢肯定，那一刻和我說這話的根本不是強子本人的意志，那就只能是……檮杌！

想起這個可能我都覺得荒謬，我就坐在馬車上，和上古時期神話傳說中的檮杌對話了一句？我輕輕撫過手背，上面還沒有消去的雞皮疙瘩告訴我，這一切就是真的……

「沒有，我弟弟有一個靈，非常強大，一時間我弟弟還控制不好，但在雪山一脈這裡還好，見諒了。」但這些都不是問題的關鍵，我們師徒老是給雪山一脈「惹事兒」，這一次不要一來，又給別人一種事兒精來了的感覺吧？我趕緊解釋了一句，也是暗示雪山一脈強大，不用怕我弟弟這個小小的靈吧？

當然，這種靈的範圍也廣了，飼養鬼頭也叫靈，我的傻虎也叫靈，一般的供奉的童魂也叫靈，真正的小鬼還叫靈……

但那個雪山一脈的拉車人也沒有和我計較，只是有些不耐煩的說了一句：「這裡是清淨地，什麼事情稍微控制一點兒。」然後，又繼續趕著馬車朝著那個山門所在飛馳而去。

我長吁了一口氣，其實在心裡，總是覺得雪山一脈對我和師傅沒有惡意和討厭的意思，儘管在下山之前，那個使者笑說了一句師傅怎麼還敢來，但事實上真的體會不到那種惡意。

這是為什麼呢，是因為珍妮大姐頭有可能是雪山一脈的長老嗎？

第九十三章　求願鼓

總之，很多事情纏繞到了要爆發那一天，也就像黎明前的黑暗一般，愈發的什麼都看不清楚。

我不讓自己去猜想什麼了，這段日子的起起伏伏，跌跌落落，到最後亡命天涯，我只是感覺生命中有些人消失了，就比如一直支持我們的那些長輩，以葛全為代表，還有就是神祕的珍妮大姐頭，就算是江一也好久不曾聯繫。

我覺得這和我與師傅一直在逃亡是不是有關係呢？我們的一路逃亡，幾乎是與世隔絕啊！希望這一次在雪山一脈能真的和大家順利的會合，也知道一些這些消失了的人的消息吧。

我的思緒凌亂，而馬車很快就飛馳過了那奇異的草原，停在了雪山一脈的山門之外。

依舊是那個燈火通明的巨大洞穴，曾經我用「第八奇蹟」來形容它，如今站在這個巨大的洞穴之外看著它，我依舊是想這麼形容。

這一次，就連站在我身邊的強子也說了一句：「不錯！」

不過，他說這句話的時候，我又感覺到了一絲毛骨悚然般的壓力，只不過很快就消散了，我微微皺眉，強子的情況怕不是這麼簡單，必須找個時間好好和強子談一談，我總覺得有些不安。

「喲，這一次一見見倆，我這苦命的人哦。」就在我沉思的當口，一個溫和的聲音在我的耳邊響起，雖然說話的內容是抱怨，實際上那語氣卻讓人覺得親切無比，所謂的抱怨也不過是拉近距離的插科打諢。

我幾乎和師傅同時轉頭，然後就看見一個熟悉的人站在那裡，穿著簡單的白色麻衣，雙手攏在袖子裡，帶著比春風還柔和的笑意，此刻正笑咪咪的看著我和師傅。

白長老！我怎麼可能不記得這個人？

我剛想說點兒什麼，倒是師傅先開口了，他拿著旱菸杆子，雙手背在身後，看著白長老說道：「喲，白長老，這一見見倆，該是怎麼一個說法呢？弄得您很不高興的樣子！我也感慨啊，幾十年前，我來這雪山一脈，就是您負責接待。這多少年以後，我來這雪山一脈，還是您啊？這麼多年月過去了，你也不過從一個青年人變成了一個中年人，這叫一個駐顏有術啊？」

「是啊，一見見倆，這事兒可嚴重，都能扯到苦命了，白長老，您可得小心。」師傅和白長老扯了幾句，我看著他笑得那個「老奸巨猾」的樣子，嘴上也忍不住，和白長老扯了兩句。然後轉頭對師傅說道：「師傅，你說白長老駐顏有術，那可就錯了。你是看著白長老從青年變成了中年，可我卻是看著白長老他是越活越年輕啊，他……」

「行了，行了，打住吧。」依舊是笑著，白長老的神情越發溫和了，他伸出攏在袖子裡的人，先是指著我師傅說道：「幾十年前，你和你師兄……」

「是師弟！」師傅不滿的說了一句。

「好吧，那就是師弟，死乞白賴的要我們雪山一脈拿出沒有的東西，還不惜敲響求願鼓！最後大鬧了一場，從我雪山一脈強行的帶走了幾件好東西，氣炸了幾個長老……」白長老說得很溫和，笑得更加燦爛，我聽聞師傅的事兒卻莫名打了個冷顫。

敢在雪山一脈這樣鬧，師傅可真夠囂張的。

但接著白長老又把手指向了我，說道：「幾十年後，你老了，你徒弟長大了……被人追殺著，化了個妝到咱們雪山一脈來了。那你來了，低調點兒不行？卻硬是要參加魚躍龍門大會，還出盡風頭，這下更不得了，我們雪山一脈多清淨的地兒啊，從不參與是非恩怨，但看他可憐吧，出手保了一下，立刻就得罪了四大勢力。」

說話間，那白老頭兒歎息了一聲，終於收起了他的笑容，然後用快哭出來的樣子看了一眼師傅，看了一眼我，說道：「這下，你們說一見見倆，是不是一件苦命的事兒？」

……

我不得不承認，這白長老太能說了，就這麼站在門口的一席話，竟然讓我和師傅都覺得不好意思，互相愧疚的看了一眼，接著就啞口無言了。

但強子在旁邊就忍不住了，竟然充滿同情的說了一句：「是苦命啊。」

我和師傅同時瞪向他，異口同聲的吼道：「閉嘴。」弄得強子非常無辜，看了一眼我們三個人，有些無措地說道：「我說錯什麼了嗎？」

我和師傅無語了，但那白長老卻是得了便宜便不再賣乖，呵呵一笑，就領著我們朝著山門走去。

曾經，我記得我進入這裡，到了第一個巨大的平臺就停下了……我印象最深刻的是，在那個平臺有著兩道一僧的三個巨大雕像，而如今隨著樓梯的攀爬，我又再次看見了這三個雕像。

接著，我們就慢慢走上了那個平臺，和大市時熱鬧非凡的景象比起來，如今這平臺可就安靜多了，走到這裡的時候，除了穿著白色麻衣的雪山一脈弟子偶爾走動外，安靜得出奇。

雕像依舊矗立在中心，而當日的繁華卻已經是真的不見。

走到了這裡，白長老和上次一樣停下了腳步，轉過身來笑咪咪的看著我和師傅，說道：「既然是藉著祖巫十八寨的名頭來的，那就在這裡住下吧，自然會有弟子安排你們的吃穿用行，除了禁地不要亂走，免得磕著碰著，其餘的地方隨便看。咱們雪山一脈算不上家大業大，可也是風景優美，空氣新鮮的好地方，多住幾天，休養休養，那可是沒關係的。」

這番話說得那就一個滴水不漏啊，可我和師傅又不是傻子，還能聽不出來這話裡那推脫的意思那麼明顯？可我和師傅還沒來得及說話，強子已經站了出來，非常直接地說道：「我們來這裡是辦事的，不是來耍著玩的。你這人不想辦事兒，總得和我們講一個能辦事兒的方法吧？」

「辦事兒？」那白長老也不惱，笑咪咪的看著強子說道：「雪山一脈留給各大勢力一個聯絡的路子，自然是存了友好的心。但咱們雪山一脈吧，不辦事兒，只和人商量事兒，而且這種商量吧，還得一個勢力或者門派的主事人來才行啊。這個小哥，我看你面生，請問你是祖巫十八寨十八位祖巫中的哪一位啊？如果不是，是個大巫勉強也行吧。不然，白老兒不好交代啊。」

強子站在一邊沉默了，我看他的臉微微有些抽搐，好像在壓抑著什麼。我有些擔心，上前一步，想把強子拉回我的身側，卻不想在這個時候，一股強大的氣場從強子身上爆發開來，弄得我瞬間都恍惚了一下。

接下來，我聽見強子的聲音也沒有怒火，只是很冰冷的看著白老兒說了一句：「你消遣我？」

「強子。」我忍不住叫了一句，如果把這個笑得和春風一樣無害的中年人真當做他表面那麼好說話，就絕對錯了，會被他吃得連骨頭都不剩下的！即便，我對白長老的印象絕對不壞，但是……

可是強子根本不理會我，在我喊了他一聲的情況下，只是轉頭看了我一眼，那一眼的目光讓我瞬間就想起了這無人區雪山萬年不化的冰川，一絲感情都不摻雜在其中不說，還有一種說不出的陌生。

我感覺只要下一刻我說出什麼讓他不滿的話，他就會立刻動手。

「呵呵，有意思……」卻不想，之前一直在扯淡的白老兒忽然換了一個語氣說話，變得嚴肅認真了起來，強子的注意力被他吸引了過去，剛想說點兒什麼，那白長老卻是率先出手，一個巴掌就摁在強子的肩膀上，然後說道：「這祖巫十八寨也有意思，這麼一個連基本控制都難做到的小傢伙，還敢讓它這樣融合，這樣放他出來行走，有意思……這祖巫十八寨也瘋了嗎？」

我和師傅不能評價，因為強子的事情我們也不瞭解……而在這時，一直沉默著的師傅開口了。

「白長老，是不是老規矩?要辦事兒就敲那求願鼓。」

求願鼓？一直笑著的白長老此刻放開了摁在強子肩膀上的手，強子退了一步，二話沒說就仰頭朝著我倒來，我扶住強子，有些不滿的看著白長老。

而他卻只是拍拍雙手，又恢復了笑容的說道：「嗯，求願鼓，也不是不行的。」

第九十四章 拐點

求願鼓，是什麼東西？不過好在這名字夠直白，一聽也就是可以祈求願望的一個鼓，至於具體要怎麼做我卻是不知道。上次來雪山一脈匆匆忙忙，關於雪山一脈這個神祕的地方，可以說我只是驚鴻一瞥。

白長老說到這裡，兩隻手又老神在在的攏進了袖子裡，還是那樣人畜無害的笑容，笑咪咪的看著師傅。

而師傅看了白長老好一會兒，才說道：「那就這樣定了，明日我就會去敲響那求願鼓。」

「嗯，你是知道規矩的。求願鼓，分三段……當日你和你師兄，哦不……師弟，敲三聲，過兩段，這結果可是不同的。」說話間，白長老好像已經不想再囉嗦，轉身笑咪咪的走就準備要走。

只是還是有一句話飄到了我和師傅的耳中：「這世道不太平，出來一個瘋子大王妄想顛覆，可是實力還強大。雪山一脈從來都只想明哲保身，哪能輕易捲進去，這祈願鼓不好敲咯。」

師傅的臉色一下子變得很難看，我扶著強子，因為不懂，一時間也不知道該說些什麼。

眼看著白長老就要走，師傅忽然大聲的叫了一句：「白長老，怕是有一事，你還沒有交代於我。」

我以為按照雪山一脈這些人的古怪性格，這白長老應該不會理會師傅這句話的，卻不想那白長老還真的賣了師傅一個面子，停下了腳步，嘴角依舊是勾著微笑，看著師傅。

他沒說話，眼神是恰到好處的詢問，這番做法讓我感慨那個時候老回教給我的演技簡直是太稚嫩了。因為我已經猜測出來師傅是要詢問什麼了。

可是，我心中也忐忑，萬一不是演技，他是真的不知道呢？那麼……我的臉色變了一下，我不敢想像那後果，那一群人我一個也不能失去。

「白長老，我想問他們在哪裡？」師傅恐怕是和我同樣的擔心，沉默了很久，深呼吸了幾次，咽了一口唾沫，才說出了這樣一句話。

白老兒耐心似乎很好，一直等著師傅，而師傅問出來以後，他就非常直接的說了一句：「人，自然是在的。明天敲響祈願鼓以前，你是可以見的。」

他的這句話讓我和師傅都愣住了。

第一，在我心裡，這個「老奸巨猾」的白老兒，不要說不知道，就算知道，按照他的性子也不可能說得那麼直接，總是喜歡委婉暗示的，這一次這樣扔出一句話是何意？給人感覺好像就等著師傅這樣問。

第二，他話裡的意思，我們相見還不自由，必須等到明天敲祈願鼓以前。難道雪山一脈軟禁我的長輩夥伴們？這個打死我也不相信，可是他的話怎麼會那麼奇怪？

我一肚子的疑問，扶著強子抬頭看著白老兒，可是他第一次收斂了笑容，臉色似乎很嚴肅，在等待我師傅的答覆。

出乎意料的，我師傅竟然沒有多問，而是看著白長老說了一句：「我只想知道為什麼不是現在能夠相見？一路奔波，我很想他們。」

「兩個原因：第一，該說我的話我已經說了，今天晚上你最好好想想是不是要敲響那祈願鼓。第二，有個人，明天才會到，明天也比較合適。」說完這話，白長老又恢復了笑容，看著師傅，似乎是在等師傅的決定。

「好，那就明天。」師傅沒有多問，直接就給了白長老一個回答。

而這一次白長老似乎滿意，也沒有多說什麼，直接轉身就走了，我忽然想到了強子，想開口叫住白長老，卻不想師傅拉了我一下，說道：「強子沒事兒，說不定白老兒這一出手，壓制了一下他鬆動的封印，對他還有好處。」

什麼鬆動的封印？我也沒有明白……但在這時，一個穿著白色麻布短袍的雪山一脈弟子走到了我和師傅的跟前，已經恭敬的在等候著我們了。

我背著強子，和師傅一起被帶到了一個小院落一樣的房子，在雪山一脈所有的建築都充滿了唐宋年代的風格，連屋子裡的擺設也是，我已經不算陌生了，把強子放到了床上以後，我和師傅長吁了一口氣，連日的奔波逃命到了這裡，算不算就是一個結束了？

看強子的神情並不痛苦，反而像是安睡得很舒服一般，我想起師傅對我說的話，拉上被子為他蓋好了，心說也讓他好好休息一下吧。

接著，我和師傅就在這房間裡，各自泡了一個澡，換上了雪山一脈為我們準備的衣服，在這裡千篇一律的都是那種白色的麻布長袍，不過穿上也算非常舒服。

讓我覺得詫異的是，雪山一脈為我們準備的泡澡水，我竟然隱約聞出了是其中一種香湯的味道，雖然不濃厚，也算不上真正的純正，這手筆也真夠奢侈，真夠大的。

享受了這樣一個泡澡，我的精神狀態好了很多，而雪山一脈的人又恰到好處的送來了吃的，我和師傅也不客氣坐上了桌子。

這裡的東西味道很清淡，不過不忌肉食，勝在材料也非常新鮮，我和師傅還是吃得很高興。

在我心裡，這個時候有一種強烈想和師傅談一下的願望，就是說，我已經壓抑不住想問一下師傅這些年的經歷了，可是師傅卻不知道為什麼表現得很困的樣子，在飯後隨便和我扯了兩句，說了一聲讓我照看一點兒強子，就回了自己的房間。

而強子在師傅回房間以後，就已經醒了，咋咋忽忽的喊著餓，也沒有看出任何的不對勁。在雪山一脈，任何的照顧或者說服務是周全的，看強子沒有事情，就吩咐了一個雪山弟子照顧著他，我也回了自己的房間。

我發現到了這個時候，莫名的滿腹心事卻不得傾訴，一直以來覺得前路茫茫，到了這個時候，卻莫名有了一種就要走到了終點的感覺。

從行李裡拿出一包菸點上了，心中所有的疑惑，都只化為了一句話，既然是要到終點了，為何還是滿途的迷霧，讓我分辨不清整個事情到底是怎麼樣？

到底是奔波過來的一個多月生活，儘管是滿腹心事，但還是很早就困意上湧，沉沉的睡去了。

第二天一早，我還在睡覺，師傅就已經來到了我房間，叫醒了我。

他的神情和往日總有些吊兒郎當的樣子不同，而是有一種說不出來的正經嚴肅感，看我醒來，他也只是沉聲對我說道：「承一，快點洗漱。如果說真的有命運的拐點，今天敲響祈願鼓就是。」

來到雪山一脈敲祈願鼓竟然是一件嚴肅到這個地步的事情，師傅竟然說是命運的拐點？而我沒有記錯的話，在敲響祈願鼓以前，白長老說會讓我們和其餘人會合，師傅竟然沒有提到半句，可見這個祈願鼓的事情在師傅心中佔據了多大的分量。

感覺到了師傅的嚴肅，我也不敢再耽誤，趕緊從床上起來，洗漱完畢之後，強子也起來了。

可能也是受到師傅這份嚴肅鄭重的帶動，強子也不敢耽誤半點，我們很快處理完了所有的雜事，吃過早飯，剛想叫專門為我們服務的弟子帶我們去找白長老，卻不想在這個時候，白長老卻親自登門了。

「嘖嘖，兩個麻煩，外加一個衝動的傢伙，你們起得還真早啊？」白長老說話還是那個風格，親切的嘲諷，不過，我和師傅卻懶得為這個計較了，師傅沒好氣的回了一句：「你不也很早？」

「我可是想睡懶覺的，無奈有壓力，這不被逼著來找你們了吧？」白長老擺出了一副苦哈哈的表情，可是我們一個也不相信他是真的很苦，只當沒聽見。

我倒是好奇白長老的壓力來自哪兒，但在這時師傅已經站了起來，說道：「那就走吧。」

第九十五章 暗鬥

白長老罕有的沒有廢話，帶著我們三人出了屋子，朝外走去。

而我來到雪山一脈後，第一次踏上了再次朝上的階梯，而上方和下方不同，越是朝上，階梯越窄，那種華麗的唐宋風格的建築物也越來越少，越來越多的反而是分佈在階梯兩邊的洞穴。

那些洞穴的入口是用青磚仔細鋪設過的，但是入口處黑沉沉的，也看不出來裡面有些什麼？

我明顯感覺越是朝上，呼吸的空氣就越是不同……有一種讓人清醒清晰的分明感，這種感覺我曾經在環境中體會過，但不同的是環境中隨處都是這種空氣，而且比這個洞穴中的感覺還要濃郁許多，我知道這是靈氣。

師傅曾經說過，現在的修者一生修行艱苦，就是這世間的靈氣越來越難尋。畢竟修分三境，下等才食五穀雜糧，肉食蔬菜；中等食各種天地靈藥；上等食氣，這氣就是指天地那一絲乾淨的靈氣，僅次於胎兒在腹中的那口元氣。

靈氣難尋，何談修到上等？就算是才入修者界，一心辟穀滌蕩自身雜物，若能找個靈氣充沛之地，怕也是事半功倍……

我忽然明白，為什麼這麼多人擠破腦袋也想到雪山一脈來，畢竟術法再厲害，也不如自己修行有望，得個長生來得舒坦，就算不能長生，活個幾百年，哪個又不嚮往？

雪山一脈，一到這裡就能感覺到靈氣充足，而沒想到這山門之內，越是往上，靈氣越加充足，充足到連一呼一吸都能感覺到了，這確實已經是世間難尋的寶地了。

比起這個，天材地寶算個什麼？這個山門洞穴就是無價之寶。

而一直沉默走在前方的白長老好像察覺到了我的心思，忽然就望著我笑了，依舊是堪比承心哥春風般的笑容，卻看得我「毛骨悚然」，他這是要做什麼？

「承一，你號稱年輕一輩第一人，可不會沒感覺咱這山門的不同吧？」說話間，白長老的眼睛笑得瞇起來，好像很是驕傲的樣子。

原來他是要說這個？我鬆了一口氣，點頭應道：「感覺到了，這個山門才是真正的無價之寶。」

「嗯，我也覺得啊，走在這上面，覺得全身的毛孔都張開了，腦子無比清醒舒服啊。」不但是我，就連強子也忍不住感慨了一聲走在這個山門中被靈氣滋養的滋味兒。

「對啊，感覺到了雪山一脈的好嗎？如果是在這裡修習……憑你們的天分，也可以談一下追尋形而上了，不是嗎？所以，修者就應該靜心修行，這世界的紛紛擾擾與修者有什麼關係，修者勾心鬥角有什麼意思？安心修行，才是正途啊。」說到這裡，白長老好像很有感慨一般。

還不等我們說話，他就轉頭看著我和師傅：「你們兩個鬼見愁，何不留在我雪山一脈，好好修行，追尋一個正道坦途呢？至於這位小哥兒，應該是祖巫十八寨著緊的人物，我也就不留你啦。」

呵，這還取上外號了，鬼見愁？可這白長老是什麼意思？不得不說，他給出的這條路對於我的誘惑還真的很大，本來我一生的願望不過也就是如此，雪山一脈這個地方完全可以滿足我的所有想法。

卻不想師傅在這個時候卻乾笑了兩聲，然後說道：「白長老好厲害的兩張嘴皮子，若不是你也邀請了我一同留在這裡，我還以為你要搶我的徒弟呢。」

「哪裡會？老李一脈名聲不小，就算人丁稀薄，也沒有人敢看低啊。」白老兒低聲的笑，一席奉承話說得自然之極，也讓人內心舒服。

「是啊，老李一脈名聲不小，但也是勞碌命，從我師傅收徒以來，就沒有教過我們找個地兒去清修，兩耳不聞窗外事，而是要行走世間，命運和緣分讓我們撞上了什麼觸碰內心底線的事兒，就要管什麼。師傅說，心靈上的突破是更高級別的突破，比起光修肉身，求形而上，是更順應天道的方式，身上也少些因果糾纏什麼的。而且，白長老，你也不能揣著明白裝糊塗，雪山一脈能夠不參與這圈子裡的恩怨是非，也是因為拳頭大啊。這年月修行的資源更少，哪個人不是紅了眼想為自己爭取。修者也是人，有人的地方就有的爭啊……」師傅三言兩語就反駁了白長老的話。

當然，我必須承認師傅說得有道理，但不明白白長老也是一番好意，師傅為何非得這樣反駁回去不可？

「那也是……但只看結果的話，雪山一脈就是有了清靜日子，又何樂而不為呢？修心當然是好，可是和清修也不矛盾，清修膩了，就出去走走，碰上個什麼，也一樣錘煉自己心境啊？說到底，不管是不是咱們雪山一脈拳頭大，你要看重的是現在，過幾年清閒日子不行？」白長老也不惱，笑著對我師傅一字一句地說道。

而師傅卻不接他的話了，反倒是望著我，忽然說了一句：「承一，無論如何，你走到哪裡，是什麼地位，你必須先認可的就是咱們老李一脈弟子的身份，這個永生都不能忘！否則，就是背叛師門。」

這話說得可重，我趕緊正色地說道：「師傅，承一不敢忘。」

「那就好，這個身份不是一句話，在這背後有這個身份應當承擔的責任，你可記得？」師傅的聲音又嚴肅了幾分。

「弟子謹記。」我很少用弟子來稱呼自己，但師傅這樣說，我不敢再隨意，立刻停下了腳步，手持禮節，幾乎是一字一句的應承道。

「那就好。」師傅的臉色重新變得平靜了起來。

而白長老走在前面，嘀嘀咕咕地說道：「這可頭疼，大鬼見愁比小的難對付，我雪山一脈還想過清靜日子不是？」

這話又是什麼意思？這下我忽然發現，這白老兒用靈氣來當話題，和我說起清修……怕不是那麼簡單的意思，而在對話間恍然未覺我們走了很多的階梯，已經能遙遙的看著這個山門的最頂端了。

本來雪山一脈就藏於其中一座高高雪山的山腹之內，雖然不至於掏空整個山腹，但也佔據了大半，若不是這內部修有階梯，讓我們在外面攀登雪山走上那麼高的距離，怕是沒有大半日的時間根本做不到。

而回頭一看，峰底的洞口已經顯得很遙遠很小了，讓人非常清晰體會到了一種高高在上，與世獨立的感覺。

到這裡，分佈於階梯兩旁的洞穴也變得少了，可能每走十階階梯才能看見或左或右的山壁上存在一個洞穴……而頂端則是一個小小的平臺，平臺之上，除了一面平放在木架上的大鼓，幾乎空無一物。

而在置放大鼓的平臺背後，有一個洞穴的入口，同樣是那樣黑暗而幽深，不知道裡面有些什麼？我只是憑著感覺，覺得裡面有一個很強大的氣場，但是非常平和淡然卻也冷漠。

「那裡就是祈願鼓了。」白老兒停下了腳步，還是帶著那樣的笑容看著我和師傅。

我很吃驚，一個祈願鼓放在山門的最高處，靈氣最充沛的地方，這是代表了何意？在我的理解裡，就像衙門裡的鳴冤鼓也是放在門外的，敲響升堂，這種被人求上門的事情，竟然放在山門最重要的位置，而且還有個強大的存在守護，這真是讓人不能理解！

「我知道那就是祈願鼓。」師傅看著那面大鼓陷入了沉思，或許，這一面鼓再次激起了關於他當年和李師叔在一起的回憶吧？

「在這之前，不想見見你們要見的人了嗎？」白老兒笑得和藹，也越發像老狐狸。

「自然是想見的，但看您這意思，怕是有人更想見我們吧？」師傅背著雙手，一轉身對著白老兒不動聲色的說了一句。

白老兒卻是收起了笑容，鄭重的搖頭，說道：「哪能這樣理解呢？事實上就不是這麼回事兒，不過是給你們一個選擇罷了……我白老兒從來不說謊話。」

「我信你才怪。」師傅搶白了他一句，他卻還是笑得燦爛，然後略微矮身，手朝著其中一個洞穴一指，就是邀請我們進去了。

我一路上就對這種洞穴很是好奇，白老兒這邀請我們了，哪有不去的道理？況且……我的心跳也加快起來，分別了很久的夥伴和長輩很快就能再見了。

第九十六章　重逢

跟隨著白老兒走進了洞穴，洞穴的入口就如我們所見是幽暗的，但是那只是一小段，不到五米的距離就是一個轉角，隱隱可見光亮。

而走過那個轉角，就看見洞穴內在銅燈的照耀下燈火通明，整齊的類似於房間的小洞穴就排在走道的兩旁，而盡頭則是一個類似大廳的空曠洞穴。

這裡的靈氣比外面的階梯之上還要充足，而裡面也一點兒都不粗糙，都用青磚貼壁，細節之處也頗有一些心思。

但我的注意力全然不在這些地方，而是目光落在了那個類似大廳的空曠洞穴之中，因為角度的原因，我望過去看見裡面人頭攢動，但是裡面的人還一時看不見我們已經進洞。

我心中焦急，忍不住就想衝過去，師傅臉色也隱約浮現出激動的神色，但是白老兒老神在在的擋在我們前頭，就是不讓路，面對我和師傅的焦急，他輕笑著說了一聲：「這在山門之中，到哪裡還是要講個規矩的吧？」

強子又想急躁，但是被白老兒看了一眼，不知道為什麼就沉默了，面對山門、規矩這樣的字眼，我和師傅也不好多說，只能忍著心中的衝動，有些憋氣的走在白老兒身後。

白老兒回頭看我們一眼，眼中流露出一絲整治我們倆成功的得意，這才扯著嗓子喊了一句：「凌長老，人我這可是帶到了。」

他這一喊完，我還沒回過神來，就看見從洞穴中衝出一道人影，眼睛一花還沒看清楚呢，一個身影就狠狠撞了我一下，我的腹部吃痛，忍不住彎腰咳嗽了兩聲，但在那邊我看見師傅挨打了。

對的，是師傅挨打了……那道身影手腳快得要命，師傅絕對是沒反應過來，三拳兩腳什麼的都已經落在了身上。

我心中隱約有些怒火，這是誰啊一出現就打人，但在我看清楚是誰以後卻不敢說話了，因為動手的人是珍妮大姐頭。

但師傅並不認識珍妮大姐頭是誰，這個在他扔下我們走後，一直暗中照顧著我們，救過我幾次的女人，在莫名其妙被打了以後，他有些惱怒，特別是在看清楚打他的是一個「小女娃娃」之後，師傅更是怒不可遏，可是他不能動手打女人，只能帶著憤怒的語氣，對著眼前的珍妮大姐頭吼道：「小女娃娃，妳做什麼？」

「我做什麼？關鍵是你叫我什麼來著？」此刻的珍妮大姐頭穿著黑色的緊身T恤，同樣顏色的緊身短褲，腰上一根寬大的皮帶繫著，中間的銅扣閃亮……一根髮辮從頭頂就開始編織，形成了一根緊緊的辮子拖在腦後，而大腿上掛著兩個槍袋，兩把銀光閃爍的槍就裝在槍袋裡。

她和師傅說話的時候，斜看了師傅一眼，手上還握著一個鋼酒壺，說話的時候擰開快速喝了一口又擰上，非常幹練的放在了屁股兜裡，復又望著師傅。

我貼在牆邊不停朝著師傅擠眉弄眼，可惜師傅根本沒注意我。

而強子曾經也在倉庫大門見過這個威風凜凜的珍妮大姐頭，這樣的人物怎麼可能會忘記？他也很著急的想提醒師傅，但是被珍妮大姐頭看了一眼，又把話給憋了回去。

這小子今天倒楣，先後被兩個人看了一眼，都不敢發作！估計是那個檮杌的虛影知道厲害，也沒有作怪。

師傅不知道這一切，臉色難看得要死，說道：「我不叫妳小女娃娃，莫非稱呼妳一聲大媽？讓開吧，不管妳是誰，我沒心情和妳扯淡。」

「真的？」珍妮大姐頭似笑非笑的看了師傅一眼，這個時候其他人聽見動靜也從洞穴裡衝了出來，擠在洞穴門口，看見我和師傅自然是激動無比的，但看著下一刻珍妮大姐頭和師傅對峙的樣子，紛紛朝著師傅擠眉弄眼，特別是王師叔站在最前面最急，他那苦哈哈的一張臉被他這麼一擠，五官都快聚在一塊兒了。

「你們這是幹嘛呢？」師傅被弄得莫名其妙，對於眼前這個小女娃娃又發不得脾氣，而自己人出來又全部朝著自己莫名其妙的擠眉弄眼，這不是急死人嗎？

這時候，慧大爺終於忍不住了，從洞口的人群中擠出來，然後朝著師傅罵道：「額說你瓷馬二愣的，你不信咧，這哈（這下）老祖宗站跟前，你不認識咧？」

「老祖宗？我不記得我有這麼一個老祖宗。」要是比瘋癲我絕對比不過我師傅，可是比愣的話，師傅是拍馬也比不上我，幾番的異常已經引起了師傅的注意，他的聲音裡不再有火氣了，反而有些探尋的小心了。

「嗨，額懶得跟你社（說）咧，額走咧。」說話間，慧大爺真的退回了人群中，顯然這也是一個被珍妮大姐頭整治怕了的人，還是乖乖的老實回去吧。

「哈哈哈……」珍妮大姐頭終於忍不住大笑了起來，然後再次從屁股包裡拿出了那壺酒喝了一口，然後伸手，在師傅還沒有反應過來的時候，就摸上了師傅的腦袋，說了一句：「姜小娃，你還當真不認得我了？」

師傅和我一樣，很痛恨被人摸腦袋，陡然被珍妮大姐頭摸上了腦袋，眼看剛才才壓下去的火氣又要發作，卻聽見珍妮大姐的一句「姜小娃」，陡然愣住了！

他有些難以置信，激動莫名的對珍妮大姐頭說道：「妳，妳叫我什麼，什麼來著？」

「姜小娃啊，有什麼不對？那裡不是陳小娃，王小娃嗎？可惜我那最是古板正經卻一腔熱血的李小娃也沒了……否則加你小師妹五個小娃聚在一起，多好？」說到這裡，珍妮大姐頭有些傷感，又喝了一口鐵壺中的酒。

師傅一下子愣住了，我看見他因為激動臉都在抽搐，死死盯著珍妮大姐頭，看著看著兩行熱烈就從眼中落下，他忍不住上前了一步，雙手抓著珍妮大姐頭的手肘，想要跪下，卻又看著珍妮大姐頭的樣子難以跪下。

卻是被珍妮大姐頭果斷的拉了起來。

「妳，妳……是瘋姐……不是，是凌姐姐……是凌……」師傅因為激動，連話都說不完整了，淚水滾滾而下，聲音也顫抖得要命。

珍妮大姐頭眼眶紅了一下，然後一巴掌拍在了師傅的腦袋上，這下師傅卻是不敢再惱了，而是聽著珍妮大姐頭對他狂吼道：「剛才是不是想跟著那個老李學，他叫我瘋女人，你們就跟著叫瘋姐姐？上樑不正下樑歪，不許叫我什麼凌姐姐，我這一輩子沒有得到你們口中喊出來的，我最想要的稱呼，也不想記起自己的名字。叫我珍妮。」

「啊，珍妮？」師傅顯然不太能接受這麼一個洋名兒。

「嗯哼。」珍妮大姐頭把玩著手中的酒壺，眉毛輕揚的看了師傅一眼，然後又衝師傅吼道：「你敢反對？」

「不敢，不敢……」師傅有些唯唯諾諾，然後小聲地說道：「凌姐……不，珍妮，妳怎麼現在是這個樣子？我記得我們年少時，妳的頭髮綰起來，穿著那湖色綢衫多好看啊，這……」

「少和老娘囉嗦，你根本不懂什麼叫流行！」說著，珍妮大姐頭衝著我眨了一下眼睛，然後望著我說了一句：「承一，你是懂的吧？安潔莉娜・裘莉，古墓奇兵……像嗎？」

我已經無語了，終結者、瑪麗蓮，這一次又是安潔莉娜，珍妮姐的時尚我也很難懂！

這邊，我已經看見了大家的目光全是激動，特別是慧根兒就站在人群中已經忍不住跳起來朝著我揮手，而他身邊的如月也忍不住流淚了，我心中還在激動加感動。

珍妮大姐頭已經幹練的走在了前面，話語飄在我和師傅的耳中：「進來，給你們一個選擇！」

第九十七章　選擇

珍妮大姐頭自然有她強大的氣場，而她也毫不掩飾自己的強勢。

所以，在這種強大與強勢面前，即便我們有千種離別之後再聚的話要說，萬種離別之後再聚的情緒要宣洩，也只能壓著。

這個大廳之中的洞穴乾淨，貼牆擺著那種長長的條凳，我們全部的人都坐在條凳之上，而中央擺著一張古色古香的書桌還有一把椅子，此刻珍妮大姐頭就坐在椅子上，雙腿搭在桌子上，看起來和這份古色古香並不搭調，可是她也不在乎。

「啪」的一聲，她把酒壺重重的放在了桌子上，毫不在意的點燃了一枝女式雪茄叼在嘴邊，承真低呼了一聲「好帥」，珍妮大姐頭送給她一個飛吻，接著才看了我們全部人一眼，說道：「我的身份也不用掩飾了，這雪山一脈三個大長老，其中一個就是我……那個傢伙只能算是一個普通長老。」

「嘿嘿。」珍妮大姐頭說話的時候，指了一下白老兒，顯然她口中的普通長老就是白老兒了，但是白老兒不惱，反而笑得坦蕩和開心，他站在這裡不走，珍妮大姐頭也不趕他，弄不懂是一個什麼意思？

「我是當年冷了心，傷了情之後來雪山一脈的，想著這倒是個清靜地兒……不過這些都是廢話，事情的重點是，我是雪山一脈的人，若不是我，姜小娃，你當年和李小娃大鬧雪山一脈那件事情，你以為就那麼輕鬆的算了？還有你，承一，那麼多敵人面前，竟然受白老兒的挑唆出盡風頭，如果不是我，你死得很難看，你信不信？」珍妮大姐頭說話的時候很激動，手中夾著雪茄亂舞，看得我眉頭直跳。

而我聽見師傅小聲在我耳邊嘀咕：「這是凌姐姐？以前明明是一個溫柔似水的女子啊？」

聽見師傅那麼老一個人叫珍妮大姐頭為姐姐，心中還是怪異的，但是修者的圈子本就不能用普通人的眼光去衡量，我也只有去接受。

沒有注意到我和師傅的這些小細節，珍妮姐還在繼續說話：「總之，總結起來，就是你們兩個事兒精欠我的；你們兩個事兒精欠我的，就是老李一脈欠我的；老李一脈欠我的，就是欠雪山一脈的，你們聽懂了嗎？」

說話間，珍妮大姐頭拍起了桌子，我和師傅心驚肉跳，這話什麼意思？珍妮大姐頭到底想表達個什麼？

在這時，那個白老兒卻是陰陽怪氣的咳嗽了一聲，珍妮大姐頭眼光飄了過去，說道：「有話就直說，陰陽怪氣的咳嗽個什麼？」

「請凌大長老明察，我可沒有挑唆陳承一去出盡風頭，而是凌長老妳想，妳會不保著這個小子嗎？當年另外一個鬼見愁姜立淳惹了那麼大的事兒，觸怒了多少長老，不是妳力保的嗎？在當時，我能有什麼辦法？雪山一脈這與世無爭的，我總得藉著一個由頭保他啊，讓他贏了一場，裝作發現人才，想收入門中，然後……」白長老那張嘴……我朝天歎息了一聲，的確黑的也能給他說成白的。

那邊珍妮大姐頭已經頭疼了，摁壓了一下太陽穴說道：「好了，好了，你別說了。我承認你一心為我好不好？別影響我說正事兒。」

「好，妳說。」白長老得了便宜不忘賣乖，帶著他那暖人的笑容，得意又老神在在的繼續站在了那裡。

看到這裡，我情不自禁的去轉頭看了一眼承心哥，他的目光也落在了白長老的身上，此時的他推了推眼鏡，也是嘴角掛著一絲若有似無的笑容，雖然笑得「靦腆」，可是我卻覺得笑得更加「風騷」，這是什麼意思，欲與老白試比笑？

我懶得關注了，其實老李一脈的人，神經多少都有些不正常，包括我自己！

「剛才說到，既然你們老李一脈欠了我雪山一脈的，所以我也能提出要求。那就是老李一脈全部給我留在雪山一脈十年，下苦力也好，幹什麼也好，不許踏出雪山一脈半步！另外，相關人等想留下陪著老李一脈這些亂七八糟的人也可以，總之我珍妮歡迎。」說話的時候，珍妮大姐頭已經扔掉了她那根用來擺酷的道具雪茄，放在桌子上的腿也收了起來。

她的身子微微前傾，目光雖然平靜但卻有一種說不出的剛硬，讓人感覺到巨大的壓力，不能拒絕。

「不出聲，那就這樣吧。」珍妮大姐頭如同鬆了一口氣，揮揮手，然後想對白長老吩咐一點兒什麼……卻不想，在這個時候，我身旁的師傅忽然站了起來，說道：「凌長老，我不同意！我老李一脈身負重任，絕對不能留在雪山一脈十年。」

「凌長老，那麼生分？」珍妮姐沒有惱怒的意思，而是用一雙大眼看著師傅，眼中有的只是看起很深很深的平靜，看不透。

「說起師門的責任，立淳不得不公私分明。」師傅絲毫沒有鬆口的意思。

「也對，我不是你們老李一脈的人。」珍妮姐一雙大眼之內，眸子有些黯淡的樣子，但旋即又恢復了平靜，然後抬眼看著我師傅，說道：「你自然是可以拒絕我，仗著的也不過是我剛才所說，給你們的一個選擇。」

「是的，我相信凌長老有別的選擇給我們。」師傅說話的時候抱了一拳，聲音越發平靜淡定，但其中堅決的意志感覺如鋼鐵岩石一般不可摧毀。

「呵呵，倒不是我想給你們選擇，而是雪山一脈的規矩是如此！不管是什麼事情，只要敲響祈願鼓就可以改變。如果能敲響三聲祈願鼓，再闖過三段兒，你要做雪山一脈的長老也不是不可以。你那意思，就是堅決要去敲那祈願鼓了？」珍妮姐反問了師傅一句。

「是的，立淳志在此，不想改變。」師傅的聲音再一次的堅定無比。

「你說，這雪山一脈有什麼不好？資源充足，靈氣充沛，你在這裡修個十年八年的，是虧著你了？到時候，你們能強大了，能自保了，就算外邊兒變了天，又與你們何干，小心些不就是了？不要和我說放不下家人朋友，總是一年能見著一次的，隱祕些就好！我這樣為你們打算有什麼錯？」珍妮姐望著師傅，語氣已經隱隱的有壓抑的怒火。

但在這個時候，師傅卻走到了洞穴中央，一下子就朝著珍妮姐跪了下去，珍妮姐一下子站起來，從桌子後面走出來，想拉起師傅，卻不想師傅根本不等珍妮姐，而是自顧自的就磕了三次頭，然後抬起頭，看著已經站在自己面前的珍妮姐說道：「立淳如何不知道凌長老是在為我老李一脈打算？包括我和承一兒來時，白長老的勸說也是妳授意的吧？可是在來時，立淳就對弟子承一說了一句話，無論他是誰，走到哪裡，不能忘記的就是老李一脈弟子的身份！而這身份背後，還有老李一脈弟子的責任。這一點兒，我用來教育我的弟子承一。但是凌長老，我無時無刻也不用來提醒自己，我不能忘記我是李一光的徒弟。跪拜三個響頭，是謝妳的庇護真情，但立淳絕對不會改變主意。」

說話間，師傅已經站了起來，只是平靜的問那白長老：「何時，我們才可以去敲響那祈願鼓？」

白長老歎息了一聲，也不答師傅的話，只是低聲說道：「看來我雪山一脈沒個清靜日子囉……」

而珍妮姐面無表情，看了一眼師傅，直接繞過了師傅，望向了我們所有人，說道：「他一個人自然不能代表老李一脈，你們都是這個意思？」

在這個時候我再也坐不住了，是的，安逸的修煉生活和生死未卜的戰鬥，傻子都應該知道怎麼選擇。何況珍妮大姐頭並不是完全叫我們放棄，而是想保我們十年平安，等到我們強大了再說。

可是……想到這裡，我快步的走到了師傅身後，說道：「珍妮姐，師傅教導我的話，我也是時刻不敢忘。十年安穩日子，何況是與我那麼重要的人們在一起，那是我夢寐以求的……但時間已經不允許我去這樣做夢了。我和師傅是一個意思。」

對的，我的顧慮就是如此，我想起了在上馬車前，那幾個喇嘛囂張的話語……趁現在吧，難道一切還要等到來不及的時候？

我以為人的一生會追求自己心中所想的夢想，這種夢想或者錢，或者權，或者自由，或者安穩……這些夢想從某種程度上來說，也是欲望的反應，只不過是光明正大的欲望，不邪惡。

但是今天我發現，從歷史到今天，之所以會出現那麼多可歌可泣的英雄，那就是在夢想和大道之間，他們選擇了道，選擇了義（大義）。

這是一種超越，一種對自己的超越，對人性的超越，所以他們成為了英雄，至少是自己的英雄。

陳承一不是英雄吧，姜立淳或者也不是，我們不想這樣標榜自己，只是不敢忘記我們是老李一脈的傳人。

第九十八章　決定

師傅的表態就是一顆火種在黑暗中亮起，而我的表態卻是扔了一把乾燥的柴禾下去。

在此時我感覺身後腳步紛紛，接著是不同的聲音和不同的表達，說出的卻是同一個意思……那就是在這裡的每個人都毫不猶豫的選擇了戰鬥，放棄了安穩安逸的十年，別人夢寐以求的修練聖地。

珍妮大姐頭目光平靜的看著我們所有人，轉身朝著那張大桌子走去了……沒她開口，白老兒也不敢帶我們去敲響祈願鼓，只是站在那裡一個人碎碎念著什麼我雪山一脈家大業大的，這都要搭上了嗎？什麼我雪山一脈這安穩日子過久了，這就要傷筋動骨了嗎？

我心中詫異，這戰鬥主要還是我們的戰鬥吧，是想要雪山一脈的支持，但這種支持我想最多不過是壓制那些蠢蠢欲動的勢力，和楊晟硬碰的還是我們，這白長老這麼念叨是個什麼意思？

可是，不容我多想，卻聽見一聲震耳欲聾的拍桌子聲音，如果不是桌子還安穩的在那裡，有人跟我說桌子爆炸了，我都相信。

但是桌子上只是留下了一個清晰的掌印，就像拍武俠片兒似的，這反而更可怕，因為說明了對力的控制。

「全部都坐回去，你們這些小輩今天是想掀了我的桌子嗎？」珍妮大姐頭顯然是發火了，而她這一發火連我師傅都不敢做聲，全部噤若寒蟬的樣子，老老實實坐了回去連大氣都不敢出。

我們的態度是堅定，但也不代表我們敢去真的觸怒珍妮大姐頭，這不是畏懼，而是從心底的一份尊敬。

珍妮大姐頭重新坐到了那張椅子上，和剛才吊兒郎當的樣子不同，這一次她的臉上多了幾分嚴肅，面對噤如寒蟬的我們，她呆呆的看了很久，也不知道在想著什麼，倒是白長老東搖一下，西晃一下，那樣子感覺好像是站累了一般。

「你如果站累了，就坐下來。」珍妮大姐頭忽然開口了，不過卻是針對白長老。

「坐哪兒？」白長老回答得小心翼翼，看來他也不是完全不怕珍妮大姐頭的「威壓」。

「隨便，別礙我眼就行。」珍妮大姐頭看了白長老一眼，那樣子讓人一看就覺得耐心要用盡了一般。

白長老二話不說，立刻就席地而坐，之前那些碎碎念也不敢念了。

一時間，洞穴中的氣氛又再次陷入沉默，連唯一活泛一些的白長老都開始眼觀鼻，鼻觀心的了。

但珍妮大姐頭並不是想要這樣給我們壓力來表示她的怒火，沉默了一會兒，她終於開口了：「曾經，那個人，就是你們的師祖——老李，對我說過這樣一句話，前提是我在問他，命運和心念之間是怎麼樣的關係？到底是心念決定命運，還是命運決定一切？」

說起我們的師祖，珍妮大姐頭好像有些煩躁，在桌子上東翻西找的拿出了她的酒壺，喝了一口，又悶悶的點上了一枝細雪茄，她不見得是真的要抽，或許珍妮大姐頭需要這樣氤氳蒸騰開來的氣味，安撫自己的心情。

「他是這麼回答我的，命運從來都不是一條直線，而是一條繁複的支流，從源點開始，任誰也不能完全看清水流最後的走向……就是說，哪一條路才是你真正命運的主流！說完這句話他問我，這樣解釋妳懂了嗎？當時，我似懂非懂，下意識的問了一句，三歲以前，人的命格是亂的。而民間又傳三歲以後看老，這其中是不是有什麼連繫？」說到這裡，珍妮姐看了我們一眼。

然後歎息了一聲才接著說道：「接下來那句話，就是我一生也不能忘懷的話。老李對我說：對，三歲以前心性不定，自然命格亂，而三歲以後，一個人基本的性格形成，命運的脈絡就能觸摸到了。命運只是給一個人設定好了無數可能，可怎麼走卻是走心。一件事，命運給路，念為選擇，心志為力，最後得到的自然果報不同。所以，心念與命運的關係就是命運給出了範圍，走出如何的結果卻是自己的事情。」

說話間，珍妮大姐頭彷彿陷入了自己的回憶，眼神也跟隨著煙霧變得氤氳起來。

而我們一行人坐在周圍，卻全部都陷入了沉思，師祖老李確實是要讓人仰望的存在，三言兩語竟然就大概說清楚了命運和人心之間這個糾葛不休的問題……讓人如同醍醐灌頂。

但是，珍妮大姐頭忽然和我們說起這個又是什麼意思？

好在珍妮大姐頭很快回神了，說道：「告訴你們這個，無非就是想說，心念也是命運的一部分。而我又一直覺得，心念堅定也就是對自己的命運堅定，這是天地間最堅韌的力量，誰都不可以阻止。你們讓我看見了這樣一份堅定，而我的庇護之心又算得了什麼？我若老李是一份執念，這份執念延續下來，也就落到了你們身上，執意的想要守護他留下的痕跡，可是我好像從來沒有真的知道，他想要的到底是什麼？」

這話珍妮大姐頭說得有些傷感了，而煙霧遮蓋了她的臉，讓我們看不清楚她的神情。

可是，我們又能開口說什麼呢？無論是師祖還是珍妮大姐頭，他們都是我們的長輩，而他們之間的感情究竟是什麼，更不是我們能夠評價的。

「好了，言盡於此，命運既然你們已經選擇了，那就去敲響祈願鼓吧！」說話的時候，珍妮姐揮手散去了眼前的煙霧，樣子又恢復了那種強勢與幹練，接著說道：「別怪我沒提醒你們，雪山一脈不是那麼簡單的，會嚴格的遵循三位老祖留下的啟示行事，而在今年，祈願鼓一旦被敲響，面對的三段路可是最最難走的，你們做好準備吧。」

「為什麼？」對於珍妮大姐頭，我可能是最隨意的一個人了，在這個時候總算忍不住問了一句。

這個問題，之前白長老就提醒了我和師傅一句，如今珍妮大姐頭又說起，我是真的很想搞懂，這到底是為什麼？三位老祖的啟示，就偏偏讓我們遇見，難道是我們分外倒楣？

「哼，好意思問。」這個時候，白長老終於站了起來，看我和師傅的眼光那是一百分的不滿，連常常用來偽裝的笑容也不見了。

「因為這也決定著雪山一脈的命運，這個回答，你們滿意了嗎？」珍妮大姐頭說完這話，再一次扔掉了手中的細雪茄，非常瀟灑的站了起來，然後朝著我們走來，鞋根兒在地面發出「咵」「咵」「咵」清脆的聲音。

她打了一個響指，說道：「都走吧，今天我倒要看看你們這一群倔強的傢伙，到底能不能敲響這祈願鼓……又是誰來敲響。」

說話間，珍妮大姐頭風風火火的身影已經消失在了洞口，我們面面相覷了一下，也趕緊跟隨著珍妮大姐頭一同走了出去。

我走在中間，這個時候慧根兒終於忍不住激動，突然熊抱了我一下，叫了一聲：「哥！」我習慣性的伸手想去摸摸他的光頭，發現這小子好像又長高了一些，摸起來也有些費力了。

我在心中疑惑，這是慧根兒二度發育了？卻不想，孫強忽然竄到了我的身邊，然後拉開慧根兒，嚴肅地說道：「叫二哥。」

「啊？」畢竟強子以前不是這樣的性格，慧根兒一時間有點兒不適應這個「類型」的強子。

「為啥？我和你都是承一哥的弟弟，我比你大不？該叫二哥不？」強子嚴肅地說道。

「哦。」慧根兒抓了抓腦袋，老老實實的叫了一聲二哥，強子一下子就咧嘴笑了，但這時，慧根兒忽然望著強子，一下子站住了腳步。

對於慧根兒的情況自然是慧大爺最為關心，他忍不住問了一聲：「咋咧？」

「師傅，額的新紋身好燙咧。就是剛才二哥抓我那一下，就開始燙了起來。」慧根兒無辜地說道。

而我也聽見了這番對話，心中一動，忽然想到了什麼。

第九十九章　一群小怪物

但是我不敢肯定內心的想法，於是在慧大爺就要開始咋咋呼呼以前，拉開了慧大爺，然後小聲和他說道：「這事兒，我好像想到一點兒因由。慧大爺，你先別鬧，讓我先問問慧根兒。」

「你和你師傅一個智商咧，你能想到啥原因？」慧大爺果然不是一般人，我不想讓強子多心，特別預防了他咋咋呼呼的，卻不想他還是開始嚷嚷。但好在他從來針對的都是師傅，我只能算是躺槍吧。

「我和承一是什麼智商，你倒是說清楚啊？」對於慧大爺，最敏感的自然是師傅。

我無奈的歎息一聲，就憑慧大爺這個嗓子，想渾水摸魚混過去也是不行的。

「嘿嘿。」面對師傅的質問，慧大爺忽然就咧嘴笑了，一臉淳樸和憨厚，他甚至還有些不好意思的抓了抓頭，說道：「就是比額笨點兒咧，還行吧。」

我已經預料到會是什麼結果了，這齣熟悉的戲碼幾乎從我命運和他們交錯的時候開始，一直上演到了現在，所以我也懶得去看了，直接把慧根兒拉到了一旁，臉色鄭重的問他：「慧根兒，你說的第三個紋身是怎麼回事兒？」

「哥，你還記得額師祖留下的那滴傳說是龍血的血嗎？這一次來雪山一脈的路上，我們特意繞路去了一趟寺廟，把那滴龍血紋在了額的身上。」說話間，慧根兒挽起了他的袖子，在他的右臂上，出現了一條若隱若現的血龍圖案。

看著這個，我就想起了那個滄桑的老者，那個擺渡人……這樣的傳承終究還是完成了，那麼長眠於萬鬼之湖的他是否也就安心了呢？

下意識的我就去摸了一下慧根兒的紋身，慧根兒還在一旁有些像小孩子顯擺一般的告訴我，以己之力承受三個血紋身，在寺廟的歷史中也很少見，他很有天賦什麼的。

而我的手掌底下卻傳來了炙熱的溫度，我抬頭看著慧根兒，說道：「真的是很燙啊。」

「可不是，好難受，就像這手臂浸在了燙水裡一樣，還有這紋身平日裡是不顯的，今天就這樣浮了出來。這二哥是有什麼啊？」說起這個，慧根兒忍不住孩子氣的抱怨了兩句。

我沉默，心裡已經暗暗將強子身後的檮杌殘魂，和慧根兒手臂的龍血連繫在了一起……精血藏魂氣，這是常識，若沒有魂氣的血留下來也是沒有任何意義。

我相信這傳說是龍血的血裡面肯定有什麼名堂，莫非和強子命運相連的檮杌還和慧根兒龍血引起了什麼共鳴？

在那邊，強子也注意到了這個情況，他想說點兒什麼？但隨著慧根兒手臂越來越燙，已經開始膨脹了，強子的眼神忽然一下就變冷，然後看著慧根兒，突兀的說了一句：「有意思！」

而慧根兒幾乎是不受控制的捏緊了拳頭，有些茫然的看著強子……在那一刻，我強大的靈覺也開始發揮作用，我彷彿看見了一個上古傳說中的凶獸和一條也是傳說中的華夏龍開始對峙。

「給我住手！」珍妮姐的一聲喝呼，讓我從這種幻覺中掙脫出來，我下意識的有些驚慌，怎麼就忽然陷入了幻覺，強子和慧根兒打起來了嗎？

卻看見是珍妮姐一手一個，拉開了師傅和慧大爺，那個時候，師傅正扯著慧大爺長長的白鬚，而慧大爺則抓著師傅一直以來有些凌亂的頭髮。

我很想淡定，但在這種時候還是忍不住拍了一下自己的腦門，低低的歎息了一聲，覺得異常丟臉。

而慧根兒和強子還在對峙中，那邊白長老的手又再一次摁住了強子的肩膀，而珍妮姐把師傅和慧大爺扔到了一旁，徑直走到了慧根兒的身邊，一雙纖細的手如同流水一般，滑過了慧根兒的手臂，眼看著慧根兒發紅發脹的手臂就開始慢慢恢復正常。

和上一次一樣，強子被白長老這麼一拍，眼神又開始迷糊，眼看著又要倒下去，被旁邊承清哥一把扶住，承清哥探詢的目光望向我，我只能歎息了一聲，搖搖頭表示這個情況很複雜，一時半會兒說不清楚。

「慧根兒，這滴龍血中的龍魂之力還沒有完全和你交融，剛才被強子身上遠古凶魂激發了自身的凶性，遇見這種情況，你要用你的靈魂力來壓制和安撫，知道嗎？畢竟不管是什麼，如今你是主，而它是助力，你萬萬不能被龍血反噬。這也是對你靈魂的一種磨礪。」珍妮姐對慧根兒吩咐得很詳細，畢竟身處在她的高度，這種事情一眼看得分明也不奇怪。

解決完了慧根兒這邊的情況，珍妮姐又走到了強子的身旁，此刻承清哥扶著強子，對珍妮姐說了一句：「他昏過去了，我感覺是靈魂力弱，所以不能支撐身體的行動了。」

珍妮姐讚賞的看了承清哥一眼，說道：「命卜二脈對靈魂敏感那是應當的。」然後開始仔細探查起強子的情況，看完以後，珍妮姐的眉頭也第一次微微皺起，望向了白長老，說道：

「你察覺到了？」

「嗯，也不是很分明。就是感覺到他身上有一個封印，強行壓住了一個強大的遠古凶魂，而那個遠古凶魂並不是道家那種養靈的情況，而是一種召喚的關係，他的靈魂之中存在著這種一絲若有似無凶魂的氣息，維繫著他們的連繫。」白長老說得有些亂七八糟。

但我大概還是聽懂了其中的意思，原來強子身上有一絲檮杌的氣息，就是他能夠召喚到檮杌的基礎，但是還有一個封印在一直鎮壓著這縷氣息，或者說是這縷凶魂。

封印的作用不言而喻，其實也是為了避免被凶魂反噬。白長老兩次出手應該是利用自身的靈魂力量壓制了一下封印，至於強子為什麼會靈魂力虛弱而力竭，我卻想不出原因。

「嗯，看得很準，但是不全面。即便是有封印，他身上的那縷氣息也需要他的靈魂力無時無刻的維繫滋養，這是一個融合的過程，你壓緊了封印，事實上就是暫時切斷了凶魂與強子之間的連繫，把強子的靈魂力也強行封印在了其中。唔……」珍妮姐皺起了眉頭，然後擔心的看了強子一眼，說道：「是檮杌的氣息，這祖巫十八寨到底在想些什麼啊？」

她說完這句又陷入了沉思，她一沉思我們自然不敢動，只能呆呆的等在那裡，等她想出一個結果。

我也巴不得珍妮姐能想出一個結果，看著強子的性格每天都在變化，說我心中沒有擔心，那是假的……大概就這樣過了三分鐘，珍妮姐開口了，說道：「雖然巫道之間有一種斬不斷的傳承關係，但說到底還是完全不同的兩種傳承，我也不是很弄得懂巫家的事情。只不過，強子他們應該是很重視的，他被強行灌注了靈魂力，只不過現在他承受不起，所以也在封印之中，在關鍵時候，應該會爆發出來？按說，這個封印是很牢固的，為什麼會常常鬆動，我判斷應該是一場戰鬥。」

珍妮姐的語氣也不是很肯定，畢竟強子的傳承來自祖巫十八寨……但我擔心，忍不住說了一句：「到底是什麼樣的戰鬥？」

「就是強子的意志和檮杌意志之間的戰鬥啊，封印常常鬆動，就是一個滴水穿石的過程，看到最後到底是誰勝利吧。如果沒有這個封印，強子是肯定輸的。這個事情，外人絕對幫不上忙，靠的只有強子自己。」說話間，珍妮姐歎息了一聲，目光掃過我們在場的每一個人，忍不住跺腳說了一句：「這一輩都是一些什麼小怪物啊？還有你……」她的手指向躲在人群背後害羞的陶柏，說道：「你身上也有了不起的東西，是朱雀？」

陶柏原本就怕生，面對氣場強大的珍妮姐更是不敢說話，倒是路山面對珍妮姐很坦蕩的說了一句：「是的，如果記載沒錯，小柏身上的就是朱雀的一縷殘魂。」

珍妮姐無奈歎息了一聲，想問一些什麼，卻不想剛才還和慧大爺打得不亦樂乎的師傅站出來說話了：「珍妮姐，這些異象都很正常，因為轟轟烈烈的大時代就要來了。」

「大時代？誰的說法？」珍妮姐皺緊了眉頭。

「我師傅。」師傅臉上有一絲驕傲。

「老李？」珍妮姐的神情變得非常精彩。

第一百章 老李一脈的男人

我師祖什麼時候對師傅說的？我心中浮現出一絲茫然……而顯然對於師祖的事情，更加不能淡定的是珍妮姐，她幾乎是不能控制的走過去，拉住了師傅的衣袖，說道：「你……你見過……見過他？」

「珍妮姐，我只能肯定這個說法是我師傅的意思，但確切的說，我算不算見過他，我沒辦法回答。」師傅的表情認真。

「什麼意思？如果你今天不說清楚，就不要想去敲這祈願鼓。」珍妮大姐頭此刻哪裡還有什麼強大的氣場，面對師祖的消息，她第一次表現得那麼像個小女人，任性無助，卻又迫切，我相信女人就算活到一千歲，對待感情的這份性情也不會變的，只要眼前人還能激發她那樣的情緒，讓她那樣的情緒不被生活所累，小心呵護著，她就不會永久的封存收藏起來。

我想這樣對待一個女人，只是……

我的心思又開始恍惚起來，眼前除了出現如雪，竟然有一個影像重疊——魏朝雨，而那一幅孤崖之上，星空之下依偎身影的畫面也如同刻印在靈魂裡一般，和那一日黃昏房間的窗戶，我輕輕走過去，為如雪梳理一頭秀髮，她的髮絲滑過我臉頰的畫面重疊。

我不敢再想下去，這後果有多麼可怕我不是不知道，那種如同火焰焚燒一般絕望的滋味，如果可能，我絕對不想再體驗一次。

但在這時我凝神靜心，也恰好聽見師傅說的那一句：「我見到師傅殘魂，那樣算不算見到師傅？」

師傅見到了師祖殘魂？我一下子震驚了，我以為只有我知道這個祕密，從強尼的口中……怎麼師傅？

我還不能顧及上自己的情緒，就看見珍妮姐猛地鬆開了抓住師傅袖子的手，「蹭蹭蹭」的退了好幾步，這裡是一階一階的樓頂，這樣茫然的後退，眼看著就要摔倒滾落下去……那白長老不得不出手，一把拉住了珍妮姐。

他這一次想努力的笑，卻第一次笑不出那春風般的感覺，只能扯了一個勉強的笑容說道：「大長老，妳要從這階梯上滾下去被摔死了，不就成了我雪山一脈最大的笑話嗎？」

珍妮姐這個時候才回過神來，一把甩開白長老的手，有些茫然卻急躁地說道：「別管我。」然後，她就像失憶一般的在身上四處翻找，半天才從她屁股的口袋裡摸出了那一個酒壺。

就像遇到救星一般的，她開始喝著酒壺裡的酒，我想這其中可能有誤會，可是有什麼誤會呢？強尼親口告訴我師祖把自己的靈魂剝離成了六份……然後……

而且我還知道為了替我擋住雷劫，師祖的一縷殘魂為我傳授祕法之後，已經消散了。

如果這般殘忍的事實告訴珍妮姐，她會不會把我掐死？

這個時候哪怕是個傻子也能知道，珍妮姐對師祖真的一腔深情，而這深情如此濃烈的表現形式，只能是愛情。

卻不想，師傅卻在這個時候一步上前去，拉住了珍妮姐的手，說道：「珍妮姐，妳不要這樣。見到師傅殘魂，不是說師傅已經遭遇變故，這其中是有因由的……一切契機都在承一的身上，所以這祈願鼓當由承一來敲。」

「哐啷」一聲，珍妮姐手中的鐵酒壺掉在了地上，她望著師傅，剛才那彷彿已經寂滅的眼眸又開始星星點點的恢復了生機，她抓著師傅，像是對師傅說，卻又像是在對自己說；「這些年，我看了很多電影，就當是在看人世的百態。看多了就發現，感情這種事情的束縛，就像是汽車上的安全帶，你越是用力的扯，它越是紋絲不動……可是受傷掙扎的人，又怎麼可能不用力想擺脫？」

這番話讓我聽得有些怪異，因為無論如何我也覺得不該在這種時候，由珍妮姐的口中說出，可是這世界上又有什麼不可能的？師祖在我心中是如同神仙一般的存在，到頭來，在這一刻也是墜入了凡塵，第一次讓我感覺到豐滿起來，也是活生生的充滿了七情六欲的人。

「老李一脈的男人，都是曖昧的高手，既然扛不起這份感情，終究要捨去，又何必黏黏糊糊一副重情重義的樣子。從你們師祖幾代人，應該都是這個樣子吧？畢竟物以類聚，人以群分……能好得到哪裡去？不過，這世間有一種男人，你卻不能恨，他永遠有他的道理！就如姜小娃，你心中要守住的道，葬送了凌青多少年的青春？就如你，陳承一，捨棄這個身份，你不是和如雪成為神仙眷侶了嗎？可是她們不恨你們，因為你們黏黏糊糊，表現得比她們還痛苦。我也是一樣，恨不起那個老李，當日一句，我有我道，決絕轉身……我還在這裡盼望著他好，為他守著徒子徒孫。剛才以為他已經徹底的湮滅，我自己也就像死過去了那一般。真是，老李一脈的男人，真是……老李是從哪裡找來你們這些徒子徒孫的？」珍妮姐的聲音變得有些嘶啞。

第一次，我竟然是第一次看見珍妮姐落淚，只是一滴，從眼角滑落到腮邊，然後被快速抹去，過程不過兩三秒，珍妮姐就已經恢復了。

在這個時候，我看見師傅痛苦的看了凌青奶奶一眼，而凌青奶奶回應的卻是一種溫和的，彷彿安撫小孩子一般淡然堅定的目光。

我的心也開始抽痛起來，目光卻茫然，我該往哪兒望，能望見我想看見的身影？其實怪罪命運，倒不如怪罪自己從來就沒有想過拿起……如雪與其說是命運不交予我，不如說是我自己從來沒去抓住。

氣氛在這個時候有些傷感，承心哥悄悄在我耳邊說了一句：「我也是老李一脈的男人，可你說，我會不會因為你和姜師叔的原因，有些冤枉啊？我當日可是很果斷，不果斷的卻是那個叫沈星的女人啊。」

「是嗎？如果她讓你放棄師門身份，你還果斷得起來？」我低聲說了一句。

承心哥的臉色變得黯然，看了我一眼，說道：「好吧，我忽然理解她了。」

在這時候，我下意識的看向了承清哥，如果說還沒有情字困心的怕也只有他了，卻不想他目光飄忽的落在了承願身上，當承願回望他的時候，他卻有些心虛的避開。

我忽然像明白了什麼，心中又是一沉，老李一脈沒有說師兄妹是否能在一起，但是李師叔和小師姑……也沒在一起，畢竟這種倫常是大多數修者門派都不允許的，難道又是一個輪迴，也是一個苦情人？

這世間的錘煉未免太殘忍了一些吧？

但在這個時候，已經恢復的珍妮姐忽然說話了，她對師傅說道：「你說這背後是有因由的，好吧！那就是有因由的……但姜小娃，我警告你，你一定什麼都不要告訴我，我一點也不想聽。你們老李一脈的男人高高在上，個個英雄一般光芒萬丈的背後其實是對女人的一份狠心，黏黏糊糊才是最狠不過了！你們不懂的道理，永遠只有一個，當斷則斷！」

「珍妮姐……」師傅一時間也不知道說什麼了。

而珍妮姐此時已經完全恢復了瀟灑的樣子，說道：「是不用說了，黏黏糊糊的斷了以後，一定也是走他的英雄道，這因由想必也和我沒有幾分關係，聽了何苦來著？走吧，去敲那祈願鼓。剛才你說，是由承一來敲？」

「啊。」這個時候，我下意識的「啊」了一聲，因為才想起來，剛才那份震驚，為什麼這其中的關鍵是我，祈願鼓最終為什麼要我一個小輩敲響？

「是的。」珍妮姐在嚴詞拒絕了師傅以後，師傅也就真的沒再多說關於師祖的事，而是從剛才那個情感的插曲中回到了現實。

珍妮姐看了師傅一眼，又看了我一眼，沒有再說什麼，而是帶著我們朝著這個山門的最頂端走去，在那裡就是祈願鼓。

原本就距離頂端不遠，這樣沉默快步的向上攀爬，也沒有過多久，我們就全部聚集在了這個山門之頂的小平臺上。

這個平臺空曠，現在陡然擠滿了人，卻也掩蓋不了那個擺在正中的祈願鼓那種莊嚴鄭重的氣息。這個時候，珍妮姐忽然朝著平臺之後的那個洞穴喊道：「門主，老李一脈陳承一將敲響我雪山一脈祈願鼓，可否？」

在珍妮姐喊話以後，洞穴深處是死一般的沉寂，大概過了半分鐘，從洞穴裡才飄出一個顯得有些漫不經心的聲音：「可！」

話音一落，珍妮姐就走到了洞穴的入口，從入口的一側，拿出了一個看起來分外古樸的鼓槌，朝著我走來……

第一百零一章　極限

看著那個鼓槌，我心中莫名的有些緊張……而這種緊張我說不上來，到底是壓力還是一些別的什麼？我老是想起師傅那句話，今天說不定就是命運的拐點，難道就從我擊鼓之時開始嗎？

但是珍妮姐拿著鼓槌走向了我，並沒有直接交給我，而是望著師傅乃至所有人說道：「確定這祈願鼓是承一來敲？按照規矩，敲鼓之人就是等一下闖關之人，敲響幾聲闖幾段，如果闖不下去，闖到哪裡，算敲響了幾聲。」

「是了，我還知道這祈願鼓最多只能敲響三聲。」師傅的神色鄭重。

珍妮姐眉頭一皺，說道：「我的意思是在鼓槌交出去以前，還是可以改那擊鼓之人，承一在你們一群人中實力不是最頂尖的，你確定要由他來擊鼓？」

「是。」師傅回答得非常快而直接，一點兒都沒有拖泥帶水的意思。

「珍妮姐，把鼓槌給我吧。」而我始終相信師傅這樣堅持，必定有他的原因，而師傅也不會害我的。

可是一向果斷的珍妮姐卻沒把鼓槌拿給我，而是繼續看著師傅說道：「你說過承一是關鍵，這闖關你也知道……萬一……」果然，強撐著不想要知道師祖留下因由的珍妮姐，心中到底是記掛著的，因為我是關鍵，就對我分外留心在意……這也不是說她失了公道，而是關心則亂。

「放心吧，珍妮姐，我剛才說過，因為師傅的原因，這祈願鼓當由承一來敲，是妳不讓我說那因由的。」師傅又怎麼能不明白，歎息了一聲，勸解珍妮姐。

她到底還是比很多女人瀟灑果斷的，師傅這句話一說，珍妮姐終於是下定決心了，她一把把鼓槌塞進我的手裡，說道：「罷了，那個老李什麼時候都是有道理的。」

我握著鼓槌，感覺這鼓槌看起來不小，拿在手中卻莫名輕若無物，就像是小孩子的塑膠玩具一樣，這樣的鼓槌能夠敲響那祈願鼓嗎？

「承一，這鼓不是敲它就會響的。因為它不是用力去敲，而是用心去敲。你可懂？做為雪山一脈的大長老，我只能給你這樣的提示。」珍妮姐說完這話就退到了一邊。

我點點頭，握著鼓槌一步一步走向了那個放在正中的祈願鼓，卻不知道怎麼的，當我走到那個祈願鼓面前時，拿著手中的鼓槌卻遲遲的敲不下去，我的心跳從正常變得漸漸快速起來，一股股緊張的感覺也漸漸蔓延在我身體的每一處。

我莫名其妙，這一生經歷過危險無數，發誓我從來沒有如此緊張過，心跳也沒有如此快過，那感覺就像下一刻就要從胸膛擠壓到喉嚨，再從喉嚨裡蹦出來……

這個時候，一直沒有怎麼說過話的肖大少走到了我面前，從他的長袍腰間摸出了那盒他珍愛的雪茄，在我詫異的目光下，他仔細的點了兩枝雪茄，一枝塞在了我嘴裡，一枝叼在了自己的口中。

然後猛地拍了一下我肩膀，跟我土匪似地說道：「陳承一，我以前看過一個啥電視我忘記了，主人翁總是要給自己留一杯勝利的美酒。我就當咱們倆提前點了一枝勝利的雪茄。你快點兒敲鼓吧，老子等不及了，你這是戰鼓，哪兒有敲不響的道理，快敲吧！敲戰鼓沒有猶豫的！」

肖承乾說完，抽了一口雪茄，濃濃的煙霧從他的鼻腔裡噴出，瞬間模糊了他那一張有一些陰柔美的俊臉，可他的眼睛卻分外清晰，那裡面燃燒的是一腔熱血。

他忽然吼了一句：「敲，和過命的哥們一起死，比老子以前優雅大少的生活刺激多了，老子這輩子求的就是一個刺激。」

我看了肖承乾一眼，心中那股熱血也爆發開來了，他說得沒錯，不管這眼前是祈願鼓也好，神鼓也好，它都是我們的戰鼓，敲響它代表著我們的意志，一往無前的戰，生死不計的戰……為了我們的責任，也為了我們的道義。

我的嘴角勾起一絲笑容，牙齒咬著雪茄，再也沒有猶豫的憑著這一腔熱血揚起了鼓槌，重重朝著鼓面敲了下去。

在鼓槌接觸鼓面的那一剎那，我感覺身體裡的某種意志通過鼓槌傳達給了鼓面……在敲下的那一瞬間，鼓面先是靜默了一下，接著，一陣震耳欲聾的「咚」聲，一下子從鼓面傳出，在這山腹中的山門一下子如同一聲驚雷一樣迴盪不已。

「啊，這鼓聲……」在鼓聲響起的剎那，我聽見白長老失聲喊了一句，卻被珍妮姐扯著衣領，一把拖到了她的身後。

在這一聲鼓聲之後，我感覺我的意志彷彿流動到了鼓裡，一個聲音不停的盤問我，還是想繼續堅定達成心中之事嗎？而我心中的熱血未冷，而是更加沸騰，當然要，為什麼不？

我幾乎沒有猶豫的舉起鼓槌又是重重敲了下去。

和前一次的感覺一樣，又是自己的一股意志能量傳入了那面大鼓之中，接著，一聲更加宏大的「咚」聲從鼓中傳出，彷彿爆炸性的力量，再一次傳遍了整個雪山一脈。

我高高在上的站在平臺之頂，看見下方那些彷彿靜寂了很久的建築物中開始湧出大量的人……雪山一脈的人，他們的目光不約而同的都看向了我！

在這個時候，我的整個靈魂都響起一個聲音，還有更堅定的決心嗎？

我的眼前也恍惚了，出生時的重重劫難、少年時的寂寞修行、成年時的次次別離、到後來生死的冒險、追尋師傅的悲傷腳步……我的心一次次的被錘煉，我從小被放進心中的一顆道義種子，老李一脈人的血脈，我從不敢忘，從不敢違背，而在這一刻終於完全沸騰。

我的靈魂在嘶吼，當然有！我的人也幾乎同時嘶吼了一句：「當然，我輩當一去無悔！」

嘶吼間，我手中的鼓槌再一次重重落下，這一次的聲音更大……我感覺到雪山一脈的整個山門都隨著這鼓聲在顫抖。這一次，不僅是那些建築物裡湧出了大量雪山一脈的弟子，我看見那些幽深的洞穴彷彿已經落滿了塵埃，鎖閉了通往外界之門的洞穴中也走出來一個個白衣飄飄的人影……

這就結束了嗎？不……我心中有一腔熱血剛剛才達到最沸騰的頂點，我的靈魂在這一刻被燃燒，才感受到火熱的溫度，怎麼能夠停下？我常常在想，那些英雄怎麼能有勇氣在最後一刻無怨無悔的犧牲，怎麼能有如此的氣節。

在這種時候我終於完全體會到了他們的心境，我輩不悔！

所以，我的鼓槌再一次重重落下，我看見在那邊白長老急急跺腳想要過來阻止，卻被珍妮姐牢牢拉住，而珍妮姐看向我的目光也第一次充滿了一種驚奇。

可是我哪裡還顧得上這些，只有自己的一腔心情想要發洩，想要追尋，我在表達自己無盡的堅定。

「咚」「咚」「咚」，鼓聲一次次的在這個山門中響起，一聲比一聲更加震撼，我感覺師傅、師叔、夥伴們全部的力量都在我身上彙聚，狂吼了一聲，這一次鼓槌落下得更加激烈，變成了「咚咚咚」這樣連續不斷的鼓聲。

整個山門都被這帶起巨大音波的鼓聲震動，彷彿是輕微地震一般在輕輕晃動了，而原始古樸的山門洞頂，也「簌簌」落下了一些煙塵。

到這個時候白長老反而不阻止我了，只是歎息了一聲……我卻彷彿不知道疲憊。

在這一刻，我看見下面所有人的目光都死死盯著我，我師傅的臉上忽然綻放出了笑容，充滿了驕傲和一種說不出來的更加堅定的堅定。

在這個時候，一聲冷淡之極的蒼老聲音在我的身後響起，那聲音一下子就壓過了鼓聲。

「好了，祈願鼓敲破極限，洞開地下祕穴。闖過，這雪山一脈從此就屬於這敲鼓的小友。」

什麼？

神仙傳說・最終卷(2)完

高寶書版集團
gobooks.com.tw

DN 184
我當道士那些年 III 卷十一：最終卷・神仙傳說(2)
作　　者　仐三
編　　輯　蘇芳毓
排　　版　趙小芳
美術編輯　宇宙小鹿
出　　版　英屬維京群島商高寶國際有限公司台灣分公司
　　　　　Global Group Holdings, Ltd.
地　　址　台北市內湖區洲子街88號3樓
網　　址　gobooks.com.tw
電　　話　(02) 27992788
電　　郵　readers@gobooks.com.tw（讀者服務部）
　　　　　pr@gobooks.com.tw（公關諮詢部）
傳　　真　出版部　(02) 27990909　行銷部 (02) 27993088
郵政劃撥　19394552
戶　　名　英屬維京群島商高寶國際有限公司台灣分公司
發　　行　希代多媒體書版股份有限公司/Printed in Taiwan
初版日期　2014年9月

國家圖書館出版品預行編目(CIP)資料

我當道士那些年 III（卷十一, 神仙傳說 ：最終卷）
／仐三著 -- 初版. -- 臺北市 :高寶國際出版 :
希代多媒體發行, 2014.9
面； 公分. -- (戲非戲184)

ISBN 978-986-361-050-2(第2冊 : 平裝)

857.7　　103015211